Elizabeth Horn

Schadensfall Weihnachten

Mehr über unsere Autoren und Bücher: www.piper.de

Wenn Ihnen dieser Roman gefallen hat, schreiben Sie uns unter Nennung des Titels »Schadensfall Weihnachten« an empfehlungen@piper.de, und wir empfehlen Ihnen gerne vergleichbare Bücher.

ISBN 978-3-492-50401-0

Satz auf Grundlage eines CSS-Layouts von digital publishing competence (München), mit abavo vlow (Buchloe)
Covergestaltung: Alexa Kim "A&K Buchcover"
Covermotiv: depositphotos.com (SergKovbasyuk/brontazavra/wollertz)
Printed in Germany

Elizabeth Horn

Schadensfall Weihnachten

Roman

PIPER

Für Wolfgang und Thomas

1

Schwarz.

Absolute Dunkelheit!

Tims rechter Arm tat höllisch weh, und er konnte ihn keinen Millimeter bewegen, so verkeilt war er. Der linke hingegen hatte zumindest etwas Spiel. Tim war sich im Moment aber gar nicht sicher, ob es eine gute Idee gewesen wäre, sich zu rühren. Seine Beine schwebten über dem Abgrund, und diese undurchdringliche Schwärze um ihn herum machte ihm eine Heidenangst. Es war so dunkel, dass er bewusst blinzeln musste, um sich zu überzeugen, ob seine Augen offen oder geschlossen waren. Wenn er den Kopf ganz behutsam in dem Nacken legte, sah er über sich einen quadratischen Ausschnitt von etwas weniger schwarzem Schwarz und einen einzelnen kleinen Stern. Diese Position konnte er aber nur sekundenlang durchhalten.

Als er sich das nächste Mal in diese unbequeme Haltung begab, sah er fedrige weiße Flocken aus der Schwärze rieseln. Eine setzte sich auf seinen Wimpern fest. Er war nicht einmal in der Lage, sie wegzuwischen.

Was nun?

Wenn es ihm gelänge, sein Handy herauszuholen, könnte er vielleicht um Hilfe rufen. Vorausgesetzt natürlich, es gab an diesem Schreckensort ein Netz. Die Frage erübrigte sich allerdings. Sein Handy befand sich in seinem blauen Jackett, das zu Hause über dem Küchenstuhl hing.

Wie, zum Teufel, war er nur in diese ausweglose Situation geraten?

Eine sehr berechtigte Frage.

Wie kam ein Mann mit dem Lebensmotto »Vorsicht ist die Mutter der Porzellankiste« in eine Situation, die nicht nur seinen guten Ruf, sondern durchaus auch Leib und Leben gefährdete? Der Franzose würde antworten: Cherchez la femme! Frei übersetzt: Wenn ein überdurchschnittlich intelligenter Mitteleuropäer, der einen vernünftigen, eher risikoarmen und recht gut bezahlten Job hatte, etwas absolut Hirnrissiges tat, dann steckte in der Regel eine Frau dahinter.

Da Tim und damit auch die Geschichte im Moment feststecken, ist das eine gute Gelegenheit zurückzublicken, wie es zu diesem Schlamassel kommen konnte.

Also, ganz von vorn:

Als Tim die Ergebnisse seiner Abiturprüfung in Händen hielt und tatsächlich den Notenschnitt geschafft hatte, den er brauchte, um Jura zu studieren, war er ... Nein, das würde zu weit führen!

An dem Tag, als Tim zum zweiten und damit zum letztmöglichen Mal durch das zweite Staatsexamen fiel, schien ihm die Welt ... Nein, das war auch nicht der eigentliche Ausgangspunkt.

Also gut – zurück zum Freitagmorgen vor zwei Wochen:

Die Weihnachtsdekorationen in der ganzen Stadt waren in Position, das Radio spielte jede Stunde mindestens einmal »Last Christmas«, und jedes Geschäft lockte mit

X-mas-Specials und Ähnlichem. Aus dem Himmel fiel etwas, das sich nicht entscheiden konnte, ob es Schnee oder Regen sein wollte, und alle wirkten gehetzt, wie es sich für die Vorweihnachtszeit gehörte.

Als Tim seine Nische im Großraumbüro der Superior-Versicherung erreichte, saß sein Kollege Gabriel schon am Platz und war in den Anblick seines Bildschirms vertieft. Auf der Stirnseite des Schreibtischs blinkte der Weihnachtsstern aus Leuchtdioden unverdrossen vor sich hin.

Gabriel hatte das Ding vor einer Woche mitgebracht. Seitdem leuchtete es von der ersten bis zur letzten Büro-Minute im rhythmischen Wechsel: grün, gelb, rot, rot, gelb, grün. Der Stern war ziemlich schrill und kitschig und ganz und gar nicht Gabriels Stil, und das Geblinke konnte wirklich nerven. Tim spürte aber, dass dieses Teil eine besondere Bedeutung für seinen Kollegen hatte und dass Gabriel es ihm vielleicht irgendwann erklären würde ... oder auch nicht. Jedenfalls betrachtete Gabriel den Stern in unbeobachteten Momenten mit geradezu verklärtem Blick. Tim und seinen Kollegen – oder eher Freund – verband eine Beziehung, die nicht vieler Worte bedurfte. Man wusste, der andere war da, wenn man über etwas sprechen wollte, was aber nicht bedeutete, dass man es auch tun musste.

Wenn also Gabriel seinen Stern liebte, sollte er ihn haben. Er war so ein anspruchsloser Kerl, dass Tim gern bereit war, diese Neuerung klaglos zu ertragen.

Wie so oft lag Tim mit seiner Einschätzung ganz richtig. Was Tim nicht wusste, war, dass Gabriels Nachbarin Emilia, die vor drei Monaten neben ihm eingezogen war, ihm diesen Stern geschenkt hatte – als kleines Dankeschön dafür, dass er während ihrer Abwesenheit ihre Katze drei Tage lang gefüttert hatte.

Diese Aufgabe übernahm Gabriel nur zu gern, da Emilia vom ersten Moment an sein Herz ein bisschen schneller hatte schlagen lassen, jedes Mal, wenn er ihr im Haus begegnet war. Gabriel plante, Emilia auf einen Kaffee einzuladen, wenn sie ihre Katze wieder übernahm. Er stellte sich vor, über das lange Wochenende Freundschaft mit dem Tier zu schließen, in der Hoffnung, dass Emilia sich auf den Instinkt ihres Kätzchens verlassen und sich auch für ihn interessieren würde.

Das klappte nicht. Kein einziges Mal kam die Mieze unter dem Sofa hervor, solange er in der Nähe war. Zum Glück war wenigstens das Futter immer gefressen, wenn er das nächste Mal die Wohnung betrat. Selbst als Emilia zurückkehrte, blieb die Katze unter der Couch hocken. Zu seiner großen Erleichterung irritierte das seine Angebetete aber nicht übermäßig. Er fürchtete schon, sie würde ihm vorwerfen, er hätte ihr Haustier traumatisiert.

Was Gabriel nicht ahnen konnte – was aber das merkwürdige Verhalten des Stubentigers völlig einleuchtend erklärte –, war, dass die Katze gar nicht Emilia gehörte. Sie hatte sie sich vielmehr für das Wochenende geliehen, um Gabriel bitten zu können, sich um sie zu kümmern, in der Hoffnung, dass das zu einer unkomplizierten Kontaktaufnahme führen würde.

Daraus, dass Gabriels Briefkastenschild eine dicke rot getigerte Comic-Katze zierte, hatte sie messerscharf geschlossen, dass er Katzen liebte, und sich eine besorgt, die er für sie hüten konnte. Emilia, die in vielem etwas weltfremd war, hatte nicht gewusst, dass es sich bei der Briefkastenkatze um Garfield handelte. Gabriel war kein Katzen-, sondern eher ein Lasagne-Fan, was erklärte, dass er figurmäßig durchaus etwas an den dicken Kater erinnerte.

Diese Informationen wären natürlich ungemein hilfreich für die weitere Entwicklung ihrer Beziehung gewesen, aber wie so oft im Leben hatten sie beide nicht die leiseste Ahnung gehabt, was der andere dachte.

Schade eigentlich!

Hätte Emilia gewusst, was Gabriel dachte oder fühlte, hätte sie auch die qualvollen Bemühungen, sich an Kontaktlinsen zu gewöhnen, einstellen können. Aber sie hatte ja nicht wissen können, dass der Anblick der Brille, die sie trug, bei Gabriel wunderbare Fantasien auslöste – davon, wie er sie ihr behutsam absetzte, um ihr ganz exklusiv direkt in die Augen sehen und sie dann hingebungsvoll und leidenschaftlich küssen zu können.

Gerade eben gab er sich wieder dieser wunderbaren Vorstellung hin, als er aufs Grausamste in die Realität der Arbeitswelt zurückgerissen wurde: Merlin Großkreuz stand neben seinem Schreibtisch.

»Na, Gabi! Hat der Weihnachtspuff schon wieder geöffnet. Wie läuft es für euch Mädels denn so?«

Sein dreckiges Grinsen schloss Tim in das charmante Geplänkel mit ein. Wie so oft dankte der seinem Schicksal, dass er seine Nische mit Gabriel und nicht mit dem »Kreuz« teilen musste. Wenn Gabriel wollte, durfte er noch beliebig viele blinkende Sterne, singende Weihnachtsmänner, Rentiere und was sonst noch anschleppen. Nichts konnte nur annähernd so schlimm sein wie Merlin Großkreuz.

Der von dem Kerl selbst propagierte Spitzname »der Magier« hatte sich nicht so recht durchgesetzt. Mit dem gängigen Spitznamen das »Kreuz« konnte Merlin Großkreuz aber offensichtlich leben, zumal er ihn völlig falsch interpretierte. Natürlich war der Ursprung der Nachname, aber der Träger vermutete einen Bezug zu seinem breiten, durch Bodybuilding gestählten Rücken. Eigentlich meinten die Kollegen aber, er sei das Kreuz, das eben jeder, der mit ihm arbeiten musste, zu tragen hatte. Eine weitere beliebte Bezeichnung, die auch mit einem Körperteil zu tun hatte, nämlich mit dem, das sich direkt unterhalb des Rückens anschloss, kam ihm so nie direkt zu Ohren.

»Ich hab einen Termin bei der Neuen! Wart ihr schon mal eingeladen?«

Er sprach von der neuen Chefin, die seit zwei Wochen im Zimmer an der Stirnseite des Großraumbüros residierte. Abgesehen von einigen Worten zur Begrüßung hatte man noch nicht viel von ihr gehört. Sie war eine recht gut aussehende Frau Mitte vierzig, kühl und professionell, wie man sich jemanden vorstellte, der einen Haufen Individuen unter Kontrolle halten sollte.

Das »Kreuz« war am frühen Morgen schon in Hochform: »Habt ihr Süßen am Wochenende was Nettes vor? Vielleicht ein Treffen im Häkelkreis oder so? Also ich habe ein heißes Date mit einer ...«

Gerade als er seine Pläne noch weiter ausführen wollte, öffnete sich die Tür zum Allerheiligsten, und die Chefin rief knapp und offensichtlich ungeduldig: »Herr Großkreuz! Hätten Sie jetzt wohl Zeit für mich?«

So verpassten die Freunde den Bericht über die neueste Eroberung.

Tim stellte sich ans Fenster und blickte auf die noch dämmrige Straße. Wie so oft hatte er mal wieder genau den richtigen Moment erwischt, um den Auftritt mitzuerleben. Woher er instinktiv wusste, wann er runter sehen musste, konnte er sich selbst nicht erklären. Warum er nicht einfach wegschauen konnte, wusste er auch nicht.

Die glänzende schwarze Luxuslimousine parkte direkt vor dem Haupteingang. Die Fahrertür öffnete sich, und ein knapp zwei Meter großer, schlanker Mann in einem dunklen Maßanzug stieg aus. Sein relativ langes schwarzes Haar war aus der Stirn gegelt, und sein Gesicht war selbst jetzt leicht gebräunt. Tim fand, der Typ sah total schwul aus. Die meisten weiblichen Mitarbeiterinnen, von denen mehr als eine ebenfalls aus dem Fenster schaute, fanden, er sähe zum Niederknien aus. Nun ging besagter Typ um den Wagen und öffnete die Beifahrertür.

Und da war sie: Mia! In Tims Augen die schönste Frau im Haus ... im Haus? In der ganzen Stadt ... auf der ganzen Welt. Hätte man die anderen männlichen Mitarbeiter gefragt, hätte wohl Frau Seger vom Empfang mit der Körbchengröße D ganz vorn gelegen.

Also in Sachen Körbchengröße konnte Mia nicht mithalten, aber sonst ...

Tim konnte die Augen nicht von ihr lassen, obwohl er wusste, was gleich wieder kommen würde. In seinen Augen war sie vollkommen. Eher klein und zierlich, mit kurzem dunklem Haar, wunderschönen großen Augen und einem unwiderstehlichen Mund erinnerte sie ihn an eine Mischung aus Emma Watson und Audrey Hepburn. Ein bisschen Bambi war eindeutig auch dabei.

Und Tim? Wie hätte er bei einer Befragung abgeschnitten?

Die meisten Kolleginnen hätten wohl gesagt, er sei »irgendwie total süß«. Nicht die bevorzugte Beschreibung, die Männer sich wünschten. Aber ehrlich gesagt wäre Tim davon durchaus positiv überrascht und völlig zufrieden gewesen.

Tim konnte sich nicht dazu überwinden, vom Fenster wegzugehen. Der schmierige Typ stellte sich vor Mia, nahm ihre beiden Hände in seine und sülzte ihr irgendetwas ins Ohr. Dann zog er ein Päckchen aus der Tasche seines Mantels – garantiert Kaschmir oder so was – und reichte es ihr. Dann schmalzte er noch ein bisschen rum, wobei ihre Augen keinen Moment von seinem Gesicht abließen. Schließlich legte er seine Arme um sie, küsste sie filmreif und ging zurück zum Wagen. Die Zuschauerinnen in den anderen Fenstern seufzten tief, Tim knurrte angewidert und Mia ging, wie in Trance, das bunte Kästchen in der Hand, ins Gebäude.

Der Typ ist laut Büroklatsch auch noch Franzose! Das ist unlauterer Wettbewerb, dachte Tim frustriert.

Als er wieder an seinem Computer saß, bemerkte er die Uhrzeit. Warum waren die heute so spät gekommen? Was hatten sie gemacht, bevor er sie ins Büro gefahren hatte? Tim konnte diese Gedanken einfach nicht in Schach halten.

2

Während Tim versuchte, nicht an Mias Morgengestaltung zu denken, und Gabriel sich zwang, den Stern nicht anzuschmachten, sondern sich auf die zu bearbeitenden Anträge zu konzentrieren, befand sich Merlin Großkreuz im Allerheiligsten von Charlotte Levinsky-Steinburger, die dabei war, sich einen Überblick über ihre neue Aufgabe zu verschaffen. Es war ihr am effizientesten erschienen, die Statistiken durchzusehen und sich zuerst mit den Fällen zu befassen, die aus dem Raster fielen.

Aus diesem Grund saß nun »Großkreuz, Merlin, Schadensregulierung K–P« vor ihr. Er hatte sich schon hingesetzt, bevor sie ihn hatte bitten können, Platz zu nehmen. Breitbeinig hockte er in dem burgunderroten Ledersessel von Rolf Benz, den sie sich zu ihrer Beförderung zugelegt hatte. Dankenswerterweise auf Kosten der Firma. Gut, dass das eher filigrane Möbel ihrem Gegenüber nur knapp bis über die Taille reichte, die breiten Schultern hätten definitiv nicht hineingepasst. Der massige Nacken ließ den Kopf geradezu absurd klein erscheinen, was den nicht sehr intelligenten Gesichtsausdruck unterstrich.

»Herr Großkreuz! Um mir einen Überblick zu verschaffen, plane ich, alle Mitarbeiter nach und nach persönlich kennenzulernen. Ich habe mich entschieden, mit denjenigen zu beginnen, deren Fallzahlen aus dem Schema rutschen.«

»Guter Plan!«, erwiderte das »Kreuz« huldvoll und grinste seine Chefin weiter an.

»Herr Großkreuz …«

»Merlin, bitte … so nennen mich hier alle.«

»Herr Großkreuz! Ich bin nicht alle. Es ist Ihnen sicher bewusst, dass die Anzahl der von Ihnen abgeschlossenen Vorgänge pro Quartal deutlich unter dem Durchschnitt liegt. Besser gesagt, es gibt im ganzen Haus keinen Mitarbeiter, der weniger produktiv ist. Wie erklären Sie sich das?«

»Ich bin Spezialist für haarige Fälle! So was dauert. Wenn Sie ein Weilchen hier sind, sehen Sie, wie so was läuft.«

»Herr Großkreuz! Ich arbeite seit fünfundzwanzig Jahren in der Versicherungsbranche! Ich weiß jetzt schon, wie ›so was‹ läuft.« Mit Mühe schaffte es Charlotte, ihre Stimme nicht zu erheben.

»Jetzt verkohlen Sie mich aber! In Deutschland ist Kinderarbeit doch verboten«, strahlte sie das »Kreuz« an und fühlte sich dabei eindeutig ganz als Magier.

»Herr Großkreuz! Ich kann selbst bei eingehender Betrachtung ihrer Einzelfälle keinen Grund erkennen, warum Sie so wenige Vorgänge bearbeiten. Daher sage ich Ihnen, das muss sich ändern. Sie sind ein junger Mann im besten Alter, was Produktivität anbelangt. Es ist ein Jammer, dass Sie Ihr Potenzial nicht nutzen. Sehen Sie zu, dass sich das schnellstmöglich verbessert. Eine meiner Aufgaben hier wird es sein, die Abteilungen, wo es möglich ist, zu verschlanken. Produktivität wird der Schlüssel dazu sein, wer bleibt und wer nicht. In vierzehn Tagen sehen wir uns wieder. Dann prüfen wir, inwieweit sich bei Ihnen etwas tut. Ich würde es bedauern, Sie als Mitarbeiter zu verlieren. Also hängen Sie sich rein!«

»Das kann ich!«, freute sich das »Kreuz«.

»Gut, dann gehen Sie und fangen Sie umgehend damit an. Für Sie ist es fünf vor zwölf, mein lieber Herr Großkreuz! Auf Wiedersehen.«

Der Klotz erhob sich und verließ guter Dinge das Büro. Im Vorzimmer grinste er die Sekretärin an. »Nett, die Neue, was?«, sagte er und schlenderte megalässig ins Großraumbüro.

»Was für ein Ochse!«, seufzte Charlotte und blätterte noch mal in der Akte Großkreuz. Das war kein sehr gängiger Name. Ihre Intimfeindin auf dem Gymnasium hatte so geheißen. Cornelia, nein ... Christiane ... ach ja, Constanze Großkreuz. Im Lebenslauf waren die Eltern des jungen Helden genannt. Prima! Und tatsächlich – Mutter: Constanze Großkreuz, Vater: Frieder Großkreuz-Dickmann. Na ja. Der Nachname des Erzeugers erklärte die Wahl des Familiennamens hinlänglich. Wie kam die Superstreberin Constanze zu einem so hirnfreien Sohn? Sie hatte »Constanze-diesmal-habe-ich-1,2-Punkte-mehr-als-du« nie leiden können. Aber blöd war die nicht gewesen. Er kam wohl nach dem Papa. Vielleicht konnte ihr dieser Zufall in einer recht peinlichen Situation weiterhelfen.

Geradezu tiefenentspannt schlenderte Merlin durch das Großraumbüro in Richtung seiner eigenen Wirkungsstätte. Am Tisch seiner Lieblingsopfer machte er Halt.

»Wie war es?«, fragte Tim eher aus Höflichkeit als aus Interesse.

»Super! Was erwartest du denn? Sie ist 'ne Frau, oder? Sie war begeistert. Ich brauchte nicht mal meinen Zauberstab rauszuholen!«

Gabriel beugte sich unter seinen Schreibtisch über den Papierkorb und gab vernehmliche Würgegeräusche von sich.

»O je, Gabi! Bist du unpässlich? Dachte gleich, du siehst heute etwas aufgeschwemmt aus.«

»Wie ist die Chefin denn so?« Tim fürchtete, die Beherrschung zu verlieren und dem Blödmann eine aufs Maul zu hauen, wenn er nicht sofort das Thema wechselte. Wenn er mitbekam, dass er nervte, hörte Großkreuz nie mehr auf.

»Ganz süß. Der Erhaltungszustand ist echt super, und Ahnung hat sie auch. Sie sagt, ich hätte Potenzial, und sie hofft, dass ich ihr als Mitarbeiter erhalten bleibe. Die überzeuge ich gern von meinem Potenzial und von meiner Potenz auch, wenn sie zugibt, dass sie das interessiert.«

In dem Moment erklang ein scharfer Ruf vom Ende des Büros her: »Herr Großkreuz, unser Gespräch kann Ihnen doch nicht bereits entfallen sein?«

Das »Kreuz« winkte freundlich nach hinten, zwinkerte den Kollegen zu und trollte sich.

3

Mia saß an ihrem Schreibtisch und versuchte, sich auf den Schadensfall vor sich zu konzentrieren, aber es gelang ihr nicht. Ihre Knie waren noch ganz weich. Maurice war heute Morgen über die Feiertage nach Frankreich geflogen, um bei seiner Familie zu sein. Das hatte sie traurig gemacht. Sie hatte es sich so sehr gewünscht, Weihnachten zusammen verbringen zu können. Aber Maurice war so ein mitfühlender, verantwortungsbewusster Sohn. Er hatte ihr erklärt, dass er es seinen alternden Eltern einfach nicht antun konnte, nicht zu kommen. Er fehlte ihnen sowieso schon so sehr, seit er beruflich in Deutschland war. So viel lieber hätte er die Tage mit ihr verbracht, aber Vater und Mutter würden eben in ein Alter kommen, wo man sich nicht einfach sagen sollte: Wenn es dieses Jahr nicht geht, dann eben nächstes. Außerdem erwartete sein Vater, der zugleich sein Chef war, einen persönlichen Bericht über die Lage in der deutschen Filiale.

Mia fand seine Einstellung regelrecht rührend. Insgeheim hatte sie sich gewünscht, er würde sie vielleicht mitnehmen. Er hatte ihr so viel von dem Familiensitz erzählt, dass sie ihn zu gern gesehen hätte. Außerdem hätte es schon etwas bedeutet, wenn er sie seinen Eltern vorgestellt hätte. Aber diese Möglichkeit war nie zur Sprache gekommen. Nun ja, sie kannten sich ja auch erst seit gut drei Monaten – drei unsagbar romantischen, leidenschaftlichen Monaten.

Als die Kollegin den Raum verließ, öffnete Mia ihre Schreibtischschublade und streichelte das quadratische rot-goldene Päckchen, das er ihr zum Abschied überreicht hatte. Ausdrücklich hatte er darum gebeten, dass sie das Päckchen möglichst bald in einem ruhigen Moment öffnen sollte. Sollte sie schnell hineinschauen? Nein, sie würde warten, bis die Kollegen gegangen waren, und dann in aller Ruhe den Augenblick genießen. Sie wusste einfach, dass er ihr eine Botschaft hinterlassen hatte. Kein Mann, in den Mia verliebt gewesen war ... und das waren immerhin vier, na ja, fast fünf gewesen ... hatte so mit Worten umgehen können wie Maurice. Und das natürlich noch mit diesem unwiderstehlichen Akzent. Den konnte man nicht lesen, aber er war so gegenwärtig, dass sie sich seine Worte problemlos gesprochen vorstellen konnte ...

In dem Moment kam die Kollegin zurück. Mia schloss schnell die Schublade und machte sich an den Rohrbruch, der sie schon seit gestern beschäftigte.

4

Gegenüber der Versicherungsgesellschaft befand sich eine Bar, die sich »Paragrafenreiter« nannte. Ein Großteil der Kunden setzte sich aus Mitarbeitern des Gerichts an der nächsten Ecke, aus Anwälten aus verschiedenen Kanzleien und aus Versicherungsangestellten zusammen. Normale Menschen kamen auch vereinzelt des Weges. Wenn sie nur schnell ein Bierchen nach der Arbeit trinken wollten, fanden sich Tim und Gabriel auch regelmäßig dort ein.

Gerade als sie die Kneipe betreten wollten, klingelte Gabriels Handy. Beide sahen es erstaunt an. Gabriels Freundeskreis war genauso überschaubar wie Tims. Gabriel ging ran, hörte einen Moment lang zu und versprach dann, in zehn Minuten da zu sein.

»Ist was passiert?«, fragte Tim besorgt.

»Ich hab wohl einen Wasserschaden in meiner Wohnung. Das war meine Nachbarin. Wir haben für solche Fälle unsere Handynummern ausgetauscht. Je nachdem, wie schlimm es ist, melde ich mich später noch mal. Jetzt muss ich leider ...« Sprach es, drehte sich um und stürmte los.

Dieses Verhalten war völlig nachvollziehbar im Falle eines Wasserschadens. Das glückselige Lächeln auf dem Gesicht des Freundes passte aber gar nicht dazu. Da war eindeutig etwas im Busch. Oder jemand. Aber Gabriel würde es ihm erzählen, wenn er so weit war.

Halbherzig öffnete Tim die Tür zur Bar. Er konnte ja wenigstens mal schauen, wer so da war. Um zu Hause allein rumzuhocken, hatte er immer noch Zeit genug.

Kaum war er eingetreten, sprang ihn der Barmann regelrecht an. »Mit euch Versicherungsfritzen ist es wie mit euren Versicherungen. Ständig hängt ihr an einem, und wenn man euch braucht, dann ist keiner da.«

»Was ist denn los, Schlückchen?! Hast du Versicherungsprobleme? Raus damit.«

»Nein, Tim. Da hinten sitzt seit einer Stunde eine Kleine, die arbeitet auch bei euch, glaube ich. Ich wäre froh, es würde mal einer nach ihr sehen. Die schüttet sich ganz schön zu und scheint wenig Übung zu haben. Wärst du wohl so gut?«

»Bitte nicht! Ich habe Feierabend und keine Lust, mich um eine besoffene Tussi zu kümmern. Das ist dein Fachgebiet!«

»Ich weiß nicht, was ich machen soll. Sie ist ja noch friedlich. Aber das nimmt kein gutes Ende. Entweder kotzt sie mir alles voll oder sie kippt um ... Bitte, Tim. Sie ist ein nettes Mädchen, das irgendein Problem hat. Ich will nicht, dass sie noch mehr Ärger kriegt.«

Schlückchen war ein riesen Brocken mit tätowierten Unterarmen, multiplen Ohrringen und einem Herzen aus Gold. Letzteres versuchte der Barmann vergeblich zu verbergen.

»Wo sitzt denn die Schnapsdrossel?«, fragte Tim missmutig.

Schlückchen wies auf einen Tisch hinten im Lokal.

Mia!!!

Tim glaubte, seinen Augen nicht zu trauen. Aber da saß sie. Ihr Kopf lag auf ihren Armen auf der Tischplatte. Ihr schon leicht glasiger Blick ruhte auf einem fast leeren Whiskyglas.

»Ich kümmere mich drum«, verkündete Tim und machte sich zu ihr auf den Weg.

»Danke, Mann! Das nächste Mal gebe ich einen aus!«

Als Tim an ihren Tisch trat, schaute sie zu ihm auf, ohne den Kopf zu heben. Auf ihrem Gesicht verbreitete sich ein strahlendes Lächeln, das Tim direkt ins Herz traf.

»Hey, T...Tim! Setzt dich doch, und wir trinken einen zusammen.«

Tims sehr überschaubarer Name klang bei ihr so, als müsste man nach dem T erst mal Kraft für den Rest schöpfen. Er setzte sich zu ihr.

Sie richtete sich auf und rief dem Barmann energisch zu: »Noch zwei für mich und meinen Freund T...Tim.«

Hinter dem Rücken machte Tim ein Handzeichen, das die Bestellung wieder aufhob. Schlückchen nickte ihm dankbar zu. Tim sah Mia an. Ganz offensichtlich war ihr Bedarf an Alkohol mehr als gedeckt. Etwas klebte an ihrer rechten Wange. Tim beugte sich vor und entfernte es behutsam. Ihre Haut fühlte sich genauso zart an, wie er es sich immer vorgestellt hatte.

»Was ist das denn?« Mia beugte sich zu ihm und versuchte, den Gegenstand zu fixieren.

»Ah, eine Erdnuss!« Mit den Lippen pickte sie sie aus seiner Hand und aß sie auf.

Besorgt fragte sich Tim, wie viele Whiskys sie wohl schon intus hatte.

»Schön, dass du da bist, T...Tim. Allein zu trinken ist blöd. Komm, noch einen! Barkeeper, noch 'ne Runde für uns zwei Hübsche.«

»Sag, T...Tim, voulez vous coucher avec moi?«

Tim sah sie fassungslos an. Ihr Französisch klang nicht so verwaschen wie ihr Deutsch. Es war mehr der Inhalt, der seinen Atem stocken ließ.

»Was?!«

»Sorry, mon cher, T...Tim. Sicher sprichst du kein Französisch, weil du ein netter Kerl bist. Das bist du ... ein netter Kerl, das bist du, weißt du, T... weißt du, T...Tim?«

»Es ist nett, dass du das sagst! Ich ...«

»Das heißt: ›Willst du mit mir ins Bett gehen?‹ Es ist zwar Französisch, aber es funktioniert genau wie auf Deutsch. Keine Sorge. Man legt sich vielleicht nur schneller hin, weil es irgendwie romantischer klingt. Was ist ...? Willst du?!«

»Mia, was soll ich sagen? Das wäre sicher ganz toll ...«

Natürlich wollte er. Das wünschte er sich seit Monaten. Und nicht nur das. Er wollte ihre kleine Hand halten und mit ihr durch die Stadt laufen. Er wollte auf dem Sofa mit ihr kuscheln. Er wollte ihr dunkles Haar streicheln ...

Ich will ..., dachte Tim bedrückt. »Heute aber besser nicht, Mia!«

Diese seufzte tief und ließ den Kopf wieder auf ihre Arme sinken. »Macht nichts. So toll wäre es eh nicht gewesen, wie kürzliche Studien ergeben haben.«

Was hatte sie nur? Bei den Worten waren ihr Tränen in die Augen getreten.

»Alles okay bei dir, Mia?«

»O ja, alles bestens. Komm, mein lieber Freund, T... Tim! Lass uns noch einen heben, wo wir so ge...gemütlich zusammensitzen. Barkeeper noch zwei, aber flott!«

»Ich weiß nicht, Mia! Eigentlich will ich nichts trinken. Ich sollte heimgehen und du vielleicht auch?«

»Du hast recht, T...Tim. Du hast wirklich genug für heute. Na gut, dann fahre ich jetzt auch heim. Allein zu trinken ist blöd. Also ... ups, wir haben ein klitzeklitzeklitze ... also wir haben irgendwie ... Weißt du zufällig, wo ich heute Morgen mein Auto hingestellt habe? Es ist blau und klein und hat Rost an der Fahrertür, der muss ganz dringend weg, sonst fällt die Tür bald ab. Und ich raus ... Hoffentlich nicht, wenn ich gerade fahre ... Das wäre so typisch ... Weißt du, wo es ist? Sonst kann ich nicht rausfallen ... heimfahren, meine ich. Heimfahren aber mit meinem Auto. Verstehst du?«

»Mia, wenn ich mich nicht täusche, bist du heute Morgen ins Büro gebracht worden.«

»Echt? Mais, bien sure! Maurice, très charmant, très beau, très sexy, très ... Mist! Ich kenne gar keine französischen Schimpfwörter. Aber ich weiß, wo mein Auto ist. Zu Hause. Na, dann fahre ich da jetzt auch hin! Mach es gut, mon cher ami.« Unsicher krabbelte sie aus der Sitzbank.

»Wie willst du denn ohne Auto heimfahren, Mia? Mit dem Bus?«

»Es gibt keinen Bus, ich wohne in der Wildnis.«

»In der Wildnis?«

»Genau, das heißt so. Und kein Bus.«

»Gut, dann fahre ich dich! Komm!«

»Du bist ein echter Kavala... netter Mann, T...Tim.«

Beherzt fasste Tim die heftig schwankende Mia am Arm und zog sie in Richtung Parkplatz. Als er ihr die Beifahrertür öffnete, strahlte sie ihn glücklich an.

»Wie gut, dass du keinen Maurice hast. Sonst wären wir jetzt beide die Dummen.«

»Wo muss ich denn hin?«

»Ach, fahr mich einfach heim, mein lieber netter T... Tim. Daanke.« Entspannt legte sie ihren Kopf an die Rückenlehne.

»Wo wohnst du denn, Mia? Hey, Mia, nicht einschlafen, sag mir deine Adresse!«

»In der Wildnis!«

»Verflixt, wo ist das denn? Wie heißen die Straße und die Hausnummer!«

»In der Wildnis, ohne Nummer. Fahr bis zum Marktplatz, dann sag ich dir, wie weiter ...«

Also fuhr Tim los. Mias Kopf war zur Seite gesunken, und sie schlief fest und gab ein sehr zartes mädchenhaftes Schnarchen von sich. Wie sehr hatte er sich das schon immer gewünscht, sie so dicht bei sich zu haben. Dennoch kam ihm der ketzerische, leider nicht ganz abwegige Gedanke, dass es gar nicht romantisch wäre, würde ihr in seinem gar nicht so gebraucht gekauften Wagen schlecht.

Es stellte sich aber schnell heraus, dass das nicht das vordringliche Problem war. Kaum hatten sie den Platz erreicht, war klar, dass er sie nicht dazu würde bringen können, ihm nähere Anweisungen zu geben. Mia schnarchte entspannt vor sich hin und knurrte nur ungehalten, wenn er versuchte, ihr eine Auskunft zu entlocken. Da fiel sein Blick auf das eingebaute Navi, eines der netten Extras seines Wagens. Tim fragte sich, ob es in der Stadt wohl eine Adresse »In der Wildnis« gab.

Zu seiner großen Erleichterung gab es die wirklich. Hinter dem Marktplatz wurde er erst durch ein Industriegebiet gelenkt, das an ein Wäldchen grenzte. Die lange Straße, der er weisungsgemäß folgte, schien sich endlos hinzuziehen. Konnte es wirklich sein, dass Mia so weit außerhalb wohnte.

5

Während Tim mit seiner besinnungslosen Traumfrau durch den Wald irrte, stand Gabriel im Treppenhaus vor der Tür ... ebenfalls mit einer Traumfrau.

Emilia öffnete die Tür neben der seinen in genau dem Moment, als er die Treppe hochkam. Der Absatz vor seiner Wohnung war feucht, sah aber eher wie frisch gewischt aus.

Emilia lächelte ihn an, sah aber schuldbewusst drein. »Gabriel, es tut mir so leid. Ich habe dich ganz umsonst hergerufen. Ich habe das Wasser vor deiner Tür vorsichtshalber aufgewischt ... damit niemand ausrutscht oder so ...«

Trotz der offensichtlich guten Tat errötete sie heftig bei dieser Erklärung. Einem weniger vertrauensseligen Menschen als dem guten Gabriel wäre das sicher verdächtig erschienen.

»Also, es kam kein weiteres Wasser nach. Scheinbar hat jemand eine größere Menge Flüssigkeit im Treppenhaus verschüttet und ist dann einfach weggegangen.«

Diese ausgesprochene Vermutung entsprach nicht den Tatsachen. In Wahrheit hatte Emilia selbst den Gang befeuchtet, um ihren Anruf glaubhaft erscheinen zu lassen. Nun mag man sich fragen, warum eine hübsche junge Frau, die ganz offensichtlich Interesse an einem jungen Mann hatte, der nicht unbedingt als Traummann zu bezeichnen war, diesen nicht einfach fragte, ob er etwas mit ihr unternehmen wollte. Dafür gab es zwei Gründe. Erstens war Emilia sich nicht dessen bewusst, dass sie auf etliche Männer sehr anziehend wirkte, und zweitens hatte sie mit der offensiven Taktik bislang nie Erfolg gehabt. Verzweifelt hatte sie einmal ihren älteren Bruder um Rat gefragt. Der hatte ihr erklärt, dass Männer nun mal von Natur aus Jäger seien und dass ihnen der Spaß an der Eroberung verdorben werde, wenn sich das Wild freiwillig ergäbe. Also hatte sie sich entschlossen, dem Jäger die Chance zu geben, selbst aktiv zu werden.

In dem speziellen Fall nun war die archaische Veranlagung zum Jagen sehr degeneriert. Gabriel war viel zu sehr in Sorge, das Objekt der Begierde mit einem Vorstoß in die Flucht zu schlagen.

»Das tut mir schrecklich leid, dass du dir solche Umstände machen musstest. Wie kann ich das nur wiedergutmachen?«

Wenn Emilia gehofft hatte, Gabriel würde sie vielleicht aus Dank einladen oder irgendetwas in der Art, hatte sie seine Unsicherheit unterschätzt.

»Ach, es tut mir leid, dass ich dich umsonst angerufen habe! Ich hoffe, du hattest keine Verabredung oder so?«

Emilia lächelte ihn strahlend an, aber sie hatte wirklich Angst vor der Antwort. Sicher, sie hatte keine Anzeichen für eine Freundin entdecken können, aber man wusste ja nie.

Nun wurde Gabriel bei dem Gedanken daran rot, wie sehr es ihn gefreut hatte, Emilias Anruf zu erhalten. »Ich wollte nur mit einem Kollegen, also eher einem Freund, Tim, ein Bierchen trinken und vielleicht einen Happen essen. Das kann ich jederzeit nachholen.«

»Ist das der schmale Blonde, der dich immer mal besucht?«

»Ja, genau!«

»Was isst du denn dann jetzt?«

Das wäre eine gute Gelegenheit gewesen zu sagen, dass sie ja zusammen ... Aber dazu fehlte Gabriel der Mut.

»Also, ich finde schon was ... Ich stehe ja nicht gerade kurz vor dem Verhungern«, meinte er schuldbewusst.

»Also ich habe gestern eine Lasagne gemacht und bin nicht zum Essen gekommen. Die könnte ich aufwärmen, also sie schmeckt auch aufgewärmt ... ehrlich! Wenn du willst.«

Das mit der Lasagne war nun wirklich ein Zufallstreffer. Hätte sie ihm angeboten, er dürfte sich mit der Katze eine Dose Futter teilen, wäre er ebenso begeistert gewesen.

»Ich liebe Lasagne! Ich ... Wenn ich darf, würde ich sehr gern ...«

»Prima! Ich brauche zwanzig Minuten. Willst du reinkommen?«

»Ich ziehe mich schnell um, wenn es dir recht ist. Oder hättest du mich gern mit Krawatte? Dann bleibe ich so.«

»Nein, mach es dir lieber gemütlich. Ich werfe den Ofen an, und wenn du fertig bist, kommst du rüber, einverstanden?«

»Sehr gern!«

Gabriel eilte in seine Wohnung und schloss die Tür sorgfältig, bevor er einen lautlosen Freudentanz in dem kleinen Flur machte. Weil er aber nun mal war, wie er war, stellte sich fast zeitgleich mit der Freude Sorge ein. Das war eine große Chance, die durfte er nicht vermasseln. Also, wie verhielt man sich am besten, wenn einen die Frau seiner Träume spontan zur Lasagne einlud? An seinem Äußeren konnte er so schnell nichts mehr verbessern. Blumen ... Blumen wären gut. Aber er hatte nur zwanzig Minuten, um sich instand zu setzen. Da blieb keine Zeit, um Blumen zu besorgen. Wein ... er hatte eine schöne Flasche italienischen Rotwein im Küchenschrank. Das passte.

Nun zum schwierigeren Problem, der Bekleidungsfrage. Da er ein Jackett mit Hemd und Schlips trug, würde sie sicher erwarten, dass er etwas Legeres anzog. Jeans also. Und weiter?

Gabriel begann, in seinem Schrank zu wühlen. Das Garfield-T-Shirt mit der Sprechblase »Ich liebe Lasagne« wäre witzig. Wenn »sexy« nicht drin ist, ist »witzig« keine schlechte Alternative. Er hatte Glück. Das gute Stück war sogar frisch gewaschen. Also zog er es an. Durch das T-Shirt sah man aber nun die Rettungsringe deutlicher als unter dem Jackett. Also musste irgendwas drüber. Groß war die Auswahl nicht. So entschied er sich für ein dünnes Sakko, das er sonst nur im Sommer trug. Aber es sah etwas lässiger aus als alles, was er sonst so hatte. Also nahm er seine Weinflasche und machte sich wohlriechend und im Rahmen seiner Möglichkeiten annehmbar aussehend auf den Weg in die Wohnung nebenan.

Auch seine Nachbarin hatte sich umgezogen. Allerdings hatte sie Jeans und T-Shirt abgelegt und war in ein hübsches, relativ kurzes Kleidchen geschlüpft. Die Beine, die es in Szene setzte, waren genauso ansehnlich wie das, was Gabriel bis jetzt von ihr zu sehen bekommen hatte.

Wäre Gabriel nicht Gabriel gewesen, hätte spätestens dieses Kleid ihm unmissverständlich klargemacht, dass die Lasagne nicht als Akt reiner Nächstenliebe gedacht war. So nahm er den hübschen Anblick nur wohlwollend zur Kenntnis, ohne daraus Schlüsse zu ziehen. Die optimale Verpackung ihres Körpers hatte Gabriel eine Weile von Emilias Gesicht abgelenkt. Als er sie endlich ansah, erschrak er regelrecht. Ihre kleine Stupsnase war leicht gerötet, und ihre großen Augen schwammen in Tränen. Die Augenlider waren regelrecht verquollen.

»Emilia«, entfuhr es Gabriel, »was ist passiert? Du hast geweint!«

Sofort hatte er vergessen, dass seine Masche cool und lässig sein sollte. Spontan tat er genau das Richtige und legte ihr zart seine Hand ans Gesicht und sah sie besorgt an. Frauen, die Gabriel attraktiv fanden – und das waren mehr, als er vermuten würde, denn er hätte auf knapp über null getippt –, standen nicht auf cool, sondern auf kuschelig.

Emilia errötete tief.

»Nein, alles gut, ich versuche gerade, mich an Kontaktlinsen zu gewöhnen. Weiche gehen bei mir nicht und die harten ... Bis ich die drin habe, dauert es eine Ewigkeit, und wenn sie drin sind, fühlt es sich an, als hätte ich gemahlenes Glas im Auge.«

»Oje, das klingt ja scheußlich. Siehst du nicht gut mit deiner Brille?«

»Doch, ganz prima. Aber ich wäre sie gern los. Komm, lass uns essen. Ich glaube, die Lasagne ist warm.«

»Ich habe eine Flasche Wein mitgebracht. Der ist gut und passt zur Lasagne.«

»Ich mache uns etwas Musik dazu, ja?«

Emilia ging an ihren CD-Ständer, nahm eine heraus und sah sie ratlos an.

»Gabriel, willst du uns was raussuchen, ich kann die Aufschrift einfach nicht lesen. Ich mag alles, was da steht, weil ... Es sind ja meine CDs.«

Emilia kam sich unheimlich blöd vor. Sie sah total verheult aus. Ihre Nase lief wegen der Irritation der Augen, und sehen konnte sie auch nichts.

»Das mache ich. Soll ich uns den Wein auch aufmachen?«

»Ja, gern, bin gleich mit dem Essen zurück.«

Gabriel öffnete den Wein und schaute sich dann die CD-Sammlung an. Jetzt keinen Fehler machen! Wenn er etwas zu Schmusiges aussuchte, würde sie denken, er hätte irgendwelche Absichten. Wenn es etwas zu Fetziges aussuchte, dann musste sie den Eindruck haben, er wollte jeden Ansatz von Romantik vermeiden.

Emilias CD-Sammlung deckte sich zu fast zwei Dritteln mit seiner eigenen. Das musste doch ein gutes Zeichen sein.

Schließlich entschloss er sich für eine eher ruhige Instrumentalaufnahme eines Saxofonisten, den er sehr mochte. Im vergangenen Jahr war er bei einem seiner Konzerte gewesen. So hatte er gleich Gesprächsstoff.

Emilia kam leicht schnuffelnd aus der Küche und trug eine Auflaufform, aus der es unwiderstehlich duftete.

»Ich liebe Lasagne, mein T-Shirt lügt nicht!«, lachte Gabriel.

»Wieso jetzt dein T-Shirt?«, fragte Emilia verwirrt.

»Da steht es doch: ›Ich liebe Lasagne.‹«

»Wirklich? Ich kann es leider nicht richtig lesen. Die Augen tränen so.«

»Aber du weißt schon, wer ich bin? Die Einladung ist kein Versehen, weil du dachtest, ich sei ... wer anderes?«

»Nein, so schlimm ist es auch wieder nicht. Lass es dir schmecken, Gabriel. Meist sind die Kritiken für meine Kocherei ganz gut«, versicherte Emilia unter Tränen. Verzweifelt versuchte sie zu essen, musste sich aber nach jedem zweiten Bissen die Nase putzen. »Das ist ja widerlich«, stöhnte sie schließlich. »Entschuldigst du mich kurz, ich mach die Linsen raus. Bin gleich wieder da.« In dieser irrigen Annahme eilte sie ins Bad.

Gabriel wartete geduldig. Er lauschte der CD und versuchte, sich interessante Gesprächsthemen zu überlegen. Inzwischen war sein Lieblingsstück zu Ende. Das dauerte elf Minuten.

Nun begann er, sich im Zimmer umzusehen. Es entsprach genau seinem Wohnzimmer. Allerdings gab es hier etliche saftig-grüne Zimmerpflanzen. Bei ihm hatte noch nie eine länger als einen Monat überlebt. Und noch etwas war anders. Emilia hatte nicht mit Weihnachtsdekoration gespart. Überall fanden sich kleine und größere Engel und Weihnachtsmänner, Lichterketten und Sterne, beleuchtet und nicht beleuchtet. Es wirkte fröhlich und behaglich. Irgendwie hatte dieser weihnachtliche Überschwang etwas fast Kindliches an sich. Ein großes Bücherregal zeigte, dass auch Emilia gern las. Am liebsten hätte er sich mal die Auswahl angesehen. Aber er fürchtete, wenn er aufstand, würde das Ungeduld signalisieren.

Inzwischen war das nächste Stück auch zu Ende. Das hieß, sie musste seit fast einer halben Stunde im Bad sein. Ob er mal nachsehen sollte? Unschlüssig ließ er noch weitere fünf Minuten verstreichen. Dann stand er beherzt auf und ging zur Badezimmertür. Zu seinem Entsetzen drang von innen leises Weinen zu ihm.

»Emilia, ist alles in Ordnung?«

»Nein!«

»Kann ich reinkommen?«

»Ja, bitte. Ich fürchte, unser Abend ist ohnehin im Eimer.«

Also öffnete Gabriel die Tür. Emilia saß in Tränen aufgelöst auf dem geschlossenen Toilettendeckel.

»Jetzt kriege ich das Drecksding nicht wieder raus. Ich fürchte, du musst mich zur Notaufnahme fahren. Eine ist irgendwie unters Lid gerutscht.«

Wieder flossen die Tränen in Strömen.

»Lass mich mal sehen. Hast du die andere schon draußen? Gut! Meine Schwester hatte mal dasselbe Problem. Gib mir bitte ein sauberes Taschentuch. So, jetzt mach das Auge auf.«

Gabriel kniete sich auf den Vorleger und sah Emilia in die Augen. Ohne Brille. Aber doch ganz anders, als er sich das vorgestellt hatte. Vom Weinen waren ihre Augen fast zugeschwollen, und auch ihre Lippen sahen wund und gerötet aus. Trotzdem musste er sich konzentrieren, sie nicht einfach zu küssen. Er musste sich auf das Auge fokussieren.

»Ich sehe sie. Ist gar nicht schlimm! Kannst du das Augenlid mit einem Finger hochhalten? Dann schiebe ich sie mit dem Taschentuch wieder in Position. Ich bin auch ganz vorsichtig.«

»Das ist doch eklig.« Emilia weinte noch heftiger.

»Ach was. Mein Traumberuf wäre Augenarzt gewesen. Mir macht das nichts.«

Das war eine dreiste Lüge. Aber in diesem Fall völlig akzeptabel. Immerhin überzeugte das seine weinende Nachbarin, ihn sein Glück versuchen zu lassen. Die Geschichte mit der Schwester, die er schon aus dieser Lage gerettet hatte, entsprach aber der Wahrheit.

Es gelang ihm, die Linse wieder hinzuschieben, wo sie hingehörte, und das, obwohl Emilias Atem auf seinem Gesicht ihn extrem in seiner Konzentration störte.

»So, jetzt kannst du sie rausmachen ... oder soll ich?«

»Ich bin ganz zittrig. Ich habe so einen kleinen Sauger. Den kann man nehmen … Kannst du das?«

»Klar! Her damit!«

Behutsam entfernte er die Linse aus dem Auge und beförderte sie in das dafür vorgesehene Schälchen. Kaum war sie draußen, stand Emilia auf, schlug die Hände vors Gesicht und begann, richtig zu schluchzen.

»Was ist denn? Hab ich dir wehgetan?«

»Nein, du wärst ein großartiger Augenarzt geworden. Ich habe uns den ganzen Abend versaut. Wie peinlich.«

Gabriel legte die Arme um sie und zog sie an seine Brust. Als offensichtlich war, dass sie sich das gefallen ließ, streichelte er ihr beruhigend über den Rücken. Sein Herz klopfte so stark, dass er fürchtete, sie könnte es hören. Trotzdem entspannte sie sich langsam. Schließlich zog sie, nicht ganz damenhaft, die Nase hoch und machte sich aus seinen Armen frei.

»Jetzt gibt es auch noch kalte Lasagne«, seufzte sie.

»Ich war so frei, sie in den Backofen zu stellen. Ich habe doch gesagt, ich liebe Lasagne. Ich finde, man sollte sie gut behandeln.«

6

Auch Tim war es inzwischen vergönnt gewesen, seine Traumfrau in den Armen zu halten. Falls möglich war das aber noch unromantischer als der erste Körperkontakt zwischen Gabriel und Emilia.

Die schmale Straße durch den Wald schien gar kein Ende nehmen zu wollen. Gerade als Tim die Hoffnung aufgeben wollte, sah er ein Straßenschild mit der Aufschrift »In der Wildnis«. Der Name passte. Es handelte sich dabei eher um eine Art Wendehammer mitten im Wald. Linkerhand befanden sich zwei größere Häuser mit riesigen Gärten, aber ohne Hausnummern. Nun ja, Mia hatte ja gesagt, sie hätte keine Hausnummer. Am hinteren Ende stand ein winziges Häuschen auf einem ebenfalls recht großen Grundstück. Umgeben von einer Hecke duckte es sich zwischen kahle Bäume – wie aus einem Märchenbuch. Scheinbar hatte das Haus aus gebrochenem Buntsandstein nur ein Stockwerk. Das Dach mit den roten Ziegeln und dem hohen Kamin zog sich bis dicht über die kleinen Fenster. Aber eine Hausnummer gab es hier auch nicht.

Woher sollte Tim denn nun wissen, in welchem Haus Mia wohnte. Er wusste nichts über sie, außer dass sie eine Liaison mit einem widerlich gut aussehenden, stinkreichen Kerl hatte. Und was sonst? Lebte sie mit jemandem zusammen, mit ihrer Familie vielleicht oder in einer WG?

Natürlich hätte er in einem der Häuser klingeln können und fragen. Es war noch nicht so spät, dass er die Bewohner aus dem Bett geholt hätte. Aber er war sich ziemlich sicher, dass Mia es nicht sehr zu schätzen gewusst hätte, hätte er bei den Leuten nachgefragt, wo ihre sturzbetrunkene Nachbarin denn wohnte.

Zu seiner unendlichen Erleichterung öffnete Mia in dem Moment die Augen, wies auf das Hexenhäuschen und verkündete: »Trautes Heim, Glück allein ... Allein, mal wieder!« Eine klare Träne rann über ihre Wange. »Komm rein, T...Tim. Ich mache dir einen Kaffee zum Dank fürs Schoff... Schaff... fürs Herfahren.«

Beim Aussteigen bedurfte Mia schon einiger Hilfe.

Neben der Haustür befand sich ein Türschild: *M. Oliphant.* Also hatte sie zumindest wirklich ihr eigenes Haus wiedererkannt.

Ewig wühlte sie in ihrer Handtasche nach dem Hausschlüssel.

Zwei Gestalten, die in dem Moment vorbeigingen, schauten kritisch herüber. Sie sahen aus wie die Großmutter mit dem bösen Wolf, zum Glück war er an der Leine. Tim versuchte, möglichst beruhigend zu klingen, als er der alten Dame ein »Guten Abend« zurief.

Schließlich war der Schlüsselbund gefunden. Die Aufgabe, den Schlüssel in das dazugehörige Schlüsselloch zu bekommen, überforderte Mia aber völlig.

»Mist, passt nicht!«, seufzte sie und wollte sich zum Gehen wenden.

»Lass mich mal!« Tim nahm ihr den Schlüssel ab und schloss die Tür auf. Die öffnete sich in einen kleinen, fast quadratischen Windfang hinein. An einer Wand fand sich eine Garderobe. Auf dem Boden lag ein bunter Flickenteppich.

»Danke, lieber T...Tim!«, sagte Mia, ohne ihn anzusehen, legte sich auf den Teppich, rollte sich zusammen und schlief ein.

In dem Windfang war es nicht so kalt wie draußen, aber alles andere als warm. Wenn Mia hier ihren Rausch ausschlief, würde sie bestimmt stocksteif aufwachen oder gar mit einer Lungenentzündung. Tim konnte sie unmöglich da liegen lassen. Wieder und wieder versuchte er, sie zu wecken, aber bald musste er einsehen, dass das aussichtslos war. Nun ja, Mia war ein elfengleiches Wesen. Wie schwer konnte es wohl sein, sie in ihr Bett zu tragen? Also kniete sich Tim neben sie auf den Boden, schob die Arme unter sie und versuchte, sie hochzuheben. Da Tim keinerlei Erfahrung mit dem Transport besinnungsloser Frauen hatte, war ihm nicht klar, wie schwer selbst ein eher leichtes Exemplar ohne jede Körperspannung war. Mit Mühe und Not gelang es ihm, sie in seine Arme zu heben.

Nun wollte er aufstehen, um seine gute Tat zu vollenden. Mit Mias schlaffem Körper vor seiner Brust aus dem Kniestand aufzustehen verlangte mehr Kraft, als Tim zur Verfügung hatte. Trotz des kühlen Raums war er schon völlig durchgeschwitzt, als er einsah, dass dieser Ansatz nicht der richtige war. Also legte er Mia wieder behutsam auf den Teppich, was ihr ein unwilliges Knurren entlockte. Dann zog er seinen dicken Mantel und den Pullover aus.

Mia trug eine Lammfelljacke über ihrem Hosenanzug. Das Ding wog sicher auch schon was und die dicken Winterstiefel auch. Also befreite er sie von beidem. Diese recht mühsame Aktion führte zu keinerlei Reaktion ihrerseits, was den armen Tim so sehr beunruhigte, dass er erst einmal ihren Puls fühlte. Der erschien ihm aber normal, soweit er das beurteilen konnte. Ein Problem beim ersten Versuch war gewesen, mit dem zusätzlichen Gewicht von den Knien auf die Füße zu kommen. Gewichtheber knieten nie. Sie hockten auf den Fußballen und stemmten dann sich selbst und die Hantel in die Senkrechte. So würde er es machen.

Also hockte er sich neben Mia, wuchtete sie auf seine Arme und versuchte nun, sich aufzurichten. Das funktionierte, bis er seine Knie etwa im 90-Grad-Winkel hatte, doch dann verlor er das Gleichgewicht, kippte nach vorn, und da er sich nicht abstützen konnte, fiel er vorwärts auf Mia.

»Jetzt nicht!«, erklärte sie erstaunlich resolut und rollte sich wieder auf der Seite zusammen.

Tim war ratlos. Was für ein Mann war er denn, wenn er es nicht einmal schaffte, eine so schlanke Frau wie Mia in ihr Schlafzimmer zu tragen? Kurz dachte er daran, Gabriel zu Hilfe zu rufen. Tim konnte natürlich nicht wissen, dass sein Freund das in dem Augenblick gar nicht zu schätzen gewusst hätte. Was Tim davon abhielt, war, dass er sich nicht entscheiden konnte, ob die Situation wohl für ihn oder für Mia peinlicher gewesen wäre, wäre Gabriel hier eingetrudelt.

Mutlos setzte er sich auf einen kleinen Hocker in der Ecke und suchte nach einer Lösung. Schließlich fand er sie. Direkt vor seiner Nase. Mia lag zusammengerollt auf dem Flickenteppich. Der war nicht sehr viel größer als sie selbst. Das war die Lösung. Er würde sie einfach auf dem Teppich ins Schlafzimmer ziehen. Das entbehrte zwar jeglicher Romantik, aber zum Glück bekam sein Schwarm ja nicht mit, was um sie herum geschah.

Gesagt, getan. Tim öffnete die einzige Tür, die ins Haus führte, so weit es ging. Ganz offenbar lag dahinter das

Wohnzimmer. Also drehte er den Teppich so, dass er Mia, Kopf voran, damit hineinziehen konnte. Mit einigem Rangieren klappte das ganz gut. Im Wohnzimmer angekommen, schaute er sich erst einmal um. Mia schien von der ganzen Aktion nichts mitbekommen zu haben und schnarchte zufrieden vor sich hin.

Mittelpunkt des Raums war ein großer offener Kamin. Rechts davon ging eine Tür ab, die offen stand. Sie führte in eine kleine Küche. Die Tür auf der anderen Seite wies in ein nicht wesentlich größeres Schlafzimmer. Das wurde fast komplett von einem Bett, einem Nachttisch und einem Kleiderschrank ausgefüllt. Das Bett mit geblümter Bettwäsche war zerwühlt. Der Gedanke, dass der französische Schleimer höchstwahrscheinlich geholfen hatte, es in diesen Zustand zu versetzen, erfüllte Tim mit einer Mischung aus Wut und Mutlosigkeit.

Eigentlich könnte er Mia ja einfach im Wohnzimmer auf dem Boden liegen lassen.

Als er zu ihr zurückkehrte, lag sie zwar unverändert in Embryonalstellung auf dem Teppich, aber sie stöhnte nun ganz jämmerlich, ohne aufzuwachen. Nein, so konnte er sie unmöglich zurücklassen. Also öffnete er die Schlafzimmertür weit und schaffte es so, sie samt Teppich vor ihr Bett zu manövrieren. Was nun?

Zuerst richtete er sie auf und lehnte sie mit dem Rücken an den Bettkasten. Sofort sackte sie wieder zu Boden. Mias Körper wirkte, als hätte er überhaupt keine Knochen mehr. Im Windfang hatte er es ja auch geschafft, sie auf seine Arme zu heben. Das Bett war so niedrig, dass er sich davorknien und sie hinein heben konnte, ohne sich aufrichten zu müssen.

So machte er es dann auch.

Da lag sie nun in ihrem dunkelblauen Hosenanzug auf dem Rücken. Gemütlich sah das nicht aus. Also entschloss er sich, ihr die Jacke auszuziehen. Ohne jegliche Mithilfe war das gar nicht so einfach. Das Top, das sie darunter trug, war durchaus zum Schlafen geeignet. Die relativ enge Hose war aber sicher nicht angenehm. Also knöpfte er den Bund auf und öffnete den Reißverschluss. Darunter erschien ein hellblauer Slip mit weißer Spitzenkante und einer winzig kleinen dunkelblauen Schleife in der Mitte direkt unter ihrem Nabel. Ihr Bauch war straff und samtig ... In dem Moment fühlte Tim, wie sämtliches Blut sein Gehirn verließ, um Körperregionen zu unterstützen, deren Aktivitäten er nun absolut nicht gebrauchen konnte.

Entschlossen zog er den Reißverschluss wieder zu, schloss den Knopf und versuchte, sich wieder zu sammeln.

»Die Hose bleibt, wo sie ist!«, sagte er laut, um sich selbst in diesem Entschluss zu bestärken. So deckte er Mia zu und schlich sich aus dem Zimmer, nicht ohne den Flickenteppich mitzunehmen. Der musste natürlich wieder an seinen Platz. Niemals würde er zugeben, wie er sie in ihr Bett geschafft hatte.

Als er den ursprünglichen Zustand wiederhergestellt hatte, ging er noch einmal ins Schlafzimmer, um nach Mia zu sehen. Die war zwar nicht wirklich wach, aber stöhnte ganz furchtbar. Sicher war ihre hundeelend zumute. Er sollte ihr noch ein Glas Wasser bringen.

Merkwürdig. Ein Badezimmer hatte er nicht entdeckt. Also ging er in die Küche. An der hinteren Wand war noch eine schmale Tür zu sehen, viel moderner als die anderen massiven Holztüren. Tim öffnete sie. Da war das Bad. Offenbar hatte man einen Teil der Küche abgetrennt und es nachträglich eingebaut. Es war winzig und bestand aus einer Toilette, einem kleinen Waschbecken und einer Dusche, die Mia zwingen würde, so schlank zu bleiben, wie sie war, solange sie sie benutzen wollte.

In der Küche füllte er ein Glas mit Wasser. Sein Blick fiel auf einen Putzeimer. Das wäre sicher kein Fehler. Tim nahm auch ihn mit ins Schlafzimmer und platzierte ihn vor dem Bett am Kopfende. Sollte sich Mias Körper spontan entschließen, sich von dem Gift, das ihn quälte, zu befreien, hatte sie vielleicht Glück und traf den Eimer.

In dem Moment stöhnte sie wieder auf. »Gott, ist mir schlecht!«

Tim konnte es sich lebhaft vorstellen.

»Mia, ich habe dir einen Eimer vors Bett gestellt, falls ... na ja ...«

»Merci, mon cher!«, erwiderte sie, ohne wirklich aufzuwachen.

Na toll, jetzt hielt sie ihn auch noch für diesen ... Tim sah seine Traumfrau an. Was, wenn es ihr schlecht wurde und sie am Ende erstickte oder wenn sie ernsthaft eine Alkoholvergiftung hatte? Er konnte unmöglich einfach heimfahren. Also ließ er die Schlafzimmertür auf und setzte sich ins Wohnzimmer. Gleich würde das Fußballspiel beginnen, das er eigentlich mit Gabriel hatte ansehen wollen. Der hatte sich aber nicht mehr gemeldet. Hoffentlich war dessen Wohnung nicht völlig überschwemmt. Mia würde es sicher nicht stören, wenn er sich das Ganze auf ihrem kleinen Fernseher ansah. So konnte er erst einmal sichergehen, dass mit ihr alles in Ordnung war.

7

Gabriels Wohnung war nicht überschwemmt. Er wurde sehr viel angenehmer vom Fußballschauen abgehalten, als er es sich wenige Stunden zuvor noch hätte vorstellen können.

Emilia hatte sich im Bad kurz frisch gemacht. Ihr Gesicht wieder in Ordnung zu bringen hätte aber ewig gedauert. Das wollte sie ihrem Gast nicht auch noch zumuten. So setzte sie einfach nur die Brille auf und ging ins Wohnzimmer zurück. Gabriel hatte inzwischen die CD noch mal angemacht und die Lasagne wieder aus dem Backofen geholt.

»Ich sehe furchtbar aus. Aber mich zu schminken, hätte viel zu lange gedauert. Jetzt ist Schluss! Morgen bringe ich die verdammten Linsen wieder zurück. Ich schaffe es einfach nicht, mich daran zu gewöhnen.«

»Du siehst nicht furchtbar aus, sondern ganz reizend. Das rote Näschen hat was sehr Weihnachtliches, finde ich.«

»Du kannst wirklich wunderbare Komplimente machen, Gabriel«, sagte sie lachend.

»Warum magst du die Brille nicht mehr tragen?«

»Ach, ich habe eine Brille bekommen, da war ich fünf. Zuerst eine mit elastischen Bügeln, die an den Ohren befestigt wurde. Damals hat sie mich einfach nur oft gestört. Schlimmer wurde es als Teenie. Da fing es an, dass sie mich eine Brillenschlange nannten. Ich habe mir geschworen: Sobald ich erwachsen bin, kommt die Brille weg. Allerdings ist es nicht ganz so einfach, wie ich dachte. Irgendwie habe ich mir immer eingebildet, wenn die Brille weg ist, dann bin ich plötzlich ... Ohne Brille hatte ich gehofft, richtig gut auszusehen. Da ich dann aber völlig verquollene Augen habe, ist es selbst optisch keine große Verbesserung«, seufzte sie.

»Wenn ich das jetzt sage, klingt es bescheuert, aber es ist so ... Wenn man dich ansieht, denkt man: Ah, ein nettes Mädchen mit Brille. Dann schaut man noch mal und denkt: Wow! Was für ein schönes Gesicht. Hättest du die Brille nicht, wäre der Eindruck nicht so extrem. Also ... ich weiß nicht, wie ich es erklären soll, aber irgendwie macht dich die Brille noch attraktiver.«

»Das sagst du nur so.«

»Nein, das meine ich so.«

»Danke, Gabriel!« Nach einem Moment verlegenen Schweigens sagte Emilia: »Das ist ja wirklich das ideale Shirt zur Lasagne. Ich sehe es jetzt erst. Das ist doch die Katze, die du auch auf deinem Briefkasten hast!«

»Richtig! Das ist Garfield. Kennst du den nicht? Es ist ein Kater, der schrecklich faul ist und schrecklich gern Lasagne frisst. Deshalb fühle ich mich ihm verbunden.«

»Ach so! Ich dachte, du wärst Katzenliebhaber!« Emilia kam sich unheimlich blöd vor. Da hätte sie die arme Katze gar nicht zu stressen brauchen.

»Eben fällt mir ein, was ich die ganze Zeit vermisse. Wo ist denn deine Katze?«

»Wir haben uns getrennt. Sie konnte sich nicht an mich gewöhnen. Da habe ich sie zurückgegeben. Es hat ihr hier nicht gefallen.«

»Ich hatte schon ein ganz schlechtes Gewissen. Jedes Mal, wenn ich in die Wohnung kam, hat sie sich unter dem Sofa versteckt. Zuerst habe ich versucht, sie mit dem Futter oder ihrem Spielzeug herauszulocken. Na ja, ich wäre wohl auch nicht herausgekommen, wenn ein riesiges dickes Vieh vor meinem Unterschlupf gelauert hätte. Sicher dachte sie, ich wollte sie fressen.«

»Du musst dir keine Gedanken machen. Sie war einfach sehr ängstlich. Hast du schon alle Geschenke?«, versuchte Emilia, vom Thema abzulenken.

»Morgen will ich endlich in die Stadt, Geschenke für meine Mutter und meine Schwester kaufen. Für meinen Vater habe ich schon was. Für meine Nichte und Neffen auch. Das ist leicht. Da kaufe ich einfach, was ich selbst gern hätte. Für Frauen ist es schwer, was zu finden. Ich habe immer das Gefühl, sie wissen ganz genau, was sie wollen, verraten es aber nicht. Ich sollte mich ranhalten. Ich muss es auch noch verschicken.«

»Bist du Weihnachten nicht bei deiner Familie?«

»Nein, diesmal liegen die Feiertage so ungünstig, und zum Jahresende ist es fast unmöglich, Urlaub zu bekommen. Ich komme aus dem hohen Norden. Da lohnte sich die Reise für so kurze Zeit nicht.«

»Ach, du bist ein Nordlicht? Und dann heißt du Gabriel. Ich hätte eher auf einen südländischen Hintergrund getippt. Das ist ein doch recht ungewöhnlicher Name, aber ein sehr schöner!«

»Danke! Aber ich weiß nicht. Irgendwie denkt man an blond gelockte Engel. In der Schule haben sie mich immer Gabi genannt, um mich zu ärgern. Ein extrem bescheuerter Kollege tut das heute noch. Ich glaube, deswegen trage ich den Bart, um zum Ausgleich etwas kerniger zu wirken.«

»Der Bart gefällt mir. Wie hättest du denn lieber geheißen?«

»Irgendwas Kurzes, Männliches. Vielleicht Ralf oder noch lieber was Englisches – wie Jack, Joe oder Jim. Irgendein knackiger Name, der zu einem Cowboy gepasst hätte. Cowboy war mein erster Traumberuf.«

»Vor Augenarzt?«

»Viel früher!« Die Antwort war keine direkte Lüge.

»Wie wäre es mit Gabe! Das ist doch ein markiger Cowboy-Name, oder?«

»Tatsächlich, du hast recht. Daran habe ich noch nie gedacht.«

»Gut, Gabe! Ich habe noch etwas Vanilleeis. Lust auf einen kleinen Nachtisch?«

Während des Fußballspiels war Tim immer wieder in Mias Schlafzimmer geschlichen. Teils hatte sie ruhig geschlafen, teils im Schlaf gesprochen. Offenbar hatte sie nicht gerade süß und friedlich geträumt.

Als die Übertragung zu Ende war, ging er wieder hinein, um einen letzten Blick auf sie zu werfen. Ihr Haar klebte ihr an der Stirn, und ein dünner Schweißfilm bedeckte ihr Gesicht. Vorsichtig fühlte Tim ihre Stirn. Die Körpertemperatur schien normal. Auch ihr Atem ging ruhig. Nichts schien so schlimm, dass es etliche Stunden Schlaf nicht wieder in Ordnung bringen könnten.

Also strich er ihr übers Haar und flüsterte: »Gute Nacht, Mia! Bis dann im Büro.« Er ging zur Schlafzimmertür. Zu seinem Entsetzen hörte er sie aufschluchzen.

»Bitte nicht! Bitte, bitte lass mich nicht allein!«

Tim sah sie besorgt an. Sie war nicht wirklich wach.

»Geh nicht, bitte!«, sagte sie aber noch mal laut und deutlich.

Tim war schmerzlich bewusst, dass sie ihn höchstwahrscheinlich gar nicht meinte. Trotzdem konnte er sie nicht allein lassen, wenn sie das nicht wollte. Es war ja nun auch wirklich egal, ob er die Nacht allein in seinem Bett oder allein auf Mias Sofa verbrachte. Vielleicht war es ohnehin besser, in der Nähe zu bleiben. Ganz offensichtlich war Mia solche Exzesse nicht gewöhnt.

»Keine Angst, Mia, ich lasse dich nicht allein«, sagte Tim. Auch wenn ich nicht der bin, den du meinst, fügte er bedrückt in Gedanken hinzu. Leise schlich er sich zur Tür.

Bevor er das Zimmer verließ, hörte er sie ganz deutlich murmeln: »Danke! Du bist ein sehr netter Mann, T... Tim!«

Nach dem Eis machten es sich Emilia und Gabriel auf der Couch bequem. Sie hörten verschiedene CDs, lachten über ihren ähnlichen Musikgeschmack und tauschten Geschichten über Konzerte aus.

Die beiden hatten sich inzwischen darauf verständigt, am nächsten Morgen zusammen in die Stadt zu gehen und letzte Einkäufe zu erledigen. Emilia hatte versprochen, ihm beim Aussuchen der Geschenke für die Frauen der Familie zu helfen. Er wollte ihr Beistand leisten bei dem schmerzlichen Abschied von ihren Kontaktlinsen und ihrem Traum vom brillenfreien Leben. Ihre Geschenke hatte sie offenbar schon beisammen.

Gabriels Flasche Rotwein war eine weitere aus Emilias Küche gefolgt, die auch nicht zu verachten war. Auch die ging nun schon zur Neige. Gabriel fühlte sich entspannt und selbstsicher und charmant, Emilia fühlte sich behaglich, hoffnungsfroh und durchaus attraktiv – trotz der Spuren des Linsendramas.

Als wieder eine CD zu Ende war, fiel Gabriels Blick auf die Uhr. Unfassbar, wie spät es schon war. Die Zeit war in Emilias Gegenwart regelrecht verflogen.

»Ich glaube, es ist Zeit zu gehen. Vielen Dank für die wundervolle Lasagne. Ich habe nie eine bessere gegessen. Dabei bin ich Lasagne-Kenner. Und ich habe noch nie eine in so angenehmer Gesellschaft gegessen.«

»Ja, es war sehr nett. Danke für den Wein, die Geduld und die Augenoperation. Was ein Glück, dass ich beinahe einen Augenarzt da hatte. Ist es wirklich Zeit, dass du in den Sonnenuntergang reitest, Gabe?«, fragte Emilia und lachte verschmitzt.

»Nun das wäre wohl eher der Sonnenaufgang, und über den Flur spare ich mir das Pferd. Ich werde aber nicht gehen, Lady, ohne dafür zu sorgen, dass du mich nicht vergisst.«

Behutsam setzte er ihr die Brille ab, sah sie ernst an und küsste sie sehr zart auf die Lippen. Noch bevor er Angst vor seiner eigenen Kühnheit bekommen konnte, legte ihm Emilia die Hand in den Nacken und schenkte ihm einen weit weniger zarten Kuss. Ihr Mund schmeckte nach Rotwein und ein wenig nach Vanilleeis.

Gabriel zog sie an sich. Die Nähe ihres warmen, weichen Körpers ließ sein Gehirn völlig aussetzen. Da waren nur noch Haut und Lippen und heißer Atem und pochende Herzen. Emilia zog ihm das Jackett aus und zog ihn neben sich auf die Couch. Da sie schon von vornherein viel weniger angehabt hatte als er, hielt er sich erst mal mit dem Entblättern zurück. Stattdessen umarmten und küssten sie sich immer leidenschaftlicher. Schließlich begann Gabriel, ihren Oberschenkel zu streicheln.

Emilia hatte das dringende Bedürfnis, sich einfach fallen zu lassen. Doch da war die Stimme ihres Bruders in ihrem Kopf. »Frauen, die sich gleich beim ersten Treffen hinlegen, nimmt man als Kerl gern mit, aber damit hat es sich dann auch.« Sie wollte, was Gabriel wollte, aber sie wollte auch mehr.

Gabriel spürte, wie sich ihr Körper in seinen Armen anspannte. So ließ er von ihr ab, sah sie etwas bekümmert an und fragte: »Zu schnell?«

Emilia rang nach Luft, als wäre sie unter Wasser gewesen. »Ich fürchte, ja! Es tut mir so leid, ich habe schließlich angefangen, aber ich denke, wir sollten ... Bitte sei nicht böse!«

»Ich bin nicht böse. Es ist kein Problem. Ich gehe rüber und dusche kalt, dann ist alles wieder im Lot. Danke für den wundervollen Abend, Emilia!«

»Ich danke dir, Gabriel! Du musst denken, ich bin schrecklich. Erst das Theater mit den Linsen, dann dieser Überfall. Sind wir für morgen noch verabredet?«

»Aber natürlich sind wir das. Du bist schrecklich ... schrecklich süß. Ich freue mich sehr auf morgen.«

8

Als Mia am nächsten Morgen aufwachte, brummte ihr Kopf ganz unerträglich. Auch sonst fühlte sie sich nicht besonders. Sie hatte einen wahnsinnigen Quatsch geträumt. Im Traum hatte sie hilflos auf dem Boden gelegen, und der hatte sich mit ihr durch ihr eigenes Haus bewegt. Abstrus.

Sie hatte einen höllischen Durst. Also schlug sie die Bettdecke zurück und stand auf. Das war ein Fehler. Ihr Kopf, der bis dahin schlicht wehgetan hatte, drohte nun zu zerspringen. Außerdem stellte sie fest, dass sie ihre Anzughose, nicht ihre Jogginghose trug, in der sie sonst im Winter schlief – außer natürlich, wenn Maurice bei ihr übernachtete.

Maurice!

Plötzlich war da neben den Kopfschmerzen noch ein viel schlimmerer Schmerz. Und sie hatte keine Ahnung, wie sie ins Bett gekommen war. Ihre Anzugjacke hing ordentlich auf einem Bügel an der Schlafzimmertür. Also musste es einigermaßen geordnet zugegangen sein.

Schwerfällig schleppte sie sich Richtung Bad. Als sie wieder herauskam, entschied sie sich dazu, sich eine Tasse Kaffee zu machen. Jede noch so kleine Bewegung löste in ihrem Schädel ein Beben aus, sodass sie laut aufstöhnte. »Was habe ich nur getan?«

»Mach dir keine Sorgen. Du hast nur etwas viel getrunken. Es ist alles in Ordnung. Bald geht es dir wieder gut«, sagte eine Stimme vom Sofa her.

Mia schrie vor Schreck laut auf. Sie wagte es kaum, in Richtung Couch zu schauen, aus Angst, einen irren Einbrecher zu erblicken. Hoffentlich tötete er sie wenigstens sofort, ohne ihr auf den Kopf zu hauen.

»Es tut mir leid, ich wollte dich wirklich nicht erschrecken.«

»Tim! Was machst du denn hier? Hast du die Nacht ... Es tut mir leid, ich weiß gar nichts mehr, ich ... Wir haben doch nicht ...«

»Nein, nein! Ich habe hier auf dem Sofa geschlafen. Ich habe dich gestern nach Hause gefahren. Du hattest ja dein Auto nicht dabei. Und es ging dir auch nicht so gut.«

»Danke! Ich weiß wirklich gar nichts mehr.«

Das beruhigte Tim in Anbetracht der Teppichaktion direkt.

»Habe ich irgendetwas gesagt oder getan, das ich besser wissen sollte? Das ist total unheimlich. Ich habe ein richtiges Loch im Hirn.«

»Keine Sorge. Auch volltrunken hast du dich mustergültig verhalten.«

»Es ist mir so peinlich. Warum bist du noch hier? Wir haben doch wirklich nichts ...«

»Ich hatte etwas Sorge, du könntest eine Alkoholvergiftung haben. Ich wollte dich hier am Ende der Welt lieber nicht allein lassen. Keine Sorge, ich gehe jetzt. Schlaf am besten noch eine Runde. Dann bist du sicher wieder fit.«

»Das kann ich mir kaum vorstellen. Ich glaube, ich habe einen irreparablen Hirnschaden. Ich wünschte, man würde mich einschläfern.« Stöhnend sank sie auf einen Sessel.

»Komm, ich koche dir einen Kaffee, und etwas Herzhaftes essen solltest du auch.«

»Bitte nichts essen. Was habe ich nur getan?«

»Du hast dich ganz schön abgeschossen. Was ich mich frage: Warum hast du das getan? Aber es geht mich eigentlich nichts an.«

»Ich habe zwar alles vergessen, was gestern war, aber das, was ich vergessen wollte, habe ich nicht vergessen.« Sie angelte ihre Handtasche vom Wohnzimmertisch, zog ein Paket mit einem Brief heraus und reichte ihn Tim.

»Da lies! Mein ganz spezielles Weihnachtsgeschenk.«

Zögernd nahm Tim den Brief.

»Mach schon. Das ist mir lieber, als es zu erzählen.«

»Du musst ja nicht ...«

»Ich will aber, wenn es dir nichts ausmacht.«

Tim faltete das elegante Briefpapier auf und las: »Mein liebstes süßes Rehlein!« Na darauf hatte er ja nun gar keine Lust. Liebesschwüre vom französischen Sexgott.

»Ich weiß nicht, Mia ...«

»Bitte, lies ...«

Mein liebstes süßes Rehlein!
Was ich dir jetzt schreiben muss, fällt mir sehr schwer, und ich fürchte, es wird dich traurig machen. Leider muss ich zugeben, dass ich nicht ganz ehrlich zu dir war, was den Grund meiner Heimreise betrifft. Ich kehre nicht nur über die Feiertage zurück, sondern ich werde in Paris bleiben. An Silvester werde ich, wie lange geplant, meine wundervolle Verlobte Justine heiraten. Sie ist die Tochter des Kompagnons meines Vaters.
Vielleicht erscheint es dir etwas unfair, dass ich dir nie von diesem Plan erzählt habe. Es war auch nicht ganz

richtig von mir. Aber du hast mich so verzaubert, dass ich mich nicht von dir fernhalten konnte. Wir hatten ja auch drei wundervolle Monate, findest du nicht? Ich hoffe sehr, du bist nicht zu enttäuscht. Ich habe dir etwas Schönes gekauft und hoffe, dass du es oft tragen wirst. Sicher denkst du dabei genauso gern an mich zurück wie ich an dich.
Alles erdenklich Gute wünscht dir
Maurice

Tim war sprachlos. Sicherheitshalber las er es noch mal durch und sah Mia besorgt an.

»Das ist ein Ding was?«, fragte diese künstlich munter.

»Das ist ein Ding, ja. Es tut mir schrecklich leid, Mia. Das erklärt gestern Abend völlig!«

Mia setzte sich an den Esstisch und ließ ihren Kopf in die Hände sinken.

»Gestern vor dem Abflug ist er extra eine halbe Stunde früher bei mir vorbeigekommen, damit wir ... Ich dachte, das wäre unheimlich romantisch. Dabei wollte er nur schnell noch mal«, sie stockte, »bevor er in den Hafen der Ehe einläuft. Unfassbar, so ein verdammter, elender, dreckiger, verlogener ...«

»Arsch?«

»Danke, das ist gut ... Arsch! Da, schau mal, was ich Feines dafür bekommen habe.«

Mia warf ihm das Päckchen zu. Es enthielt eine Kette mit roten Steinen. Keine Kette, eher ein Collier. Tim nahm es aus der Schachtel und betrachtete es näher. Es war ein klobiges Stück. Die Steine, wahrscheinlich Rubine, waren in schwere Kettenglieder aus Gold gefasst. Protzig und hässlich und völlig unpassend für eine junge

Frau wie Mia. Die Queen hätte es vielleicht zum Tee bei einem Earl tragen können.

»Hast du eine Vorstellung, ob das Ding etwas wert ist?«

Tim schaute noch einmal genau hin.

»Fachmann bin ich nicht. Hier ist der Stempel. Es ist 585er-Gold. Das wäre schon mal teuer. In so was fasst man keine Glassteine, also sind es wohl Rubine. Das ist schon was wert.«

»Was meinst du? Ungefähr? Zweihundert, zweitausend Euro oder was?«

»Nur ganz ungefähr: 5000 Euro sicher.«

»Ordentlich!«

»Wenn du magst, kann ich es dem Bauer von der Evaluationsabteilung mal zeigen. Der hat Ahnung von Schmuck. Es wäre sicher nicht schlecht, wenn du wüsstest, was es wert ist. Vielleicht solltest du es versichern lassen.«

»Ich werde es nicht behalten. Gestern Abend wollte ich es spontan in den Müll werfen. Aber warum sollte ich? Schließlich habe ich es mir verdient.« Trotzig streckte sie das Kinn vor. »Also wenn ich mal überschlage ... Die ersten drei Wochen lief nichts. Das heißt, es bleiben neun Wochen. Also ungefähr neun mal drei. Also rund 30-mal. Was meinst du? Sind circa 150 Euro ein guter Preis für eine Nummer? Also in Anbetracht der Tatsache, dass ich nicht ausgebildet und eher unerfahren bin, glaube ich, das ist ein Spitzenpreis, was denkst du?«

Tims Magen krampfte sich regelrecht zusammen, als Mia diese Rechnung scheinbar ungerührt aufstellte. Doch bevor er sich eine angemessene Antwort überlegen konnte, brach sie in Tränen aus.

»Er hat so schöne Sachen gesagt. Ich habe geglaubt, es bedeutet etwas. Ich habe gehofft, er nimmt mich mit nach Paris und stellt mich seinen Eltern vor. Nun ist natürlich klar, warum er daran nicht mal gedacht hat. Ich bin so bescheuert.«

»Wein doch nicht, Mia, vielleicht hat er sich spontan total in dich verliebt, aber hat es dann nicht geschafft, sich dem Willen des Familienoberhaupts zu widersetzen. Das klingt doch nach einer Vernunftehe. Vielleicht ist er einfach nur schwach.«

»Glaubst du?« Mia schaute ihn zweifelnd an. »Ich glaube, er ist eher einfach ein …«

»Ein Arsch! Ich fürchte, du hast recht, Mia.«

9

Gabriel wachte glücklich und zufrieden auf.

Samstagmorgen. Wunderbar. Und eine Verabredung mit Emilia. Unfassbar!

Es hatte einen Moment gedauert, das Start-Stopp-Manöver auf der Couch seinem Körper zu erklären. Aber ehrlicherweise musste man sagen, dass Gabriels Körper sexuelle Frustration nicht ganz neu war. Und doch war er regelrecht froh, dass er nicht mehr als das Jackett abgelegt hatte. Da es mitten im Winter war und es ihm sehr selten passierte, dass schöne Frauen ihm spontan die Kleider vom Leib rissen, sah er davon ab, seine recht üppige Körperbehaarung zu entfernen. Eigentlich fand er das sowieso blöd. Aber da sein Körper ohnehin schon ein ordentliches Maß an Toleranz erforderte, wollte man durch ihn in Verzückung geraten, schien es ihm ratsam, sich dem Modetrend anzupassen, so anstrengend es auch war. Ob es wohl nötig war, das vor heute Nachmittag zu erledigen? Man wusste ja nie!

Ach, Unsinn. Wenn Emilia das Gefühl hatte, es sei zu früh für mehr, dann wäre ein Tag später sicher nicht spät genug. Außerdem sollte er sich diesmal in professionelle Hände begeben, statt selbst gegen den unerwünschten Pelz vorzugehen. Immer wieder musste er an ihre weichen Lippen, ihre zarte Haut und ihren warmen Körper denken.

Wenn sie lange genug warteten, dann hatte er noch Zeit für eine radikale Diät. Kritisch betrachtete er das zweite Käsebrötchen, das er sich gemacht hatte. Er würde ja nicht zu Mittag essen, wenn er sich um drei mit Emilia traf. Außerdem wäre es bis morgen nicht mehr gut.

Gabriel war natürlich völlig klar, dass er nicht zur Linderung des Welthungers beitrug, wenn er aufaß, was er gekauft hatte. Trotzdem bereitete es ihm Unbehagen, Lebensmittel wegzuwerfen. Also verspeiste er das Brötchen.

In dem Moment klingelte es an der Tür. Tim vielleicht? Von dem hatte er nichts mehr gehört. Er selbst hatte aber auch nicht mehr angerufen. Es war zwar ungewöhnlich, dass sie sich unangemeldet besuchten, aber vielleicht war er in der Nähe.

Es war nicht Tim, es war Emilia. Und Gabriel war nicht gekämmt, trug das verwaschene T-Shirt und die Jogginghose, in der er meist schlief. Nicht mal Zähne geputzt hatte er.

Auch Emilia trug etwas, das aussah, wie das, was man an einem faulen Morgen zu Hause so trug, aber sie sah einfach bezaubernd darin aus!

»Emilia!«

»Gabriel! Ich habe dein Radio gehört und dachte, da kann ich dich so früh schon stören. Ich wollte dir möglichst bald Bescheid geben.«

»Komm doch rein, bitte!« Gabriel schwante nichts Gutes. Zügig ging er vor ins Wohnzimmer. Irgendwie hatte er das Gefühl, wenn es ihm gelang, sie eine Weile davon abzuhalten zu sagen, was sie wollte, würde sie es sich noch anders überlegen. Sie wollte ihm absagen. Das wusste er ganz genau.

»Was für wunderschöne Bilder!«

Fast alle Wände seiner Wohnung waren mit großformatigen Schwarz-Weiß-Fotos bedeckt. Sie zeigten verschiedene Personen, aber auch Stadtansichten. Auf dem Bild über dem Sofa sah man eine junge Frau, die mit drei Kindern auf einem Rasen herumtollte. Es war lebhaft und fröhlich. Emilia sah es bewundernd an.

»Das ist großartig! Sie sind alle toll!«

»Das ist meine Schwester Kirsten mit ihren Kindern. Es ist schon zwei Jahre alt. Ich muss bald ein Neues machen.«

»Das hast du gemacht? Das ist unglaublich. Das ist Kunst.«

»Nein, das sind nette Amateurschnappschüsse. Aber ich gebe zu, ich wäre gern Fotograf geworden. Aber wenn man nicht wahnsinniges Glück hat, fotografiert man sein Leben lang Wurstaufschnitt für Prospekte oder so was.«

»Vor oder nach Cowboy und Augenarzt?«, fragte Emilia.

»Dazwischen! So mache ich einen ganz gut bezahlten, leidlich interessanten Job und darf fotografieren, wen und was ich mag. Wie wäre es mit dir? Darf ich dich fotografieren? Ich bekomme meist ganz gute Kritiken für meine Knipserei.«

»Lieber nicht. Wenn ich eine Kamera sehe, mache ich sofort ein blödes Gesicht. Ich kann nur beten, dass mich meine Umwelt nicht immer so sieht.«

»Das kann ich mir gar nicht vorstellen ... bei einer so hübschen Frau wie dir!«

»Du hast ja gar keine Weihnachtsdeko«, wechselte Emilia entschlossen das Thema. »Findest du das albern?« Sie sah enttäuscht aus.

Der Stern! Der Leuchtdiodenstern, den sie ihm geschenkt hatte! Sie musste glauben, er hätte ihn nicht gemocht.

»Ich bin im Moment so selten da. Deshalb habe ich auch deinen Stern mit ins Büro genommen. Da sehe ich ihn den ganzen Tag. Er ist ein richtiger Gute-Laune-Macher. Tim, der in derselben Nische sitzt, liebt ihn auch.«

»Wirklich? Das freut mich. Ist das auf dem Bild die Schwester, für die du ein Geschenk brauchst?«

»Ja, genau. Ich habe nur die eine.«

»Gut, dann habe ich sie vor Augen, wenn wir was suchen.«

»Du sagst mir nicht ab?« Kaum hatte er es gesagt, hätte er sich treten können.

»Wieso?«

»Ich dachte, vielleicht magst du nicht mehr ...«

»Wieso sollte ich? Wegen des Linsentheaters oder eher, weil ich dich auf das Sofa gezerrt habe, um dich zu vergewaltigen. Das ist beides peinlich genug, um abzusagen.«

»Ach, Unsinn. Erstens kann man nur jemanden gegen seinen Willen vergewaltigen, das wäre bei mir unmöglich gewesen, und außerdem ... Es war ein wunderbarer Abend. Ich freue mich schon auf heute Nachmittag.«

»Es gibt aber leider ein Problem. Da hast du schon recht. Wir müssen es zumindest verschieben. Meine Großtante Eleonore hat mir dazwischengefunkt. Sie lebt in einem Seniorenheim für Künstler im Ruhestand. Zum Geburtstag lässt sie sich immer eine Bahncard 50 schenken. Seitdem ist sie der Schrecken des Clans. Ich glaube, das ist der Grund, warum meine Eltern nach Spanien geflohen sind.«

»Deine Eltern machen Urlaub in Spanien?«

»Nein, sie sind dahin übergesiedelt. Mein Vater kann die meiste Arbeit von zu Hause aus erledigen, und meine Mutter ist eine altmodische Hausfrau. Also geht das gut. Sie lieben beide das Meer und die Wärme. Und für Tante Eleonore und ihre Überfälle ist es zu weit weg.«

»Das klingt toll.«

»Ist es! Wenn du sehr lieb zu mir bist, darfst du vielleicht mal mit mir hinfliegen. Wenn man flexibel ist, gibt es sehr günstige Flüge.«

»Vielleicht gibt es ja auch eine Flugcard 50, die ihr der guten Tante schenken könntet«, sagte Gabriel lachend.

»Wenn ich das täte, würde ich enterbt. Aber zurück zu meiner Großtante. Sie ist auf dem Weg zu ihrer Schwester Elvira. Nun hat sie einige Stunden Zwischenstopp hier und will, dass ich mit ihr noch Weihnachtsgeschenke einkaufen gehe, bevor sie weiterfährt. Ich habe noch Glück. Um 16.00 Uhr muss sie wieder im Zug sitzen.«

»Ist sie denn so schlimm, die Tante?«

»Ach, sie ist einfach ein bisschen verrückt. Und sie kann sich nicht vorstellen, dass jemand nicht von jetzt auf gleich alles fallen lässt, um sich um sie zu kümmern. Aber es sind ja nur ein paar Stunden. Das heißt, ich könnte mich erst so um 16.30 Uhr mit dir treffen. Oder wollen wir es auf einen anderen Tag verschieben?«

»Nein, lass uns doch was für danach ausmachen.«

»Gut, ich fahre mit dem Auto hin, dann kann ich Eleonore besser und schneller in die Stadt schaffen. Wir könnten uns in der Konditorei Sternberg treffen. Von da aus sind der Optiker und die Geschäfte in Laufnähe. Kennst du das?«

»Ich war noch nie drin. Aber ich weiß, wo es ist. Man kann doch durch die Gasse neben der Sparkasse vom Marktplatz aus hinkommen, oder?«

»Richtig. Das sind nur drei Minuten, schätze ich.«

»Einverstanden. Wenn es dir recht ist, komme ich mit dem Bus in die Stadt und du nimmst mich dann mit zurück. Ginge das?«

»Klar, also um 16.30 Uhr im Café. Ich freue mich. Ach, zum Trost habe ich dir noch ein Stück Stollen mitgebracht. Den hat mir meine Mama aus Spanien geschickt. Eigentlich absurd, oder?«

»Wenn du mich so fütterst, schaffe ich es nie, rank und schlank zu werden.«

»Ganz ehrlich? Ich finde es schön, wenn ein Mann was auf den Rippen hat. Das ist irgendwie kuscheliger und ... mein Papa ist auch so ein Teddytyp. Aber ... du löst bei mir so gar keine töchterlichen Gefühle aus.«

»Da bin ich aber froh«, sagte Gabriel und musste sich räuspern.

»Wir sehen uns dann?«

»Nichts wird mich fernhalten können!«

Kaum hatte Gabriel die Tür hinter sich geschlossen, seufzte er tief. Ob es stimmte, was sie sagte? Gab es wirklich hübsche Frauen, die auf pummelige Männer standen. Er setzte sich an seinen Küchentisch. Der Stollen sah wunderbar luftig und locker aus, und er duftete nach Weihnachten. Nach kurzem Zögern beschloss er, ihr zu glauben, und schnitt sich ein Stück ab.

10

Tim hatte für Mia Kaffee und eine Brühe aus der Tüte gekocht. Sich selbst hatte er Toast gemacht. So saßen sie an dem Couchtisch vor dem offenen Kamin. Nach einer Kopfschmerztablette zum Nachtisch fühlte sich Mia nun doch wieder etwas besser, zumindest was ihre körperlichen Schmerzen betraf.

»Das Haus ist unheimlich originell. Wie kommt eine junge Frau wie du zu so was?«

»Es hat meiner Großmutter gehört. Sie hat es ausdrücklich mir vermacht. Ich bin ihre einzige Enkelin. So waren wir uns immer ziemlich nahe. Außerdem meinte sie, die Jungs hätten schon alles, was sie bräuchten, und sie würden es nur verscherbeln. Das ist ein Zitat. Sie hat dieses Haus geliebt. Sie wollte gern, dass jemand von der Familie darin lebt. Da ich hier in der Stadt arbeite und das Haus vergöttere, war ihre Entscheidung richtig. Keiner meiner Brüder hätte auch nur daran gedacht, hier einzuziehen. Oma ist hier geboren. Als sie geheiratet und meine Mutter und meinen Onkel bekommen hatte, hat sie mit ihrer Familie in einem größeren Haus in einer anderen Stadt gewohnt. Ihre Eltern, meine Urgroßeltern, haben bis zu ihrem Tode hier gelebt. Als diese verstorben waren und mein Großvater in Ruhestand gegangen war, hat Oma ihn mehr oder weniger gezwungen, wieder hierher zu ziehen. Er hat das Haus gehasst. Er ist dann tatsächlich in eine

Wohnung in der Stadt gezogen. Aber Oma ist hiergeblieben. Ich denke, es gab noch andere Gründe als das Haus. Aber darüber wurde nie gesprochen. Ich liebe es. Oma hat mir etwas Geld dazu vermacht, da konnte ich sogar ein neues Bad einbauen und eine vernünftige Heizung.«

»Dann benutzt du den tollen Kamin gar nicht?«, fragte Tim.

»Doch schon. Es ist viel Arbeit. Aber manchmal gönne ich es mir. Ich bin eine der wenigen, zu denen der Weihnachtsmann tatsächlich durch den Kamin kommen könnte. Aber ich warte nun schon seit drei Jahren vergebens.« Mia lachte ausgelassen.

Tim war froh, dass sie sich offenbar wieder gefangen hatte. Es war wirklich unfassbar, was dieser schmierige French Lover da abgezogen hatte. Es gab doch bestimmt genug Frauen, die einfach so mal mit ihm in die Kiste hüpfen würden. Warum musste er sich da an ein Mädchen wie Mia ranmachen. Tim fielen viele Dinge ein, die er ihm gern angetan hätte.

»Vielleicht kommt der Weihnachtsmann aber auch nicht durch den Kamin, weil Rupert darin spukt.«

»Was?«

»Das ist der Vorfahre, der das Haus gebaut hat. Er ist wohl im Rahmen einer Liebestragödie umgekommen, und Oma hat immer behauptet, er spukt im Kamin. Ich habe ihn nie gehört. Aber Oma meinte, das täte er nur, wenn er Leute schon ewig kennt. Meine früheren Besuche und die drei Jahre hier reichen wohl nicht aus.«

»Glaubst du an so was?« Tim sah sie kritisch an.

»Nein, nicht wirklich. Aber ich bin der romantische Typ. Ich glaube schon, dass es Dinge in unserem Leben gibt, die man nicht erklären kann.«

»Dann gehört das Haus also dir allein?«

»Ja, tut es. Meine Brüder haben das wirklich sehr großzügig hingenommen. Oma hatte ihnen schon zu Lebzeiten gesagt, dass sie es mir vermachen wollte. Sie waren einverstanden und sicher auch ganz froh. Sie haben, glaube ich, ohnehin immer Angst, dass sie mich eines Tages ernähren müssen.«

»Warum das denn? Du hast doch einen guten Beruf mit einem ordentlichen Auskommen.«

»So sehe ich das auch. Aber im Vergleich zu meinen Brüdern bin ich arm wie eine Kirchenmaus.«

»Was machen die denn?«

»Hendrik, der Älteste, hat schon während seines Studiums eine kleine Softwarefirma gegründet. Die ist dann ganz schnell durch die Decke gegangen. Würdest du Wirtschaftsmagazine lesen, wäre er dir schon untergekommen. Er gilt als einer der Macher in der Branche.«

»Hendrik Oliphant? Wide Mind Corporation?«

»Super, sogar du kennst ihn. Ich bin nicht erbberechtigt, wenn ihm, Gott bewahre, was zustoßen würde. Er hat schon drei brillante Kinder. Vielleicht hätte ich Maurice trotzdem von ihm erzählen sollen. Das hätte womöglich meine Chancen erhöht, mehr als nur ein Betthäschen zu sein.«

»Sei froh, dass du ihn los bist. Offenbar hattest du ein falsches Bild von ihm.«

»Und wie!«

Um sie abzulenken, fragte er weiter. »Und dein anderer Bruder?«

»Meine drei, meine *drei* anderen Brüder! Die sind nicht so astronomisch reich. Aber trotzdem unglaublich eindrucksvoll. Max, der zweite, ist als Manager einer großen Automobilfirma in den USA. Er war sogar schon mal im Weißen Haus eingeladen. Das liegt sicher auch ein bisschen an seiner Frau Melissa. Sie ist ein Topmodel. Ihre Spezialität sind Dessous und Bademoden. Solltest du sie kennen, gib das besser nicht zu.«

»Tue ich nicht!«

»Brav! Melissa sieht nicht nur sagenhaft aus, sie hat auch noch eine Hilfsorganisation für vernachlässigte Kinder in Südamerika gegründet. Damit ist sie fast so oft in den Illustrierten wie mit ihren Modefotos.«

»Wow!«

»Ja, wow! Willst du noch mehr hören?«

»Wenn es dir nichts ausmacht. Es interessiert mich sehr, aus was für einer Familie du kommst.«

Mia hätte Tim auch gern aus dem Telefonbuch vorlesen können und er hätte ihr geduldig stundenlang zugehört. Nur hier zu sitzen war für ihn unglaublich. Außerdem war ihre Familiengeschichte alles andere als langweilig.

»Okay. Also Bruder Nummer drei. Er ist Pharmakologe. Finanziell gesehen kann Timo nicht an die beiden Großen tippen. Aber er und seine nicht minder geniale Frau haben zusammen eine eigene kleine Firma gegründet, und wenn man ihnen glauben darf, werden sie demnächst sämtliche Krankheiten der Welt ausrotten. Kinder haben sie keine. Britta, seine Frau, meint, sie gibt der Welt mehr, wenn sie sich ihrer Arbeit widmet. Das ist ein Glück für die Kinder, die sie nicht kriegt. Britta ist kalt wie 'ne Hundeschnauze. Bitte sag nicht, du hast in einem Wissenschaftsmagazin über die beiden gelesen.«

»Habe ich nicht.«

»Gut! Max und Melissa haben auch keine Kinder. Melissa kann sich keine Schwangerschaft leisten, solange sie noch modelt.

Dann komme ich, als einziges Mädchen. Irgendwie ist in unserer Familie wohl die Genialität an das Y-Chromosom geknüpft. Ich bin gleich in der achten Klasse sitzen geblieben. Schließlich habe ich mich nach der Schule für eine Lehre bei einer Versicherung entschieden. Als ich dann Omas Häuschen geerbt habe, bin ich zu unserer Firma gegangen.«

»Fehlt noch ein Bruder, oder hattest du dich vielleicht als Folge des gestrigen Abends verzählt?«, grinste Tim.

»Nein, ein Genie gibt es noch. Martin, das Nesthäkchen. Er hat mit sechzehn Abitur gemacht und sofort angefangen, Physik zu studieren. Er hat als jüngster Studierender seiner Uni den Abschluss gemacht, promoviert und arbeitet seit einem halben Jahr in einem Forschungsinstitut in der Schweiz. Wahrscheinlich übernimmt er den ganzen Laden nächstes Jahr, so, wie ich ihn einschätze.«

»Sehr beeindruckend! Was machen denn deine Eltern so?«

»Das ist ja das Verrückte. Papa ist auch ein Versicherungsmann. Deshalb haben die mich auch mit meinem miesen Abitur genommen. Mama ist ganz altmodisch Hausfrau. Aber sie ist Vorsitzende der Landfrauen in dem Ort, aus dem ich stamme.«

»Die Landfrauen-Vorsitzende Oliphant? Die kenne ich natürlich.«

Mia und Tim lachten.

»Irgendwie weiß keiner, woher diese Anhäufung von Intelligenz plötzlich rührt. Ich komme mir jedenfalls immer vor wie der Underdog, dabei bin ich mit meinem Leben völlig zufrieden ... na ja von kürzlichen Pleiten in Liebesdingen mal abgesehen.«

Sicher ist keiner in deiner Familie so unwiderstehlich und liebenswert wie du, dachte Tim, sagte aber ganz was anderes: »Wirst du sie alle an Weihnachten sehen?«

»Nein, ich habe der Familie vorgeschwindelt, ich würde mit Maurice über Weihnachten in sein Château bei Paris fahren. Ich wusste, dass das nicht zur Debatte stand. Aber ich hatte mich in einem ersten Überschwang dazu hinreißen lassen, Mama von ihm zu erzählen. Ich wollte mich nicht nach ihm ausfragen lassen. Nun schon gar nicht mehr.«

»Das verstehe ich irgendwie. Was machst du nun?«

»Keine Ahnung. Alte Filme in der Glotze gucken, vor dem Kamin sitzen ... mal sehen. Und du? Feierst du mit deiner Familie?«

»Ich bin ein armes Waisenkind. Geschwister habe ich auch nicht. Wenn ich eine Familie hätte, würde ich sicher hinfahren. Ich würde es mir an deiner Stelle noch mal überlegen.«

»Dann müsste ich Mama erzählen, dass Maurice mich nur ausgenutzt hat. Sicher würde sie das nicht überraschen. Viel mache ich nicht richtig im Leben.«

»Bist du sicher, dass sie so reagieren würde? Sie ist deine Mutter. Sicher könnte sie dich besser trösten als jeder andere.«

»Ach, weißt du, Mama ist schon lieb. Aber so eine Mutter zum Anlehnen war sie eigentlich nie. Na ja, die Jungs hatten da auch nicht so den Bedarf.«

»Was ganz anderes, Mia! Soll ich den Herrn Bauer mal fragen wegen der Klunker. Du solltest sie nicht hier so rumliegen lassen. Ich könnte mit dem Handy ein Bild davon machen.«

»Meinst du nicht, du könntest sie mitnehmen und ihm zeigen. Ich will sie gar nicht im Haus haben.«

»Sicher, gern! Ich schreibe dir eine Quittung dafür.«

»Ach Tim, du bist schon berufsgeschädigt. Ich vertraue dir da blind. Da bin ich super drin, in blindem Vertrauen.

Vielleicht wüsste er auch, wo ich sie verkaufen könnte. Du sagst ihm aber nicht, dass sie mir gehören, bitte.«

»Natürlich nicht!«

»Ich koche uns noch einen Kaffee, was meinst du?«

»Nein, lass mich das machen. Ich bin jetzt schon eingearbeitet.«

Bevor Mia widersprechen konnte, ging Tim in die Küche und machte zwei Becher.

Als er zurück ins Wohnzimmer kam, hatte sie sich auf der Couch zusammengerollt und schlief. Tim nahm die Wolldecke, unter der er die Nacht verbracht hatte, und deckte sie vorsichtig zu. Dann schrieb er eine Notiz für Dornröschen und verließ leise das Haus.

11

Pünktlich um 16.20 Uhr erreichte Gabriels Bus den Marktplatz. Durch die kleine Gasse machte er sich auf den Weg. Diese führte zu einer größeren Straße. Links sah er schon das Schild des Cafés: ein großer goldener Stern, durch den sich das Relief eines Berges zog. Da war sie. Die Konditorei Sternberg. Gabriels Herz schlug schneller, und er schaute noch mal hektisch an sich hinunter. Also los!

Im Verkaufsraum sah er sich einer Theke gegenüber, die die unwiderstehlichsten Torten präsentierte. Und dieser Duft. Er würde sich aber beherrschen. Vielleicht konnte er Emilia ja nach dem Shoppen zum Abendessen überreden.

Auch wenn sie sagte, sie hätte kein Problem mit Speck, wollte er doch vermeiden, sich mehr davon zuzulegen. Aber diese Torten ...

Im Eingang des Cafés blieb er erst einmal stehen.

Der Raum wirkte sehr nostalgisch, oder war es gar noch die Originalausstattung? An der Tür hatte »Seit 1800 noch was« gestanden. Gold und Rot waren die dominierenden Farben. In der Mitte plätscherte ein Springbrunnen mit grün oxidierten wasserspeienden Fischen. Kleine Weihnachtsgestecke auf jedem Tisch gaben dem Ganzen einen festlichen Anstrich, der wunderbar zu dem Ambiente passte. Gerade wollte er schauen, ob Emilia schon da war, da kam sie mit geröteten Wangen auf ihn zugestürzt.

»Ach, Gabe, es tut mir so leid. Meine Tante hat sich in der Zeit für ihren Zug geirrt. Jetzt fährt sie erst um 18.15 Uhr ab. Ich wollte dich anrufen, aber auf deinem Handy geht immer nur die Mailbox dran.«

»Wirklich?« Da fiel es ihm wieder ein. Er hatte, was er sonst nie tat, sein Handy auf Stumm geschaltet, als er mit Emilia gegessen hatte. »Was machen wir jetzt?«

Bevor Emilia antworten konnte, rief eine alte Dame erstaunlich laut »Huhu« und winkte ihnen huldvoll zu.

Auf dem Kopf trug sie etwas, das aussah wie eine Sofakissenhülle, die von einer Kokarde aus dem Gesicht gehalten wurde, gekrönt von einer violetten Straußenfeder.

»Ich weiß nicht«, stöhnte Emilia. Sie sah völlig verzweifelt aus.

»Warum trinken wir nicht mit deiner Tante einen Kaffee, schaffen sie zum Zug, und danach gehen wir shoppen. Heute ist doch Advent-Late-Night-Shopping. Die Läden haben bis 22 Uhr auf. Das ginge doch.«

»Das würdest du tun? Du bist ein Engel! Dein Name passt zu dir.«

So gingen sie an den Tisch, wo Emilias Großtante sie schon ungeduldig erwartete.

»Tante Eleonore, das ist mein geschätzter Nachbar Gabriel Hansen. Wir wollten eigentlich zusammen einige Weihnachtseinkäufe machen.« Letzteres wurde mit einer gewissen Schärfe angemerkt. »Gabriel, das ist meine Tante Eleonore.«

»Sehr erfreut!« Die alte Dame streckte ihm ihren Handrücken mit angewinkelten Fingerspitzen entgegen.

Das musste ein Witz sein. Gabriel schaute ihr ins Gesicht. Sie schenkte ihm ein kokettes Lächeln und zwinkerte mit den mit schwarzem Kajal umrahmten Augen.

Kein Witz.

Also beugte sich Gabriel möglichst unauffällig leicht über ihre Hand und deutete einen Handkuss an. Gut, dass er so gern alte Hollywood-Schinken anschaute.

»Kompliment, Kleines! Einer der wenigen jungen Männer mit Stil.«

»Setz dich doch bitte, Gabriel!« Emilia sah sehr unglücklich aus.

Gabriel ließ sich am Tisch der beiden nieder. Mit der Geschicklichkeit eines Illusionisten zauberte die Frau etwas aus ihrer großen ziemlich abgewetzten Handtasche. War das wirklich ein Lorgnon? Kurz hielt sie sich die altmodische, aber sehr elegante Sehhilfe vor die großen Augen und betrachtete Gabriel ohne Scheu. Dann verschwand das gute Stück so schnell, wie es erschienen war.

Tante Eleonore war klein und zierlich. Unter dem abenteuerlichen Hut lugten pechschwarze Locken hervor. Dabei war sie sicher nicht jünger als 80. Von der künstlichen Farbe abgesehen erinnerten sie aber an Emilias wilde Locken. Der Schmuck, den sie trug, sah zwar sehr nach Christbaumdekoration aus, Gabriel war sich aber ziemlich sicher, dass dieser Look nicht auf die Adventszeit beschränkt war.

»Junger Mann, ich sehe, Sie bewundern meinen Hut. Sie werden es nicht glauben, aber den habe ich selbst gemacht. Es gibt heutzutage einfach keine guten Modistinnen mehr. Gelungen, nicht wahr?« Stolz wendete sie den Kopf hin und her und pinselte dabei einem leicht irritierten Herrn am Nebentisch mit der langen Feder das Genick.

»Faszinierend«, war der einzige Kommentar, der Gabriel einfiel. Aber es schien der erhoffte zu sein.

»Gabriel, du musst die einmaligen Torten hier probieren. Ich mag am liebsten ...«, warf Emilia ein.

»Das Kaffeetrinken lassen wir ausfallen«, verkündete die Seniorin resolut. »Für dich, Emmilein, ist das ohnehin besser. Die väterliche Seite deiner Familie neigt leider zu Übergewicht. Da musst du sehr vorsichtig sein.«

»Also ...«

»Na, wenn, dann müsste nur *ich* vorsichtig sein«, versuchte Gabriel, einen Disput zu vermeiden.

»Unsinn! Sie sind ein Mann. Männer können ruhig stattlich sein. Aber eine verführerische Frau muss eine Wespentaille haben, da führt kein Weg dran vorbei. Egal in welchem Alter.« Zufrieden strich sie über ihre eigene schmale Körpermitte.

Gabriel sah Emilia an. Sie atmete tief und gleichmäßig. Offenbar versuchte sie, ruhig zu bleiben. Sie hatte eine Wespentaille. Aber Gabriel war sich sicher, dass sie auch noch verführerisch sein würde, sollte sie jemals eine Hummeltaille bekommen.

»Also, wir machen es so! Ich habe noch etwa eine Stunde, bevor du mich zum Zug fahren musst. Hier ist eine Liste mit Dingen, die ich gern noch hätte. Die kannst du für mich besorgen, Emmilein.« Wie bei einem Zaubertrick hielt sie plötzlich ein lilafarbenes Stück Papier in den Händen. »In der Zwischenzeit gehen Herr Gabriel und ich noch einige Präsente besorgen, die ich selbst aussuchen muss. Ich wäre Ihnen dankbar, mein Guter, wenn Sie mich in eine Parfümerie begleiten würden.«

»Tante Elenore!«

»Emmilein, ich habe dich schon tausend Mal gebeten, mich nicht Tante zu nennen. Das klingt so ... tantig.«

»Und ich habe dich tausend Mal gebeten, mich nicht Emmilein zu nennen, das klingt so nichtig!«

»Nichtig ist ein Wort, das absolut nichts mit dem Begriff Nichte zu tun hat. Das solltest du wissen.«

»Es war ein Scherz. Und streng genommen hat das Wort tantig eine Bedeutung angenommen, die auch nicht mehr direkt mit dem Verwandtschaftsverhältnis zusammenhängt.«

»Sei nicht auch noch vorlaut, Kind!«

»Wenn du mich drangsalierst, meine Liebe, höre ich auf, dich Tante zu nennen, und nenne dich ›Großtante Eleonore‹.«

»Unterstehe dich, Emilia!« Aber die Drohung hatte die alte Dame ganz offenbar beeindruckt.

»Emilia, lass es uns doch so machen. Was meinst du?«, fragte Gabriel.

»Ein echter Kavalier, das habe ich gleich erkannt. Fräulein, bitte zahlen!«, rief sie in den Raum mit einer Stimme, die einen Konzertsaal erfüllt hätte.

So trennte sich Gabriel von einer regelrecht verstört wirkenden Emilia, nachdem sie verabredet hatten, sich um 17.45 Uhr an deren Auto wiederzutreffen. Das stand auf dem Parkplatz in der Innenstadt.

Tante oder eher Großtante Eleonore hakte sich bei ihm unter, und sie kehrten durch die Gasse zurück zum Marktplatz.

»Mein lieber Gabriel! Ich schlage vor, Sie nennen mich Lo. Das ist ein Kosename, der netten Menschen vorbehalten ist.«

»Dann ist es mir eine Ehre, Lo!«

»Sergej Kuryakin hat mich immer so genannt. Er hat in Wien meine Carmen dirigiert ... und nicht nur das! Das können Sie mir glauben! Was für ein heißblütiger Mann.«

Gabriel hatte das Gefühl, rot zu werden. Aber es war inzwischen richtig dunkel, und bei der Beleuchtung sah man das sicher nicht.

»*Ihre* Carmen?«, fragte Gabriel vorsichtig.

»Natürlich! Die Carmen in Wien war einer meiner größten Triumphe!«

»Sie waren Opernsängerin?« Gabriel war beeindruckt.

»Hat Ihnen das Emilia nicht erzählt? Worüber sprecht ihr jungen Leute nur dauernd!«

Gabriel konnte sich ein Grinsen nur schwer verkneifen. Sie hatten sich ausgezeichnet unterhalten, Emilia und er, auch ohne die Karriere ihrer Großtante zu diskutieren. Da wurde ihm aber plötzlich etwas ganz anderes klar. »Sergej Kuryakin? Der große Dirigent und Komponist?«

»Ihnen ist Sergej ein Begriff, mein Junge? Endlich ein Mann mit Kultur. Sie hätten mich sehen sollen als Carmen. Die Männer im Publikum konnten die Augen nicht von mir lassen, ›Musikalität gepaart mit ungezügelter Erotik‹ hat ein Kritiker geschrieben. Und Sergej konnte nicht nur die Augen nicht von mir lassen, nein, die Finger auch nicht, von anderen Körperteilen ganz zu schweigen.«

Gabriel machte unwillkürlich ein Geräusch zwischen einem Räuspern und einem Ächzen.

»Oh, bringe ich Sie in Verlegenheit, mein reizender Erzengel? Diese Jugend von heute. Völlig verklemmt. Die Sache mit Sergej und mir hat nicht lange gehalten. Wir waren beide zu leidenschaftlich und willensstark. Wenn wir uns in einem Raum befanden, stand die Luft in Flammen. Es war unglaublich, nie wieder habe ich einen solchen Liebhaber gehabt, obwohl andere auch nicht zu verachten waren. Aber auf Dauer hält das kein Mensch aus. Ach, da ist ja die Parfümerie. Ich will meiner Schwester Elvira noch ein Parfüm kaufen.«

Entschlossen zog sie ihn in das Geschäft. Dort ging sie auf eine Verkäuferin zu und erklärte ihr, sie suche als Geschenk einen Duft, den eine Dame zu einer Einladung am Nachmittag tragen könne.

»Für wen ist es denn? Handelt es sich um eine Dame ... in Ihrem Alter?«

»Nein, es ist für eine alte Frau. Aber sie ist noch sehr gepflegt. Also bitte kein muffiges Altfrauenparfüm.«

Gabriel bewunderte die junge Verkäuferin, wie stoisch sie diese Angaben verarbeitete. So brachte sie verschiedene Flacons und besprühte auf Anweisung von »Lo« deren Handgelenk damit. Dieses wurde dann Gabriel zum Schnuppern unter die Nase gehalten. Ab und zu schaute er sich um, ob nicht irgendwelche Bekannten von ihm in der Nähe waren. Zum Glück nicht.

Schließlich entschied sich Tante Eleonore für einen Duft und fragte nach dem Preis.

»Was?!! So viel will ich nicht ausgeben. Haben Sie nicht etwas Preiswerteres da?«

Kaum merklich seufzte die Verkäuferin und führte sie zu dem Tisch mit den Weihnachts-Sonderangeboten. Nun ging das Geschnupper von vorn los. Einen Duft hielt ihm die alte Dame hin. »Den sollten Sie für Emilia kaufen!«

»Benutzt sie dieses Parfüm?«

»Leider nicht! Aber sie sollte!«

»Ich werde es mir überlegen«, murmelte Gabriel.

»Vielleicht wäre Ihre ... Groß... Ihre Mutter ... an einem Geschenkset interessiert«, meinte die Verkäuferin, die geduldig Nachschub besorgt hatte.

»Ich bin nicht seine Mutter! Wir sind ... gute Freunde!«

Die junge Frau sah ihn besorgt an. Was mochte sie sich nur denken?

»Die Dame ist die Verwandte einer Freundin von mir«, erklärte er deshalb schnell.

Tante Eleonore sah ihn leicht beleidigt an.

Schließlich war das Passende gefunden, weihnachtlich mit kunstvoller Schleife und kleinen Glöckchen verpackt und bezahlt.

»Hier habe ich noch eine Probe von einem ganz neuen Herrenduft. Der wäre was für Sie!«, sagte die Verkäuferin, strahlte Gabriel an und reichte ihm ein winziges Schächtelchen.

»Ich weiß nicht, ich halte nichts von parfümierten Männern. Das ist irgendwie dekadent. Nichts ist erotischer als ein Männerkörper, der nach physischer Anstrengung riecht«, verkündete seine Begleiterin lautstark.

Gabriel stöhnte leise auf. Die Verkäuferin zwinkerte ihm verstohlen zu, und er bedankte sich für die Probe und die Beratung, da er sich nicht traute, ihre Engelsgeduld anzusprechen.

Als sie endlich wieder auf den Marktplatz traten, war es schon fast Zeit, zu Emilias Auto zu gehen.

»Eigentlich könnte ich ja den Zug um 21.30 Uhr nehmen. Dann könnten wir zu dritt noch ein wenig bummeln?«

Gabriel wusste nicht, was er sagen sollte. Vor allem war ihm klar, wie die arme Emilia auf so eine Planänderung reagieren würde. So sagte er energisch: »Das wäre ganz zauberhaft. Aber das müssen wir verschieben. Emilia und ich haben einige wichtige Besorgungen zu machen. Anschließend sind wir verabredet. Es wird so schon knapp, da wir viel früher starten wollten. Außerdem werden Sie sicher schon sehnsüchtig erwartet.«

»Wie Sie meinen, mein Guter!«, erwiderte die Tante etwas gekränkt. »Sie haben recht. Meine Schwester ist überglücklich, dass ich es einrichten kann, sie zu besuchen. Dann trennen sich unsere Wege jetzt, lieber Gabriel. Sie sind ein sehr charmanter Mann!«

Dabei schenkte sie ihm einen Augenaufschlag, der bei einer Frau ihres Alters eigentlich lächerlich hätte wirken müssen. Aber für einen winzigen Augenblick konnte er sich vorstellen, wie sich Sergej Kuryakin gefühlt haben musste.

Zu Gabriels unendlicher Erleichterung hatte sich Großtante Eleonore widerstandslos in Emilias Auto verfrachten lassen. Anschließend wollten sich Emilia und er in dem Musikgeschäft treffen, das in Sichtweite des Parkplatzes lag. So wäre es kein Problem, sollte der Zug Verspätung haben und Emilia nicht pünktlich sein.

Gabriel hatte ohnehin noch nach einigen CDs schauen wollen. Mit dem ganzen Herunterladen und Streamen konnte er sich einfach nicht anfreunden. Er wollte seine Lieblingsmusik in einem Regal stehen haben, in dem er stöbern konnte.

Als er eine Aufnahme von einem der Künstler in den Händen hielt, den Emilia besonders mochte, erwog er kurz, sie ihr zu Weihnachten zu kaufen. Aber das war nicht das Richtige. Er wusste ja gar nicht, ob sie ihm etwas schenken würde. Der schwülstige Duft, den Tante Eleonore empfohlen hatte, kam schon mal gar nicht infrage. Er brauchte ein Geschenk, das persönlich war, aber auch einfach eine nette Aufmerksamkeit unter Nachbarn hätte sein können.

Plötzlich wusste er ganz genau, was er ihr schenken wollte.

Da kam Emilia auch schon mit ihrem feuerroten kleinen Wagen auf den Parkplatz gedüst. Da er nichts gefunden hatte, ging er hinaus und öffnete ihr die Fahrertür, kaum dass sie angehalten hatte. Als sie sich ihm zuwandte, reichte er ihr die Hand, um ihr beim Aussteigen behilflich zu sein.

»Hübsches Auto, Emilia!«

»Ja, ich liebe es!«

»Hoffentlich passe ich da nachher rein. Vielleicht sollte ich doch mit dem Bus heimfahren.«

»Keine Sorge. Der Beifahrersitz lässt sich prima zurückschieben. Solltest du mit dem Kopf anstoßen, legen wir dich einfach rein, es sei denn, das beunruhigt dich.« Emilia schüttelte über sich selbst den Kopf. Woher kamen bloß dauernd diese Ideen. Nun ja, sie wusste schon, woher. Schnell wechselte sie das Thema. »Sag mal, Gabe! Tantchen hat schon auf dich abgefärbt. Du bist ja ein Kavalier der alten Schule.«

»Also bitte! Das konnte ich schon vor meinem Einkaufsbummel mit der guten ›Lo‹. Ich bin von Natur aus sehr galant.«

Emilia sah ihn plötzlich fragend und regelrecht erschrocken an. »Du darfst sie Lo nennen? Bitte sag, dass sie dich nicht ... belästigt hat!!«

»Wo denkst du hin, mein Kind! Zwischen Lo und mir bewegt sich alles im Rahmen der guten Sitten. Keine Sorge!«, sagte Gabriel übertrieben würdevoll.

Emilia lachte erleichtert und hakte sich bei ihm unter.

Das fühlte sich wunderbar an. Dafür hätte er drei exzentrische Großtanten zum Einkaufen begleitet.

»Dem Himmel sei Dank! Sie sitzt in ihrem Zug. Es war direkt eine Erholung, dass sie auf der Fahrt mal nicht an meiner Frisur, der Brille, meiner Kleidung, meinem Essverhalten, meinen Manieren und allem anderen rumgemäkelt hat. Sie konnte nur von ihrem charmanten Begleiter sprechen. Sie ist total entzückt von dir!«

»Ich hoffe, das bringt mir bei dir keine Minuspunkte ein!«

»Keinesfalls, mein lieber Gabriel! Meine Tante ist zwar komplett gaga, aber einen Blick für tolle Männer hat sie immer noch.«

»Es war eigentlich ganz lustig. Ihre Karriere und ihre Affäre mit Sergej Kuryakin. Das klingt alles sehr eindrucksvoll. Ist alles wahr, was sie erzählt?«

»Es ist alles wahr! Vielleicht etwas ausgeschmückt, aber es stimmt. Was machen wir jetzt?«

»Wir sollten zuerst zum Optiker gehen, ich habe nachgeschaut, die schließen schon um 20.00 Uhr.«

So schlenderten sie durch die Innenstadt. Jetzt, wo er Emilia neben sich hatte, nahm er erst die Weihnachtsbeleuchtung in vollem Glanz wahr. Sie schaute sich um wie ein glückliches Kind, lachte über die Rentier-Dekoration in einem Schaufenster, wies ihn auf dieses und jenes hin, das ihr gefiel, und wirkte absolut zufrieden. Aus jedem zweiten Geschäft klang Weihnachtsmusik, und auf dem Marktplatz spielte sogar eine Blaskapelle. Gern blieb Gabriel mit Emilia stehen, um den Musikern zuzuhören. Mit ihr an seiner Seite fand er das ganze Geglitzer und Gewimmel wunderschön.

Als sie den Optiker erreichten, blieb sie allerdings einen Moment vor dem Eingang stehen, und ein Schatten huschte über ihr Gesicht. Gabriel legte den Arm um ihre Schultern.

»Sei nicht traurig. Meine Schwester trägt nun seit Jahren Kontaktlinsen. Sie sagt, die werden immer weiterentwickelt und sind heute viel angenehmer als früher. Sicher geht das so weiter, und wenn du es wirklich möchtest, klappt es in ein bis zwei Jahren vielleicht doch noch.«

Emilia lächelte ihn an. »Du bist schon ein Schatz, Gabe!«

12

Als ihre Einkäufe erledigt waren, hatte Gabriel einfach mutig gesagt: »So, jetzt Abendessen! Du magst Italienisch, also weiß ich, wo wir hingehen.«

Zu seiner großen Freude ging diese Taktik auf, und Emilia folgte ihm willig in eine Pizzeria am Marktplatz.

Ihm war nicht klar, dass er den Plan auf beliebige Weise hätte vorbringen können, weil Emilia die ganze Zeit auf diesen Vorschlag gehofft hatte.

So saßen sie gemütlich an einem Tisch in einer ruhigen Ecke und aßen und plauderten.

Gabriel hatte seiner Schwester etwas kaufen wollen, das ihr die Arbeit mit den drei kleinen Kindern erleichterte. Irgendein tolles Haushaltsgerät. Emilia hatte ihn aber davon überzeugt, dass sich Kirstens ganzes Leben doch sowieso nur um die Kinder drehe. Da bräuchte sie mal was nur für sie selbst als Frau.

So hatten sie ein wunderschönes Umschlagtuch ausgesucht. Auch der gewünschte Lesestoff für Gabriels Mutter war abgelehnt und durch ein paar hübsche Ohrstecker ersetzt worden. Er konnte kaum erwarten, was die beiden zu den unerwarteten Präsenten sagen würden.

Fast zwangsläufig kamen sie auch auf Tante Eleonore zu sprechen.

»Wie ist sie denn mit dir verwandt, Emilia?«

»Sie ist die Schwester meiner Großmutter.«

»Das ist aber nicht die Elvira, die sie nun besucht, oder?«

»Nein, meine Großmutter war die dritte Schwester, Elise. Sie ist bei einem Lawinenunglück während einer Skitour gestorben.«

»Oh, das tut mir leid. Für ein Kind ist es traumatisch, seine Großeltern zu verlieren.«

»Wieso Kind? Ach so! Es war schon sehr traurig, aber das war erst vor zwei Jahren. Sie war 83.«

Gabriel sah sie nur ungläubig an.

»Tja, das ist ein ungewöhnliches Ende in dem Alter. Die Frauen in meiner Familie sind alle ziemlich exzentrisch und weigern sich, sich zu verhalten wie andere alte Damen. Wenn es dich beruhigt, ich komme vom Wesen her hundertprozentig nach meinem Papa. Das ist allerdings die Linie mit dem Übergewicht ... tja.« Plötzlich schien Emilia verlegen und wechselte schnell das Thema. »Ich muss morgen ganz früh für meinen Chef nach Wien fahren. Ich werde eine Woche fort sein.«

Das klang eindeutig traurig.

»Ich weiß gar nicht, was du arbeitest, Emilia.«

»Ich bin die persönliche Assistentin von meinem Chef. Er sitzt in der Forschungsabteilung eines Autokonzerns. Von Autos habe ich keine Ahnung. Ich organisiere nur alles für ihn. In Wien schaue ich, dass alles so läuft, wie er es sich wünscht, bevor er am Montag auf dem Kongress eintrifft.«

»So wie die Hauptfigur in ›Der Teufel trägt Prada‹?«

»So ähnlich. Nur trägt mein Boss kein Prada, und ein Teufel ist er auch nicht. Er ist sehr angenehm, und wenn wir nicht auf Reisen sind, habe ich ganz normale Arbeitszeiten, meistens zumindest. Gabriel ... du bist doch nicht etwa schwul?«

»Was!?«

»Entschuldige, aber ich kenne keinen heterosexuellen Mann, der ›Der Teufel trägt Prada‹ gesehen hat und sich auch noch daran erinnert.«

»Ach, als der in den Kinos lief, war ich an einer Frau interessiert, die ich ... Ach egal. Jedenfalls hat sie mich mitgeschleppt. Es war ein unvergessliches Erlebnis. Sie hatte den Film davor schon fünfmal gesehen. So erzählte sie mir durchgängig, immer eine Minute früher, was jetzt passieren und wer was sagen würde. Die Leute um uns herum haben ständig gezischt und geschimpft, aber das konnte sie nicht stoppen. Es war unsere einzige Verabredung. Ich schwöre dir bei meinem Leben, ich bin nicht schwul!«

»Entschuldige! Du hast dich auch gar nicht schwul angefühlt!« Emilia lief puterrot an. Wie klang das denn? Was bitte sollte er sich darunter vorstellen.

Gabriel lächelte aber nur und sagte: »Dann ist's ja gut!«

Genau in dem Moment klingelte Emilias Handy. »Tante Eleonore hat bestimmt vergessen, mich anzurufen, als sie angekommen ist. Ich hatte sie darum gebeten. So ganz wohl ist mir bei ihren Eskapaden nicht.« Emilia hielt sich das Handy ans Ohr und hörte nur zu. Sie sah von Sekunde zu Sekunde zunehmend entsetzt aus. Schließlich sagte sie matt: »Das passt mir gerade gar nicht!« Dann hörte sie resigniert weiter zu. Schließlich seufzte sie: »Bis dann!«

»Ist etwas passiert?«

»Es tut mir so leid! Tante Eleonore und Tante Elvira sind sich wohl gleich auf dem Bahnsteig in die Haare geraten, so hat Tante Eleonore sich direkt in den nächsten Zug hierher gesetzt. Sie ist in vierzig Minuten wieder am Bahnhof. Sie will hier übernachten und morgen zu ihrer

Cousine Elfriede nach Norddeutschland fahren. Ich fürchte, unser schöner Abend ist zu Ende.«

Kaum war Tante Eleonore aus dem Zug gestiegen, drückte sie Emilia ihre Reisetasche und den Rollkoffer in die Hand und hakte sich bei Gabriel unter. Dieser hakte sie aber bestimmt wieder aus, nahm Emilia das Gepäck ab, reichte die Tante an sie weiter und reihte sich hinter den Damen ein.

»Deine Großtante Elvira ist einfach die unmöglichste Person, die ich kenne. Sie hat mich auf dem Bahnsteig abgeholt. Ich muss sagen, sie sieht aus wie eine alte Vogelscheuche. Die Kleidung ... die Haare ... Unmöglich! Sie ist fünf Jahre älter als ich und könnte glatt meine Mutter sein. Nun ja, sie hat nicht Papás wunderbare Gene geerbt, die Ärmste. Aber was tut sie? Kaum sieht sie mich, lacht sie wie eine Irre und sagt, ich würde aussehen, als sei mir ein Sofakissen auf den Kopf gefallen. So eine unglaubliche Unverschämtheit! Aber nicht mit mir. Da verlasse ich ihr zuliebe meine Heimstatt, die erfüllt ist von Musik und Kultur, um mich beleidigen zu lassen. Das hat sie nun davon. Soll sie Weihnachten allein feiern. Die gute Elfriede hat mich ja regelrecht angefleht, ich solle doch sie besuchen kommen. Also werde ich das auch tun. Mein Zug fährt morgen früh um 6.45 Uhr. Das ist sonntags sicher kein Problem für dich, Emmilein!«

»Das geht schon«, erwiderte Emilia resigniert. »Wo willst du denn übernachten?«

»Was ist das denn für eine Frage? Bei dir natürlich!«

»In der Nähe ist ein sehr nettes, günstiges Hotel, Tantchen! Ich habe doch nur eine ganz kleine Wohnung.«

Ihre Großtante blieb stehen, legte sich die Hände auf die Brust und rollte melodramatisch mit den Augen. »Du willst mich nach diesem traumatischen Erlebnis, verstoßen von meiner einzigen noch lebenden Schwester, der Kälte und Anonymität eines Hotels aussetzen? Das mag ich nicht glauben. Außerdem kann ich ganz wunderbar auf dem Sofa in deinem Wohnzimmer schlafen.«

Der letzte Teil hatte schon wieder sehr sachlich geklungen. Widerspruch würde zwecklos sein.

»So sei es!«, sagte Emilia und trottete weiter.

Schnell erreichten sie Emilias kleines rotes Auto. Mit dem zurückgeschobenen Sitz hatte Gabriel ganz gut darin sitzen können. Doch schlagartig wurde ihm klar, dass das so nicht gehen würde.

Emilia öffnete den Kofferraum. Der war angefüllt mit ihren Einkäufen. Der Rollkoffer und die Reisetasche, die sehr an das Exemplar erinnerte, aus dem Mary Poppins ihre gesamte Wohnungseinrichtung herausgezaubert hatte, würde so nicht hineinpassen. In dieser Tasche konnte man etliche Möbel ganz ohne Zauberei unterbringen. So nahm Gabriel die Tüten heraus und verstaute sie auf dem Rücksitz. Das war schon recht kompliziert, weil es sich um einen Zweitürer handelte.

Emilia legte die Hand auf den vorgeklappten Beifahrersitz und sagte hoffnungsvoll: »Rein mit dir, Tantchen!«

»Wie stellst du dir das vor? Wie soll ich mich mit meinem Hut da hineinzwängen?«

»Dann nimm ihn ab!« Das klang nicht mehr freundlich.

»Ich schaffe das auch ohne Hut nicht!« Das klang nun eher nach einem Eingeständnis als nach Trotz. »Unser lieber Gabriel wird leider hinten sitzen müssen.«

»Gar kein Problem!«, versicherte der und quetschte sich nach hinten. Es war enger, als er befürchtet hatte. Aber sie würden ja nur wenige Minuten fahren müssen.

Doch kaum saß er, war ihm klar, dass es sehr viel schwerer sein würde, sich wieder aus dieser Haltung zu befreien.

Schweigend fuhren sie zu ihrem Wohnhaus.

Agil hüpfte die Tante vom Vordersitz. Emilia klappte die Lehne für ihn zurück und sah ihn besorgt an. Völlig zu Recht.

Da der Zwischenraum so eng war, konnte Gabriel nicht zuerst seine Füße auf den Gehsteig stellen, um dann aufzustehen. So versuchte er es mit dem Oberkörper voran.

Sehr schwierig. Es war ihm klar, dass die effektivste Methode sein würde, wie ein Käfer im Rückwärtsgang hinauszukrabbeln. Aber niemals würde er der wartenden Emilia seinen Hintern entgegenstrecken. Schließlich kam sie hinzu, um an ihm zu ziehen. Dabei beugte sie sich ganz nah an sein Ohr und flüsterte: »Es tut mir so unendlich leid, Gabe!«

»Das muss es nicht.« In dem Moment löste sich sein Körper aus der Klemme, so plötzlich wie ein Sektkorken. Beinahe hätte er Emilia mit umgerissen. Mühsam hielten sie sich auf den Beinen und suchten ihre Habseligkeiten zusammen.

So machten sie sich auf den Weg zu ihren Wohnungen, Gabriel mit dem Gepäck beladen. Emilia schloss auf, Gabriel trug es hinein, stellte es ab und machte sich daran, sich von Tante Eleonore zu verabschieden.

»So, liebe Lo! Noch mal auf Wiedersehen und gute Nacht!«

»Wo gehen Sie hin, mein Guter?!«

»Ins Bett!«

»In wessen Bett?«

»In das meine«, erwiderte er huldvoll.

»Und wo ist das?«

»Nebenan in meinem Schlafzimmer!«

»Was, ich dachte natürlich ...«

»Ich habe dir doch gesagt, dass er ein geschätzter Nachbar ist, Tante Eleonore.«

»Hast du! Aber ich dachte, das sei eine moderne Umschreibung für Liebhaber. Ich verstehe die Jugend nicht. Was soll das? Nun ja, wenn er nicht in deinem Bett schläft, nehme ich es. Du kannst dann auf der Couch nächtigen.«

Emilia nickte nur matt.

»Also, gute Nacht, die Damen!«

»Gute Nacht, lieber Gabriel.« Die Tante ergriff seine Hand, schaute ihm tief in die Augen und begann zu singen: »L'amour est un oiseau rebelle ...« Die ›Habanera‹ aus Carmen.

Für diese kleine Person war die Stimme unglaublich kräftig mit etwas viel Vibrato und scharf in den Höhen, aber immer noch eindrucksvoll ... und laut.

Gerade wollte sie zu dem bekannten »L'amour, l'amour ...« anheben, da ging Emilia dazwischen. »Bist du wahnsinnig!? Es ist fast Mitternacht! Du weckst das ganze Haus!«

»Emilia, wie kannst du es nur ertragen, umgeben von so viel Spießbürgertum zu leben. Ich müsste ersticken.« Theatralisch griff sie sich an den Hals.

»Unterstehe dich zu sterben, wenn du bei mir übernachtest. Bitte mach es dir doch in meinem Bett bequem, ich bringe Gabriel zur Tür.«

Erstaunlicherweise gab es keine Widerworte, sondern Eleonore winkte noch einmal mädchenhaft und verschwand im Schlafzimmer.

Emilia und Gabriel gingen zur Tür.

»Da hast du gleich die volle Dröhnung abbekommen. Du warst wunderbar, aber ich bin ganz traurig, dass es so gelaufen ist«, hauchte Emilia.

»Das musst du nicht. Alles ist in Ordnung. Schlaf gut und träum was Schönes!«

»Morgen muss ich ganz früh weg. Ich bringe Tantchen zum Zug und breche dann direkt auf. Wir werden uns erst nächstes Wochenende wiedersehen. Ich melde mich mal aus Wien!«

»Bitte tu das. Ich freue mich schon darauf.«

Emilia ging auf die Zehenspitzen und küsste ihn auf die Wange.

»Bis dann!«, seufzte sie.

13

Tim war Montagmorgen schon früh im Büro. Er wollte Herrn Bauer erwischen, bevor die anderen in der Abteilung waren. Der Sachverständige war immer als einer der Ersten am Arbeitsplatz. Später am Tag war er dann oft unterwegs, um sich zu versichernde Wertgegenstände vor Ort anzusehen. Nun würde er zu erreichen sein, und niemand würde Tim fragen, was er von ihm wollte.

Mia hatte ihn Sonntagnachmittag noch einmal auf dem Handy angerufen. Er hatte ihr seine Nummer auf einen Zettel geschrieben und angeboten, immer gern mit ihr zu reden, wenn sie das Bedürfnis hatte. Das Gespräch war nur kurz gewesen. Sie hatte sich noch einmal für seine Hilfe bedankt. Trotzdem hatte es ihn gefreut, ihre Stimme zu hören. Sie war noch viel wunderbarer, als er es sich immer vorgestellt hatte.

Herr Bauer saß in seinem kleinen separaten Büro und blätterte in dem Katalog eines Auktionshauses. An sämtlichen Wänden standen deckenhoch Regale voll mit Büchern, Akten, Katalogen und Prospekten. Auf dem Schreibtisch stapelten sich Nachschlagewerke. Irgendwo darunter war sein Computer vergraben. Der Raum bot kaum Platz für eine zweite Person. Man konnte sich nicht vorstellen, dass irgendjemand sich in diesem Chaos zurechtfinden konnte, aber Herr Bauer war legendär dafür, mit einem Handgriff zu finden, was er brauchte.

Eine Zeit lang hatten sich seine Kollegen einen Spaß daraus gemacht, ihn nach abwegigen Sachen zu fragen, nur um zusehen zu können, wie er die Information blitzschnell ortete.

Als Tim diesen Hort des Wissens betrat, schaute der Mann unwillig auf. Kollegen, oder besser gesagt Mitmenschen im Allgemeinen, schienen ihm mehr als entbehrlich.

»Was?«, fragte er schroff.

»Herr Bauer, ich bräuchte Ihren fachmännischen Rat. Eine Freundin hat dieses Schmuckstück ... bekommen, will es aber nicht. Ich habe gar keine Ahnung von so etwas, aber es scheint mir doch recht wertvoll, und es wäre hilfreich, eine Vorstellung von dem genauen Wert zu haben, wenn sie es verkaufen will.«

»Das wäre es, wenn sie nicht beschissen werden will.«

»Eben! Darum wollte ich Sie bitten, ob Sie mal einen Blick darauf werfen könnten?«

»Das war mir klar! Sie kommen nicht, weil Sie mich gern mal wiedersehen würden. Geben Sie her!« Herr Bauer öffnete die Schachtel. »Das ist kein Schrott, wenn auch hässlich. Sie haben es doch nicht Ihrer Oma geklaut, oder?«

»Nein. Können Sie ungefähr sagen, was es wert ist?«

Dafür erntete Tim einen feindseligen Blick. »Ich sage nie etwas ungefähr, Jungchen! Ich muss mich schlaumachen. Sie können heute nach 16.05 und vor 16.20 Uhr zurückkommen und nachfragen. Und wenn Sie jetzt eine Quittung von mir verlangen, schmeiße ich Sie raus, samt Ihrem Geschmeide!«

»Ich vertraue Ihnen da völlig, Herr Bauer!«

Das Grunzen, das dann folgte, übersetzte Tim als »Auf Wiedersehen, bis heute Nachmittag« und trollte sich.

Auf dem Weg zu seinem Arbeitsplatz musste er mal wieder an Mia denken. Wenn er heute Nachmittag die Auskunft erhielt, war das ein zwingender Grund, sie aufzusuchen. Er freute sich darauf, sie zu sehen. Gleichzeitig hatte er ihr gegenüber ein schlechtes Gewissen. In der Nacht hatte er sehr intensiv von der kleinen blauen Seidenschleife an ihrem Slip geträumt. Die Gefühle, die ihn dabei überfallen hatten, waren weder freundschaftlich noch fürsorglich gewesen. Aber zum Glück wusste sie das ja nicht.

Als Tim sich seiner Nische näherte, saß Gabriel da, und der Stern blinkte schon vergnügt. Auch Gabriel sah vergnügt aus. Tim schlug sein Gewissen zum zweiten Mal innerhalb von fünf Minuten. Er hatte seinen Freund nicht angerufen, um ihn zu fragen, ob in dessen Wohnung Land unter war. Vielleicht hätte er ihm Asyl anbieten sollen. Wenn er ehrlich war, hatte er keinen Gedanken an Gabriel verschwendet.

»Morgen, Gabriel, wie sieht es aus mit deinem Wasserrohrbruch?«

»Morgen! War ein Irrtum.«

Irgendwie schien er das nicht weiter ausführen zu wollen. Er wirkte aber auch nicht, als wäre er sauer, weil Tim sich nicht gekümmert hatte. Ganz im Gegenteil, er sah glücklich aus und leicht entrückt. Also überließ Tim ihn seinen angenehmen Gedanken und machte sich an seine Arbeit.

Tim schaute auf die Uhr. In fünf Minuten sollten Gabriel und er ihren Antrittsbesuch bei der neuen Chefin machen. Überraschenderweise hatte sie die beiden als Einzige zu zweit zu sich zitiert.

Gabriel war gerade dabei, noch ein paar Unterlagen zusammenzusuchen, als ein Schatten auf die Schreibtische fiel.

Das »Kreuz« hatte sich vor ihrem Arbeitsplatz aufgebaut.

»Hallo, ihr zwei Süßen. Ich habe gehört, heute seid ihr dran. Seid ihr auch brav gewesen, oder meint ihr, die Chefin muss euch ausschimpfen? Ich könnte mir gut vorstellen, dass sie zornig ganz schön sexy sein kann. Den Durchblick hat sie aber offenbar, sonst hätte sie euch nicht zusammen einbestellt. Sie hat schon kapiert, dass ihr ein Paar seid, das man einfach nicht trennen darf, so wie Dick und Doof.«

»Du, Merlin, das passt aber nicht richtig. Tim ist nämlich nicht doof. Lass doch dich und mich Dick und Doof sein«, meinte Gabriel gelassen. »Obwohl, das wäre dir gegenüber ungerecht. Wenn ich keine Lust mehr habe, mit dir Dick und Doof zu spielen, kann ich einfach abnehmen, aber du ...«

Aus der Nische gegenüber drang das explosionsartige Gelächter ihrer Kollegin Nicki Bart.

Irritiert drehte sich das »Kreuz« zu ihr um. »Das verstehe ich nicht!«

»Das ist sehr, sehr schade, Merlin. Es war nämlich sehr lustig«, prustete die Kollegin und zwinkerte Gabriel verschwörerisch zu.

»Hab ich euch schon von meinem Date mit der Stewardess am Wochenende erzählt? Ich sage euch, das war eine scharfe Braut. Und das Coole ist, sie wollte gleich bei mir landen, aber nur zu einem Zwischenstopp, genial ...«

»Merlin, wir müssen zur Chefin. Los, Gabriel!«

»Die Frau hatte ein Temperament, unglaublich. Leider musste sie direkt wieder los, aber ...«

»Merlin, wir müssen los!«

Das »Kreuz« stand ihnen unverrückbar im Weg. »Es ist schon toll, wenn eine Frau internationale Erfahrung hat, wenn ihr versteht, was ich meine.«

»Merlin, verdammt! Wir müssen ...«

In dem Moment öffnete sich die Tür zum Allerheiligsten, und die Chefin erschien höchstpersönlich.

»Herr Großkreuz! Wenn Sie die Herren für einen Moment entschuldigen würden. Ich könnte mir ohnehin vorstellen, dass Sie etwas zu tun haben.«

»Kein Ding! Man sieht sich.«

Huldvoll winkend verzog er sich. Tim und Gabriel setzten sich Richtung Büro in Bewegung. Das machte ja einen tollen Eindruck, dass sie dastanden und mit dem Hohlbrot Merlin plauderten, wenn sie einen Termin bei der Chefin hatten.

»Entschuldigen Sie, Frau Levinsky-Steinburger.«

»Schon gut. Herr Großkreuz hat etwas von einem rollenden Felsen. Es ist schwer, ihn von seinem Kurs abzubringen. Das habe ich selbst schon erfahren. Kommen Sie doch bitte herein!«

»Wie war die Chefin denn so?«, fragte Nicki, als die beiden an ihren Platz zurückkamen.

»Sehr sachlich und zielgerichtet.«

»Hat sie gesagt, warum ihr zusammen kommen solltet?«

»Hat sie! Ihr ist aufgefallen, dass wir beide fast exakt die gleiche Anzahl an bearbeiteten Fällen haben, und das über Monate. Sie wollte wissen, wie das kommt. Da haben wir erklärt, dass wir uns die einzelnen Fälle meist aufteilen und jeder den Teil erledigt, den er am besten kann.«

»Was hat sie denn dazu gemeint?«

»Na ja, sie meinte, so wäre das zwar nicht vorgesehen, aber effizienzmäßig wären wir weit vorn. Sie wollte nur wissen, ob auch jeder von uns allein die Vorgänge abschließen könnte. Können wir natürlich! Im Urlaub und so machen wir das ja dauernd. Da meinte sie, wir sollten das ruhig so weitermachen, und gut war's.«

»Ich wünschte, ich hätte auch so einen Partner wie ihr zwei. Die Frau Marx hat ja immer nur Angst, ich könnte was von ihren Lorbeeren abbekommen, wenn ich sie mal um Rat frage.«

»Tja, das ist schade, Nicki! Wenn du mal ein Problem hast, wir sind ja auch nicht weit«, sagte Gabriel und lächelte ihr zu.

So vertieften sich alle drei wieder in ihre Akten.

Wenig später stand die Kollegin an Gabriels Tisch. »Du, Gabriel! Darf ich vielleicht gleich auf dein Angebot zurückkommen? Ich habe da einen Schadensfall, da blicke ich nicht so ganz durch. Ich glaube, du kennst dich da besser aus. Meinst du, wir könnten uns nach Dienstschluss mal im ›Paragrafenreiter‹ zusammensetzen? Ich wette, du könntest mir das schnell erklären.« Erwartungsvoll strahlte sie ihn an. »Du könntest auch gern bei mir vorbeikommen, ich wohne nicht weit von hier. Da wären wir ungestörter.« Ihr Lächeln wurde noch strahlender.

»Was ist es denn für eine Sache, Nicki?«

»Es ist ein 2/6 F.«

»Ach komm! Mach dich damit nicht groß rum. Leg mir die Akte einfach hin. Ich erledige das schnell für dich. Im Moment habe ich gut Zeit dafür, okay?«

Tim hob vorsichtig den Blick. Was er sah, überraschte ihn nicht. Nickis Lächeln erstarb, und ihre Miene verfinsterte sich schlagartig. Tim hatte sogar fast das Gefühl, ihre Augen würden feucht glänzen. Abrupt drehte sie sich um, kam aber gleich zurück und pfefferte Gabriel eine Akte auf den Tisch.

»Wenn mich jemand suchen sollte, ich bin im Archiv.« Energisch rauschte sie aus dem Großraumbüro.

Gabriel schaute Tim verdutzt an.

»Ich verstehe das nicht. Die Nicki, das ist doch so eine Nette, Lustige. Dann kann ich ihr mal einen Gefallen tun, und statt dass sie sich freut, reagiert sie, als hätte ich sie tödlich beleidigt.«

Tim stöhnte auf und schlug die Hände vors Gesicht. »Gabriel, du bist unglaublich.«

»Wieso, verstehst du etwa, was sie hat?«

»Natürlich! Es macht mir nur Sorgen, dass du es nicht verstehst.«

»Würdest du es mir dann bitte erklären?« Gabriel klang richtig genervt.

»Was glaubst du, warum Nicki eine Akte mit dir nach Dienstschluss durchgehen will, in der Kneipe oder besser noch bei sich daheim, wo ihr ›ungestört seid‹? Gabriel, ich bitte dich. Und dann noch einen 2/6 F. Das kann Nicki doch im Schlaf.«

»Ja, warum …? Du meinst …« Selbst Gabriel dämmerte endlich, dass die Akte nur ein Vorwand gewesen war. Aber weil Gabriel nun mal Gabriel war, konnte er sich gar nicht vorstellen, dass ein Mädchen wie Nicki sich mit ihm verabreden wollte. Aber Tims Urteil vertraute er uneingeschränkt. Sofort tat es ihm furchtbar leid, dass er die junge Kollegin in seiner Schwerfälligkeit sicher verletzt hatte. »Auf die Idee bin ich gar nicht gekommen. Oje, was mache ich denn nun? Sie ist so eine Nette. Ich wollte sie wirklich nicht vor den Kopf stoßen. Das tut mir leid. Soll ich mich entschuldigen, was meinst du?«

»Bloß nicht! Lass sie nicht merken, dass bei dir inzwischen der Groschen gefallen ist. Ich würde vorschlagen, mach ihr die Akte fertig und verlange dann, dass sie dich zur Belohnung zu einem Bierchen einlädt. Dann kannst du ja sehen, ob du es vielleicht hinterher doch noch in ihre Wohnung schaffst.«

»Ach ich weiß nicht ...«

»Komm schon! Viel deutlicher kann sie ihr Interesse nun wirklich nicht zeigen, wenn sie dich nicht unter ihren Schreibtisch zerren will«, lachte Tim. »Also, nur Mut!«

»Das ist es nicht!«

Gabriel sah ausgesprochen unbehaglich aus. Schlagartig wurde Tim Gabriels Problem klar. Gabriel, der sich immer nach weiblicher Zuwendung gesehnt hatte, hatte diese offensichtlich anderweitig gefunden.

»Du könntest auch einfach weiter sehr nett zu Nicki sein und morgen ein Foto von deiner neuen Freundin mitbringen und auf deinen Schreibtisch stellen!«

»Hab ich nicht!«

»Was hast du nicht? Kein Foto?«

»Keine neue Freundin, also nicht so direkt!«

»Du Schlawiner! Wer ist es? Die kleine Blonde aus der Telefonzentrale?«

»Nein! Du kennst sie nicht. Keine Versicherungsfrau!«

»Sondern?«

Gabriel brummte nur. Das war ein eindeutiges Zeichen, dass er nicht darüber sprechen wollte.

Damit konnte Tim leben, obwohl er es schon gern gewusst hätte. Wenn dem Freund danach war, würde er es ihm erzählen.

14

Tim und Gabriel hatten schweigend gearbeitet. Heute ging es ihnen gut von der Hand. Ein Kollege kam vorbei und verabschiedete sich für den Tag. Einer von denen, die möglichst früh kamen, um früh gehen zu können.

Verflixt. Tim hatte total die Zeit vergessen. Wie spät war es denn? 16.12 Uhr, sagte die Uhr auf dem Telefon.

Er konnte es gerade noch so schaffen. Käme er auch nur eine Minute zu spät, würde Herr Bauer voll Schadenfreude jede Auskunft verweigern und ihm einen neuen Termin geben. So sprintete er die Treppe hoch.

Kaum bog er in den richtigen Gang ein, stieß er aber gegen eine Wand. Das »Kreuz« stand mal wieder im Weg.

»Hallo, Timmi! Ohne Lassie unterwegs? Ich wollte euch doch noch von der heißen Stewardess ...«

»Nicht jetzt, Merlin!« Energisch schob Tim ihn beiseite und sprintete weiter. Der Hüne war zu verblüfft, um Widerstand zu leisten. Daher schaute er Tim nur mit offenem Mund hinterher.

Zwei Minuten vor 16.20 Uhr klopfte er an die Tür. Auf ein Grunzgeräusch hin trat er ein.

»Guten Tag, Herr Bauer, ich wollte ...«

»585er Gold, Rubine von guter bis sehr guter Qualität. Der Materialwert beträgt circa 11.000 Euro.«

»So viel?« Das übertraf Tims Schätzung bei Weitem.

Der französische Drecksack musste ein unheimlich schlechtes Gewissen haben. Zu Recht!

»Wenn Sie mir nicht glauben, warum belästigen Sie mich dann?« Herr Bauer klang richtig angefressen.

»O nein! Das war ein Ausruf der Überraschung, nicht des Zweifels. Wenn ich nicht wüsste, wie genau Ihre Einschätzungen sind, hätte ich nie Ihre wertvolle Zeit in Anspruch genommen.«

Grunz.

»Vielen Dank. Dürfte ich Sie auch noch fragen, wo man so ein Stück am besten verkauft?«

»Dachte ich mir schon. Hier!« Er reichte Tim eine Visitenkarte von einem Juwelier in der Hauptstraße.

»Wenn sie Zeit hat, könnte sie das Ding an ein Auktionshaus geben. Mit etwas Glück finden die einen Käufer mit lausigem Geschmack, dem das Teil gefällt. Das könnte dann 1000 bis 1500 Euro mehr bringen. Wenn nicht, soll sie sich dort hinwenden. Sie muss den Chef verlangen. Dem soll sie sagen: ›Albert meint, es ist 13.000 Euro wert.‹«

Wie sonderbar. Herr Bauer hatte also einen Vornamen wie alle anderen Menschen auch. Und, noch sonderbarer, es gab wohl Leute, die ihn damit ansprachen.

»Der wird ihr dann erzählen, er könne nur den Materialwert zahlen und er müsse ja auch was verdienen. Er geht dann runter auf etwa 11.000. Das ist okay. Wenn sie kann, soll sie sich zieren. Vielleicht nutzt es was. Meist geht er etwas unter das, was er zahlen will, damit er großzügig nachgeben kann. Unter 10.000 soll sie es nicht hergeben. Da schicke ich sie lieber woanders hin. Bekommen Sie Provision, Jungchen?«

»Nein, es ist ein Gefallen.«

»Na ja, vielleicht gibt es ja eine Gratifikation in einer anderen Form.« Herr Bauer machte ein Geräusch, das verdächtig wie ein dreckiges Lachen klang.

»Vielen Dank, Herr Bauer! Sie haben uns sehr geholfen.«

»Sagen Sie mir, was sie rausgeholt hat«, brummelte der, drehte Tim den Rücken zu und ignorierte ihn.

Während Tim sich um Mias Geschmeide kümmerte, saß Gabriel brav am Schreibtisch. Sein Handy gab ein Klopfgeräusch von sich, und sein Herzschlag verdoppelte sich schlagartig. Er hatte in einem Anflug von Optimismus für Emilia einen eigenen Benachrichtigungston eingerichtet: »Klopf, klopf.« Und genau dieses heiß ersehnte Geräusch hatte er eben gehört.

Fast ängstlich rief er die Nachricht auf.

Bin gut angekommen. Schau mal, der irre Blick aus meinem Hotelfenster. Muss losflitzen, viel zu tun. Gib acht auf dich, Gabe!

Darunter fand sich eine Aufnahme von einem parkartigen Garten mit Buchsbaumhecken und weißen Marmorstatuen.

Glücklich schaute Gabriel lange aufs Display. Fast wäre er vor Schreck aus seinem Bürostuhl gesprungen, als ihn jemand ansprach.

»Gute Nachrichten?« Es war Nicki.

»Ein Gruß aus Wien«, antwortete Gabriel.

»Von jemand Besonderem?«, fragte Nicki zaghaft.

»Das wünsche ich mir sehr, ja«, erwiderte Gabriel und sah sie ernst an.

»Dann wünsche ich dir das auch, Gabriel«, erwiderte die junge Kollegin unübersehbar traurig.

»Danke, Nicki! Es ist schön, dass du hier arbeitest. Es ist immer wichtig, nette Menschen um sich zu haben. Du weißt, dass ich – und Tim natürlich auch – dir immer gern helfen.«

»Klar, danke, Gabriel.« Bevor Nicki in ihre Nische zurückkehrte, wuschelte sie ihm durch das kurze Haar, als wäre er ein lieber, treuer Hund.

Zumindest war sie nicht mehr sauer auf ihn. Darüber war er sehr erleichtert.

Tim machte sich mit dem Collier und der Information auf den Weg zu Mias Schreibtisch. Diese saß mit leicht geröteten Wangen über ihren PC gebeugt. Sie kam ihm etwas blasser vor als sonst, sie hatte bläuliche Schatten unter den Augen und sah so hübsch aus, dass er direkt Herzschmerzen davon bekam. Er konnte nur zu gut verstehen, dass man sich wider jede Vernunft in Mia verlieben musste. Aber er konnte nicht begreifen, wie man sie verlassen konnte, wenn man sie erobert hatte, ganz gleich, wer oder was einen erwartete oder welchen Verzicht es erfordern würde, immer bei ihr zu sein.

Tim konnte sich keinen Preis vorstellen, den er nicht bereit wäre, für sie zu zahlen. Amputationen vielleicht. Aber selbst da käme es darauf an, um welchen Körperteil es ginge. Leider war er gar nicht sicher, ob er je eine Chance haben würde. Zumindest hatten sie jetzt Kontakt. Mit der Zeit ...

Mia sah zu ihm auf. »Tim!«

»Ich habe die Schätzung!«

Er warf einen zweifelnden Blick auf die Kollegin, mit der sie das Büro teilte.

»Du, ich muss noch gut eine Stunde was arbeiten, sonst drehe ich morgen durch. Sag, würdest du vielleicht hinterher mit mir in den ›Paragrafenreiter‹ gehen? Wenn ich mich da je wieder hintrauen will, muss ich es gleich tun. Ich glaube, ich habe da auch noch Schulden. Würdest du mich begleiten, bitte?«

»Klar! Dann bis nachher am Empfang, okay?«

Vergnügt machte er sich auf an seinen eigenen Arbeitsplatz.

Wie vereinbart trafen sich die beiden und machten sich auf zum »Paragrafenreiter«.

»Tim, falls ich etwas ganz Schreckliches im Suff getan habe, bitte sag es mir jetzt, bevor wir da reingehen. Ich könnte so schon vor Verlegenheit sterben.«

»Ganz ehrlich! Du warst ganz friedlich und irgendwie richtig süß. Keine Sorge!«

»Was habe ich denn gesagt? Ich weiß überhaupt nichts mehr.«

»Ach, du hast dich nur gefreut, dass ich gekommen bin. Du wolltest nicht allein trinken. Weil du mich womöglich doppelt gesehen hast, warst du ganz begeistert, wie nett ich bin!«, sagte Tim lachend. Wie begeistert sie gewesen war, würde er lieber für sich behalten.

»Dafür braucht man nicht doppelt zu sehen«, sagte Mia leise.

Da Tim nicht wusste, was er darauf erwidern sollte, schwieg er und lächelte nur zufrieden vor sich hin.

Im »Paragrafenreiter« war es ziemlich leer, wie meist an Montagen. Das Bedürfnis nach Geselligkeit und Alkoholika hatten die meisten wohl am Wochenende erst mal befriedigt.

Kaum betraten sie das Lokal, richtete sich Mia energisch auf, ging auf die Bar zu und sprach Schlückchen an. »Ich fürchte, ich habe versäumt, am Freitag meine Rechnung zu begleichen.«

»Kein Problem. Ich habe Ihren Deckel hier.«

Während Mia mit ihrer Brieftasche beschäftigt war, zwinkerte Schlückchen Tim verschwörerisch zu.

Sie reichte ihm das Geld und fragte: »Unter was haben Sie denn den Deckel abgelegt? Unter ›Schnapsleiche‹?«

»Nein, unter ›Tim‹. An den hätte ich mich gehalten, wären Sie nicht so mustergültig wieder aufgetaucht.«

»Dann sage ich Ihnen lieber, dass ich Mia heiße, auch wenn ich sicher bin, das passiert mir nie wieder. Obwohl, davor hätte ich das auch behauptet.«

Der Barmann streckte ihr lächelnd die Pranke entgegen. »Schlückchen ... so heiße ich hier!«

»Und wie heißen Sie anderswo?«, fragte Mia grinsend.

»Fred! Keine Angst, selbst wenn Sie rückfällig werden, Mia, hier wird man gut auf Sie aufpassen.«

»Danke!«

»Aber immer gern! Was soll ich euch denn bringen?«

»Mir bitte einen Orangensaft. Ich bin letzte Woche zur überzeugten Antialkoholikerin geworden.«

»Das hält meist nicht lange. Tim, ein Helles?«

Tim nickte nur, und so begaben sie sich an den Tisch, an den Mia nur noch ganz verschwommene Erinnerungen hatte.

»Also, Herr Bauer hat es sich angesehen. Du wirst staunen. Er hat dir auch eine Adresse aufgeschrieben, wo du es verkaufen kannst, und ich habe genaue Anweisungen, was du sagen sollst.«

»Vielen Dank! Na, sag schon!«

»Circa 11.000.«

»Euro?«

Tim nickte nur bedächtig.

»Wow!«

»Ja, wow!«, meinte auch Tim.

»Das macht mich zu einer absoluten First-Class-Kurtisane, wette ich!«

»Ach, Mia. Bitte!«

»Schon gut! Es geht mir wieder viel besser. Zum Teil, weil ich gestern plötzlich so eine wunderbare Idee hatte. Ich dachte, ich schicke ihm ein Telegramm, dass sich rausgestellt hat, dass ich schwanger bin. Der Gedanke hat mich so beflügelt, dass es mir nicht mehr ganz so dreckig geht.«

»Ich weiß nicht!«

»Keine Sorge, Tim, du musst es mir nicht ausreden. Es ist mir längst klar geworden, dass ich das nicht machen werde. Das bedeutet nämlich schlechtes Karma. Ganz ehrlich. Es hätte ja wirklich so sein können. Und ich kann mir kaum etwas Schlimmeres vorstellen, als von dem ... Typ schwanger zu sein. Da käme ich mir vor wie die armen Teufel in Alien.« Sie schüttelte sich übertrieben und lachte dann – sehr zu Tims Erleichterung.

15

Den ganzen Abend hatte Gabriel Musik gehört. Rein zufällig genau die CD von dem Abend in Emilias Wohnung. Natürlich nicht rein zufällig. Sonst las er gern dabei. An dem Abend tat er das nicht. Er ließ seinen Gedanken einfach freien Lauf.

Kurz dachte er daran, dass er eigentlich mit Tim das verpasste Wochenendbierchen hatte nachholen wollen.

Aber der war plötzlich verschwunden gewesen, ohne Tschüss zu sagen. Das war etwas merkwürdig. Ob er wohl sauer war, weil er, Gabriel, sich nicht mehr wegen des Fußballabends gemeldet hatte. Eigentlich waren sie da beide nicht so kleinlich, und Tim hatte auch keinen vergrätzten Eindruck gemacht. Gabriel war klar, dass der Freund längst Lunte gerochen hatte, was sein Gefühlsleben betraf. Aber auch er war sich fast sicher, dass Tim etwas erlebt hatte, wovon er ihm nicht – oder zumindest noch nicht – erzählen wollte. Vielleicht würde sich bald eine Gelegenheit ergeben. Er selbst wollte seine Begegnung mit Emilia lieber für sich behalten.

Seine Großmutter hatte immer gesagt: »Verschreie es nicht!«, wenn er über etwas gesprochen hatte, was er sich gewünscht hatte, was aber noch nicht sicher gewesen war. Und ewig hatte er sich nichts mehr so sehnsüchtig gewünscht.

So waren seine Gedanken ganz schnell wieder bei seinem Lieblingsthema angekommen. Er musste an Emilias Atem auf seinem Gesicht denken, an ihren Körper in seinen Armen auf dem Sofa, an ihre Lippen ganz nah an seinem Ohr, als sie ihm zugeflüstert hatte, wie sehr ihr das Tanten-Theater leidtat. Hoffentlich hatte sie recht damit, dass sie auf die weniger exzentrische Linie ihrer Familie herauskam. Obwohl er sich im Moment absolut nichts vorstellen konnte, was seine Verliebtheit hätte trüben können.

Er hatte sich gerade zum Schlafen fertig gemacht, da kam es.

»Klopf, klopf!«

Schnell griff er sich das Handy.

Chaos und Hektik den ganzen Tag, aber habe alles ganz gut hinbekommen. Bin eben auf einem Empfang, muss gleich weiter. Gute Nacht, lieber Gabe! Schlaf gut! Ich melde mich morgen.

Darunter fand sich ein Bild mit einem Fiaker. Die Bildunterschrift lautete: »Cowboys gibt es hier nicht.«

Gabriel schickte einen Gute-Nacht-Gruß zurück und schlupfte schnell unter die Decke, um möglichst mit diesem schönen Gedanken einzuschlafen.

Charlotte Levinsky-Steinburger saß in ihrem schicken Büro und dachte zum ersten Mal seit Tagen über etwas Nichtdienstliches nach. In einem Anfall von Leichtsinn hatte sie sich bei einer rein zufälligen Begegnung mit ihrem früheren Klassenlehrer zu einem Versprechen hinreißen lassen, von dem sie nicht wusste, wie sie es halten sollte.

Dieser Lehrer, inzwischen ein distinguierter älterer Herr, hatte sich gewünscht, seine alte Lieblingsklasse noch einmal zu treffen. Charlotte hatte immer das Gefühl gehabt, in dieser Lieblingsklasse die Lieblingsschülerin zu sein. Wenn sie sich heute kritischer daran erinnerte, konnte das aber auch reines Wunschdenken gewesen sein. Jener Lehrer war nämlich fast zwei Jahre lang der Gegenstand ihrer Mädchenträume gewesen. Sicher hatte er sie geschätzt. Sie war die beste Schülerin gewesen. Nun ja, sie und Constanze, Mutter ihres hirnentkernten Mitarbeiters Großkreuz. Nun hatte Charlotte aber das Problem, dass sie dazu neigte, Menschen, die in ihrem Leben keine Funktion mehr hatten, ganz schnell aus ihrem Gedächtnis zu streichen. Ihre Internetrecherche hatte ihr bei der Suche nach früheren Mitschülern auch nicht weitergeholfen. Aber Constanze Großkreuz war damals eine geradezu pathologische Listenführerin gewesen: Listen über Klassendienste, Listen über Klausurergebnisse, Listen über jegliche Form der Nahrungsaufnahme ... Sicher würde sie haben, was Charlotte brauchte. Kontaktdaten der Eltern hatten sie leider nicht in den Personalakten, und hätten sie diese gehabt, hätte sie es als nicht korrekt empfunden, sie für private Zwecke zu nutzen. Also würde sie den Vollpfosten fragen müssen, und das bald. Dass der noch lange hier arbeiten würde, bezweifelte sie nämlich sehr.

Tim zwang sich, bis zur Mittagspause zu warten. Sicher würde er Mia in der Kantine sehen. Was sollte es bringen, jetzt an ihrem Schreibtisch aufzutauchen? Das Einzige, worauf er direkt nach dem Franzosen-Debakel hoffen konnte, war, dass sie in ihm einen guten Freund sah. Vielleicht konnte sich das ja später ...

»Wo bist du denn, Tim?«, hörte er plötzlich Gabriel leise lachen.

»Was?«

»Du warst eben ganz weit weg.«

»Ach, mir geht viel im Kopf herum.«

»Gehen wir zusammen in die Kantine? Heute gibt es Rinderrouladen, die sind immer recht lecker.«

Tim zögerte einen Moment lang. Aber er wusste ja nicht einmal, ob Mia da sein würde.

»Muss nicht sein!«, sagte Gabriel da schon.

»Doch, klar, gern!«, antwortete Tim schnell. Keine Minute später erschien Nicki in der Nische der beiden.

»Heute gibt es die leckeren Rinderrouladen. Geht ihr in die Kantine? Wenn ja, nehmt ihr mich mit? Wenn ich nicht schnell mit einem netten Menschen sprechen kann, entwickle ich Depressionen.«

So machten die drei sich zusammen auf zum Mittagessen.

Sie hatten sich gerade ihre Tabletts mit allem vollgeladen, was sie wollten, als Tim Mia in einer Ecke sitzen sah. Sie hatte ihr Essen schon vor sich, ebenfalls die allseits beliebten Rinderrouladen. Sie saß ziemlich abseits, sodass er sie gut danach fragen konnte, was sie nun mit dem Collier machen wollte und ob sie seine Hilfe brauchte. Das war zumindest der offizielle Grund, warum er sich gern zu ihr gesetzt hätte.

»Da ist ein freier Tisch!«, verkündete Nicki gerade glücklich.

»Entschuldigt, ich habe da gerade jemanden gesehen, mit dem ich was besprechen müsste. Wir sehen uns später.«

Mit leicht schlechtem Gewissen verließ er die beiden. Würde er Gabriel in Schwierigkeiten bringen, wenn er ihn mit Nicki allein ließ? Aber die beiden plauderten scheinbar unbekümmert und machten sich auf den Weg an den freien Tisch.

Als er an Mias Tisch kam, schaute sie auf und lächelte. »Tim, prima! Ich habe mich extra separat gesetzt, damit ich dir erzählen kann, wie es mit dem Collier lief. Ich hatte gehofft, dich zu treffen. Ich bin extra heute Morgen etwas später gekommen, damit ich vorher zu dem Juwelier gehen konnte. Du weißt, wie es gerade hier ist. Am Ende wäre ich nicht rausgekommen, bevor er schließt.«

Wie fast überall gab es auch hier vor dem Jahreswechsel einen geradezu verrückten Endspurt, was die Arbeit anbetraf.

»Und?«

»Der Tipp war prima! Ich habe das Ding an den Juwelier verscherbelt und mir von dem Erlös eine halb automatische Waffe und ein ICE-Ticket nach Paris gekauft. Den Rest spare ich für einen guten Anwalt.«

»Was???!!«

»Das war ein Scherz! Schau nicht so unglücklich. Meine Rachegelüste lebe ich im Moment aus, indem ich jeden Abend bete, dass die wunderbare Justine hässlich, frigide, herrschsüchtig und kontrollsüchtig sein möge. Letzteres wäre bei dem Ehemann dringend angeraten.«

»Das große Los hat sie nicht gezogen. Fast könnte sie einem leidtun. Aber sag, was hat er dir dafür gegeben? Haben dir die Anweisungen von Herrn Bauer was genutzt?«

»Ja, unfassbar. Er war sehr beeindruckt, als ich gesagt habe, Albert schicke mich ... Komisch, irgendwie habe ich mir nie überlegt, dass Herr Bauer auch einen Vornamen hat, so wie andere Menschen.«

»Genau das habe ich auch gedacht«, lachte Tim.

»Jedenfalls hatte der Juwelier wohl das Gefühl, an dessen Schätzung sei nicht zu rütteln. Wie angekündigt hat er mir was über Materialwert und so weiter erzählt und dann gesagt, er gebe mir 12.000 dafür. Mir hat es fast die Sprache verschlagen. Weil ich mir aber so fest vorgenommen hatte, mit ihm zu handeln, habe ich gefragt: ›Mehr ist nicht drin?‹ Da hat er gesagt: ›Na gut, weil Sie eine Bekannte von Albert sind, lege ich noch zweihundert drauf. Aber das ist mein letztes Wort.‹ Kannst du das glauben, Tim? 12.200 Euro. Sag, hast du Samstag schon was vor? Ich finde, die zweihundert sollten wir zusammen auf den Kopf hauen, was meinst du? Aber für mich ohne Alkohol, damit habe ich es mir für den Rest meines Lebens verdorben, glaube ich«, stöhnte sie. »Ohne dich hätte das nie so gut geklappt.«

»Wenn du wirklich willst? Sehr gern!«

»Das ist aber kein Date, nicht, dass du eins wolltest ... Auch das habe ich mir, fürchte ich, für den Rest meines Lebens verdorben.«

»Schon klar! Ich freue mich trotzdem sehr darauf. Hast du schon mit deinen Eltern wegen Weihnachten gesprochen?«

»Nein, ich weiß nicht, was ich sagen soll.«

»Kannst du nicht einfach sagen, wie es war. Sicher haben sie Verständnis, wenn du sagst, du willst im Moment nicht darüber reden.«

»Ach, ich weiß nicht!«

»Ich will dich ja nicht nerven. Aber als meine Eltern verunglückt sind, da war ich in einem Alter, wo jeder nur froh ist, von zu Hause weg zu sein und sein eigenes Ding machen zu können. Da denkt man nicht viel über seine Eltern nach. Nur können die meisten immer wieder nach Hause zurück und denken, das muss so sein. Ich wünschte, ich hätte mehr Zeit ... Ach Schluss, sonst treibe ich dir noch die Tränen in die Augen ... Ich muss los. Ich freue mich auf Samstag.« Etwas abrupt stand er auf und schnappte sich sein Tablett.

»Tim!«

»Wir sehen uns vorher bestimmt noch. Frohes Schaffen solange!«

Gabriel und Nicki waren schon gegangen, als Tim aufbrach. Er war ganz froh. Plötzlich hatte ihn wieder seine Weihnachtstrübsal angesprungen. Andere nervten der Kitsch und die Gefühlsduselei dieser Tage, der Zwang, Geschenke besorgen zu müssen, wenn man keine Lust dazu hatte. Ihn bedrückte an Weihnachten, dass es niemanden mehr gab, für den er ein Geschenk besorgen musste, keine Termine mehr mit der Familie, wenn man lieber mit Kumpels einen trinken gegangen wäre.

Hör auf zu flennen, Tim! Du bist doch schon ein großer Junge, schalt er sich grimmig. Ausgerechnet in dem Moment verstellte ihm das »Kreuz« mal wieder den Weg. Arbeitete der nie, sondern trieb sich immer nur in den Gängen rum?

»Was ist denn los, Timmileinchen? Sehe ich da ein Tränchen in deinen blauen Augen. Ooooch, hat dich vielleicht dein dicker Freund nicht mehr richtig lieb?«

Irgendwie war das ein ungünstiger Zeitpunkt für solche blöden Sprüche. Es war schwer zu sagen, ob der Zustand der Verliebtheit Tims Testosteronspiegel erhöhte oder ob es einfach einmal zu viel war, aber er schubste das »Kreuz« grob aus dem Weg und sagte: »Hau doch ab, Merlin, und nerve einen, der so groß ist wie du ... oder so blöd.«

Scheinbar hatte das »Kreuz« auch keinen guten Tag, denn er riss Tim, der an ihm vorbeiwollte, am Arm zurück und fragte in bedrohlichem Ton: »Was hast du gesagt, du mickrige Schwuchtel?«

Tim wandte sich ihm zu, straffte die Schultern und ballte die Fäuste. Er war wild entschlossen. Kam sich dabei aber doch ziemlich dämlich vor. Auch das »Kreuz« nahm die Schultern zurück und starrte ihn an, als wollte er ihm einfach den Kopf abreißen.

Tim konnte sein Glück kaum fassen, als sich eine Tür öffnete und einer der Abteilungsleiter herauskam. Misstrauisch schaute er in ihre Richtung.

»Mahlzeit, die Herren!«

»Mahlzeit!«, erwiderten beide.

Kaum war der Mann außer Hörweite, zischte Merlin: »Bin ich froh, dass der gekommen ist. Ich hatte richtig Angst, ich könnte mich verletzen vor Lachen. Man sieht sich, Kleiner!« Das klang nicht gerade wie etwas, worauf Tim sich freuen konnte.

Da der Gang nun leer war, lehnte sich Tim erst mal an die Wand und atmete durch. Er verstand selbst nicht, was da über ihn gekommen war. Sobald er sich gefasst hatte, machte er sich auf zu seinem Platz.

Als er am Treppenaufgang vorbeikam, fiel ihm ein, dass er Herrn Bauer versprochen hatte zu berichten, wie das

Geschäft gelaufen war. So ging er hoch in das nächste Stockwerk und klopfte an die Tür.

Auf das inzwischen vertraute Grunzen hin trat er ein. »Guten Tag, Herr Bauer! Ich will Sie nicht stören ...«

»Was machen Sie dann hier?«

»Ich ...« Irgendwie hatte Tim den Faden verloren.

»Wollten Sie mir sagen, wie der Deal gelaufen ist, oder was?«

»Ja, genau!«

»Zu spät. Die Kleine war bereits bei mir. Wollte mir was von dem abgeben, was sie extra rausgeholt hatte. So was mache ich nicht. Trotzdem ...«

Er sah zufrieden aus, dieser mürrische alte Knabe.

»... das geht in die Geschichte ein. Der Beck, der alte Gauner, zahlt mehr, als was wert ist. Sagenhaft. Na ja, bei den Augen. Hätte ich gewusst, wie sie aussieht, hätte ich gesagt, es ist 14.000 wert. Zu spät ... und, Jungchen, wenn Ihre Freundin wieder mal was wissen will, ich lasse mich sehr viel lieber von ihr stören als von Ihnen. Also ... Abgang!«

Tim erwog kurz, sich noch mal zu bedanken, entschied sich aber dann für einen Abgang ohne Text.

16

Mia saß auf ihrer Couch vor dem Kamin und dachte an Tim. Er hatte auf einmal so todtraurig ausgesehen, als er von seinen Eltern erzählt hatte. Nicht mal eine Frage oder einen kleinen Trost hatte sie anbringen können, so schnell war er verschwunden gewesen. Es ging ihr nicht aus dem Kopf, was er gesagt hatte.

Gut, die Parade der wunderbaren, unübertrefflichen Brüder bei jedem Familientreffen nervte und belastete sie. Jedes Mal fragte sie sich, was bei ihr schiefgegangen war. Dabei war ja gar nichts schiefgegangen. Sie lebte ein zufriedenes, stinknormales Leben. Na ja ... Pannen gab es überall. Aber sie waren ihre Familie, und sie wusste, sie wären für sie da, wenn sie sie bräuchte.

Hendrik, ihr ältester Bruder, hatte ihr schon unzählige Male einen guten Job, ein Leben auf seinem Anwesen oder einfach nur Geld angeboten. Das hasste sie. Sie konnte sehr gut für sich selbst sorgen. Wenn sie die Sache allerdings aus der Distanz betrachtete, bestand durchaus die Möglichkeit, dass ihr ältester Bruder sie nicht kleinmachen, sondern ihr etwas Gutes tun wollte.

Und Mama? Die musste ihre einzige Tochter so nehmen, wie sie war, aber das ging Mia mit ihrer Mutter eben auch so. Am meisten hätte sie sich zu Weihnachten auf Papa gefreut. Der wirkte irgendwie immer, als wäre es ihm völlig gleich, was seine Sprösslinge so trieben, solange sie gesund und zufrieden dabei waren und gut versichert. Er war Versicherungsangestellter durch und durch. Mia hatte das Gefühl, ihre Berufswahl hatte ihn am glücklichsten gemacht. Schade, dass er nie wirklich über seine Wünsche und Gefühle sprach.

»Ach, was soll's!«, sagte Mia laut und angelte nach dem Telefon.

»Oliphant?«

»Hallo, Mama, ich bin's!«

»Mia, Liebes! Ist es auch so kalt bei euch? Funktioniert die Heizung ordentlich? Du gehst doch nur gut angezogen vor die Tür. Hast du schon für deine Reise nach Paris gepackt? Hier schneit es richtig, es sind bestimmt schon zehn Zentimeter. «

»Mama ...«

»Du bist krank! Kind, warst du schon beim Arzt? Ist das Haus warm genug? Du weißt, trinken, trinken, trinken! Es ist doch eine Erkältung? Oder was anderes?«

»Ich bin nicht krank, Mama!«

»Aber du hast doch eben ...«

»Hab ich nicht, Mama! Ich wollte nur sagen, dass ich nun doch nicht über die Feiertage nach Paris fahre.«

»Oh, wie schade! Hat es nicht geklappt mit der Reise?«

»Nein, hat es nicht. Es hat überhaupt nicht geklappt mit Maurice. Das Ende war ... nicht schön. Ich würde lieber nicht darüber reden, im Moment. Ich ...«

»Als du mir von dem Mann erzählt hast, mit dem Château und allem, da dachte ich gleich ... Sag, Kind, war er ein Heiratsschwindler?«

Mia musste gegen ihren Willen lachen. Das wäre ja direkt noch akzeptabel gewesen. Doch schnell stieg Ärger in ihr auf. »War er nicht. Er war ... er ist echt. Wir haben uns nur wieder getrennt. Warum hast du dir gedacht, er wäre ein Heiratsschwindler? Kannst du dir nicht vorstellen, dass ein Mann mit Ansprüchen sich in mich verliebt, oder was?« Mia hörte selbst die Aggressivität in ihrer Stimme, aber es war wie ein Dammbruch. Sie konnte nicht aufhören. »Kannst du dir nur vorstellen, dass deine Wunderknaben Traumpartner finden. Wenn ich schon nicht die Welt vor Aids rette oder die Entstehung des Universums entschlüssele, traust du mir dann nicht wenigstens zu, mir einen tollen Kerl zu angeln. Ich bin kein Universalversager, Mama!«

Zu Mias Verblüffung sagte deren Mutter darauf nichts.

Der Moment des Schweigens gab ihr genug Zeit, sich wieder zu fangen. Was sollte das? Sie ließ ihren Frust und ihre Selbstzweifel an ihrer Mutter aus. Das war nicht fair. »Entschuldige, Mama! Das war gemein. Die Sache mit Maurice hat mir sehr wehgetan, ich ... Entschuldige, bitte.«

»Mia, Schätzchen, glaubst du wirklich, dass ich das denke ... dass du ein Versager bist? Wie kannst du nur? Als du mir von diesem Franzosen erzählt hast, da dachte ich: Toll, jetzt heiratet auch noch meine Mia so einen Mann von Welt ... Ich weiß nicht, wie ich es dir erklären soll. Vielleicht ist es ja auch kränkend für dich, aber du, mein Kleines, du warst für mich immer mein einzig normales Kind.«

»Wie meinst du das denn?«

»Ach, eine Mutter wünscht sich für ihre Kinder, dass es ihnen gut geht und dass sie glücklich sind. Bei den Jungs, da weiß ich gar nicht, ob sie glücklich sind oder nicht. Irgendwie sind sie auch gar nicht mehr meine Jungs. Klar, sie sind Männer, aber darum geht es nicht. Ich verstehe einfach nicht, wovon sie reden. Und dann diese Superfrauen. Ich wette, Martin heiratet Marie Curie. Oder ist die schon tot?«

Mia musste ein Lachen unterdrücken. »Sie ist tot, Mama!«

»Zum Glück! Andere Familien unterhalten sich über Bausparverträge und Urlaube. Wenn ich Hendrik frage, wie es ihm geht, dann wirft er mit Wörtern um sich, es könnte auch Chinesisch sein. Und Max und Melissa!! Diese Mutter Teresa in Unterwäsche. Ich weiß nicht, über was ich mit ihr reden soll. Nicht nur, weil mein Englisch lausig ist. Sie lebt in einer so fremden Welt. Sie bemüht sich. Sie hat mir mal wieder was geschrieben. Sie darf bei einer Show mitmachen, da muss sie mit Flügeln rumlaufen. Es ist eine Firma, die heißt Viktorias Sekret. Ich finde, Sekret klingt eklig für einen Modenamen. Timo findet Sekrete nicht eklig. Seine Frau auch nicht. Die reden immer nur über ›-osen‹ und ›-itisse‹ und andere Sachen, die gar nicht angenehm klingen.«

»Mama, ›secret‹ ist Englisch und heißt Geheimnis. Victorias Geheimnis. Das ist eine tolle Wäschemarke. Da bei der Modenschau mitmachen zu dürfen ist was ganz Besonderes.«

»Siehst du! Ich verstehe nichts mehr. Also ich meine, ich habe schon verstanden, dass es was Tolles ist und sie sich freut. Aber ich verstehe nicht, worüber sie sich freut. Wenn du mir sagst, dass du einen schönen Bonus bekommst, dann weiß ich, was das ist. Oder du hast ein schönes neues Kleid oder das Bad im Haus ist fertig renoviert … Wenn sie alle bei uns sind, dann kommt mir plötzlich unser schönes Zuhause schäbig vor, und ich habe Angst sie schämen sich, also meine Jungs, für ihr Zuhause und für ihre dumme Mutter, die nichts versteht.«

Entgeistert hörte Mia, wie ihre Mutter am anderen Ende schniefte.

»Und da dachte ich, jetzt heiratet meine Kleine auch noch so einen Mann von Welt und schämt sich auch, zu ihrer Mama heimzukommen ... Und Französisch kann ich gar nicht!«

Nun weinte ihre Mutter eindeutig.

»Mama, wenn die Jungs sich genieren würden wegen ihres Zuhauses und dir, dann würden sie nicht so regelmäßig zu euch kommen, meinst du nicht?«

Ihre Mutter schnäuzte sich.

»Und warum denkst du, schreibt dir Melissa extra? Weil sie möchte, dass du dich mit ihr freust.«

»Sicher hat sie es nur getan, weil Max es ihr gesagt hat.«

»Selbst wenn! Dann heißt das, dass es Max wichtig ist, dass sie gut mit dir auskommt. Das sagt doch auch was, oder?«

»Ach, Mia! Es tut mir so leid, dass ich einen Moment erleichtert war, dass du keinen noblen Franzosen heiratest, wo du sicher traurig bist. Das war egoistisch.«

»Maurice kann Deutsch, dafür war er alles andere als nobel.« Ohne sich wehren zu können, fing nun Mia an zu schluchzen und erzählte ihrer Mutter die ganz fiese Geschichte.

»So ein elender Schweinehund! Wie kann er sich so etwas erlauben. Ich esse nie wieder was Französisches. Nicht mal den Camembert, den ich so mag.«

Mia lachte unter Tränen. »Iss den ruhig weiter, Mamilein, das macht auch keinen Unterschied. Ich dachte, jetzt, da ich zu Hause bin, komme ich vielleicht doch kurzfristig. Wäre euch das recht?«

»Oje, die Jungs können dieses Jahr alle nicht kommen, da hat Papa mir eine Kreuzfahrt zu Weihnachten geschenkt, stell dir das vor! Ach, Mia, was machen wir denn jetzt nur?«

»Keine Sorge! Eine Freundin hat mich zu einer Party eingeladen, die ist happy, wenn ich komme. Ich freue mich sehr für euch. Das hast du dir doch schon so lange gewünscht. Es wird bestimmt ganz toll.«

»Papa ruft, du sollst dranbleiben. Er googelt was. Ja, Papa googelt jetzt auch. Hendrik hat es ihm beigebracht. Papa will dich sprechen, Mia!«

»Hallo, Mäuschen! Weißt du schon, mit was für Zahlen du das letzte Quartal abschließen wirst?«

»Nein, Papa! Aber es sieht sehr gut aus. Du wärst bestimmt zufrieden.«

»Da bin ich sicher! Aber was ich eigentlich ... Ich habe die Kreuzfahrt gegoogelt, die Mama und ich planen.« Googeln klang bei ihm so, als hätte er eine Operation am offenen Herzen vorgenommen. Er hatte die Versicherungsbranche in den Ruhestand verlassen, ehe der Computer zum Alltagsgegenstand geworden war. »Also, wenn wir fahren, über Weihnachten, da sind noch Plätze frei. Ohne deine Mutter zu fragen ... sie nickt schon ... Also wir schenken dir die Reise zu Weihnachten und geben den Frotteeschlafanzug zurück, den du kriegen solltest.« Ihr Vater lachte.

Trotzdem war sie nicht sicher, ob es ein Scherz gewesen war.

Mia wurde ganz warm uns Herz. Wie süß. Aber das war keine Option. »Papa, das ist ganz lieb, aber ich hätte lieber den Schlafanzug. Ich bin eingeladen. Ich werde ein schönes Weihnachten haben. Keine Sorge. Ihr habt doch jetzt ein Smartphone. Da könnt ihr mir von unterwegs schreiben. Ich möchte jeden Tag wissen, wo ihr seid, und Bilder bekommen. Versprochen?«

»Sicher, ich kann das, auch das mit dem Bilderschicken. Aber ich finde, du solltest mit uns kommen!«

»Papa, du kennst die Branche! Du weißt doch, bei einer Versicherung bekommt man zum Jahresende keinen Urlaub. Außerdem ist das eure Reise. Gib Mama einen Kuss von mir. Wir reden noch mal, bevor ihr abreist.«

»Wenn du es dir anders überlegst ...«

»Dann rufe ich an, Papa! Aber ich glaube nicht. Alles ist gut, wirklich!«

Und das war es auch.

17

Jeden Tag, seit Emilia in Wien war, hatte Gabriel im Laufe des Tages einen Schnappschuss von einer Sehenswürdigkeit erhalten. Sie war zwar etwas enttäuscht, dass sie alles nur im Vorbeihasten zu sehen bekam, aber von der Stadt war sie entzückt. Abends waren dann eine kurze Zusammenfassung des Tages und ein Gruß zur Nacht gefolgt.

Jede dieser kleinen Botschaften hatte Gabriels Herz mit Freude erfüllt, und mit jeder weiteren stieg der Pegel höher und höher. Auch Tim war das nicht entgangen. Als sein Gegenüber, wie so oft in den letzten Tagen, verzückt auf sein Handy blickte, fragte er direkt: »Gibt es etwas, das du mir erzählen willst, Gabriel?«

»Noch nicht. Aber vielleicht bald. Ich will es nicht verschreien. Es ist zu wichtig!«

»Gabriel ist verliebt!«, sagte Nicki lachend, die unverhofft neben dem Schreibtisch stand und ihm durch die Haare wuschelte. Die Frau musste in einem früheren Leben Ninja gewesen sein, so leise konnte sie sich anschleichen.

Dummerweise waren die drei so mit sich beschäftigt, dass sie nicht mitbekommen hatten, dass sich auch das »Kreuz« in Hörweite aufhielt. Dabei schlich der nie. Mit zwei langen Schritten stand er bei ihnen.

»Na, wenn das Dickerchen verliebt ist, ist doch alles wieder gut, oder Timmi? Oder geht es um jemand anderen?«

Tim wurde leicht unbehaglich zumute. Seit ihrer Fast-Schlägerei hatte er es geschafft, dem »Kreuz« aus dem Weg zu gehen. Nun gab ihm der aber einen Klaps auf den Hinterkopf und meinte geradezu huldvoll: »Hast Glück, Kleiner, dass ich heute so gute Laune habe. Ihr werdet alle sehen, der Magier hat mal wieder gezaubert!«

Nicki versuchte vergeblich, ein Prusten zu unterdrücken.

»Klappe, Nicki! Du hattest deine Chance!«

Damit stolzierte er erhobenen Hauptes von dannen.

Das »Kreuz« hatte wirklich ausgezeichnete Laune. In den letzten Tagen war er etwas beunruhigt gewesen. Irgendwie hatte er akzeptiert, dass die Neue ernsthaft erwartete, dass er mehr tat. Diese Akten mit Zahlen, von denen man nie richtig wusste, was sie sollten, und dieses dauernde Am-Schreibtisch-Gehocke, das gab ihm so schon den Rest.

Als er hier angefangen hatte, war es ihm sehr gut gelungen, seine Akten an verschiedene Kolleginnen zur Erledigung weiterzureichen. Aber in letzter Zeit klappte das irgendwie nicht mehr. Warum, verstand er nicht so recht, wie so vieles andere auch nicht. Also war er wohl oder übel dazu übergegangen, ab und zu selbst so ein Ding fertig zu machen. Eigentlich hatte das wenig Sinn, denn sie kamen fast jedes Mal zurück, und er musste noch mal an denselben Quatsch ran. Noch mehr davon ... das würde er nicht verkraften.

Und eben in dem Moment, als die ganze Geschichte angefangen hatte, ihm so richtig aufs Gemüt zu schlagen, war ihm die Lösung in Form eines Telefonats in den Schoß gefallen. Die Vorzimmerdame von Frau Levinsky-Steinburger hatte ihn angerufen und gefragt, ob er nach Dienstschluss kurz in einer privaten Angelegenheit ins Chef-Büro kommen könnte.

Jackpot!!

Der Magier hatte wieder zugeschlagen. Zum ersten Mal seit Tagen verließ er mit einem guten Gewissen während der Arbeitszeit das Gebäude, um einige sehr wichtige Dinge zu besorgen.

Endlich war die vereinbarte Zeit gekommen. Das Haus lehrte sich langsam. Die Kollegen machten sich plaudernd auf den Weg in den wohlverdienten Feierabend.

»Tja, geht nur, ihr Arbeitstiere. Für den Magier ist die Plackerei hier vorbei«, dachte er mitleidig.

Merlin konnte zu dem Zeitpunkt gar nicht ahnen, wie recht er damit hatte.

Als die Letzten die Abteilung verlassen hatten, schnappte er sich die Plastiktüte mit seinen Utensilien und machte sich auf den Weg ins Allerheiligste, nicht ohne vorher in seinen besten Aufreißermodus umzuschalten. So schritt er breitbeinig seinem Ziel entgegen.

Er musste erst durchs Vorzimmer. Daher die Plastiktüte. Die Vorzimmerdame war gerade dabei, ihren PC runterzufahren.

»Herr Großkreuz, Frau Levinsky-Steinburger ist aufgehalten worden. Sie bittet Sie, hier auf sie zu warten. Es kann einige Minuten dauern«, erklärte die Vorzimmerdame kühl und wies auf den Besucherstuhl.

Ich wette, nächstes Mal bist du netter zu mir, frigide Kuh, dachte Merlin nur, aber es zauberte ihm ein böses Grinsen aufs Gesicht.

Die Frau schlüpfte in ihren Mantel, sah ihn an, als würde sie ihm nicht trauen, wenn er allein in ihrem Büro war, nickte ihm dann doch kurz zu und ging.

»Spitzenorganisation, Charlotte!«, freute sich das »Kreuz«.

Die paar Minuten allein musste er unbedingt zu seinem Vorteil nutzen. Erstaunlich schnell entstand ein Plan in seinem Kopf. Zuerst prüfte er, ob die Tür zum Allerheiligsten offen war. War sie. Also schlüpfte er hinein und schaltete das Deckenlicht an. Ja, genau so hatte er das in Erinnerung gehabt. Schreibtisch mit Besuchersesseln, Regale, Schrank, und, was das Wichtigste war, ein Sofa an der hinteren Wand.

Merlin lauschte in den Gang hinein. Nichts zu hören. Um vom Aufzug zum Büro zu gelangen, brauchte man sicher zwei Minuten. Also hatte er noch etwas Zeit.

Entschlossen entledigte er sich seiner Oberbekleidung. Dann sprühte er etwas schwül Riechendes aus einem Fläschchen aus der Tüte auf seinen Körper, etwas Mundspray in den Mund und zückte die rote langstielige Rose, die auch in der Tüte verborgen gewesen war. Seine Klamotten versteckte er hinter dem Sofa, die Tüte auch, dann warf er sich zufrieden auf das bequeme Möbelstück.

Mist! Die Socken. Da waren in der Vergangenheit schon vereinzelt Klagen gekommen. Socken anzubehalten war angeblich nicht sexy. Also zog er sie aus und warf sie hinter das Sofa. Er hätte besser noch mal die Zehennägel schneiden sollen. Aber wer schaute bei ihm auf die Zehennägel.

Bis jetzt war nichts zu hören. Also konnte er seine Vorbereitungen noch optimieren. Er begab sich auf den Teppichboden und machte etliche Liegestütze. Diese würden dafür sorgen, dass seine Muskulatur mit Blut vollgepumpt wurde und optimal zur Geltung kam. Er trat an das große Fenster, in dem er sich spiegelte.

Heiß! Was anderes fiel ihm dazu nicht ein. Er hatte sich extra noch einen dunkelroten Stringtanga in der Farbe der Rose gekauft. Viele sahen einfach nicht, was für ein Schöngeist er eigentlich war. Aber irgendwie mochte er die Dinger nicht. Sie sahen etwas affig aus. An ihm natürlich nicht. Aber trotzdem.

Ach was! Wenn schon, denn schon. Entschlossen entledigte er sich auch des Slips und beförderte ihn hinter die Couch. Nun stand er da, wie Gott und unzählige Stunden in der Muckibude und das ein oder andere Nahrungsergänzungsmittel ihn erschaffen hatten. Charlotte konnte sich glücklich schätzen. Nach diesem Abend würde sie nie wieder über seine Effizienz klagen. Da war er sich sicher. Aber Charlotte war selbst nicht zu verachten. Sicher, sie war nicht mehr taufrisch. Aber wie sagte er immer: Alte Scheunen brennen heiß. Da war was dran. Wahrscheinlich hätte er sich auch ohne die Vorzüge dieses Arrangements nicht geziert.

Das Licht war nichts. Nicht dass er etwas zu verstecken gehabt hätte, aber die meisten Frauen waren lockerer, wenn sie nicht zu exakt ausgeleuchtet wurden. Die Schreibtischlampe, die war gut. Also schaltete er die Schwanenhalslampe an und das Deckenlicht aus. Die Lampe richtete er auf die Mitte des Sofas. So! Perfekt! Zufrieden streckte er sich darauf aus und prüfte noch mal seinen Atem, indem er in seine hohle Hand schnaufte. Auch perfekt. Was sollte er mit der Rose machen. Zwischen die Zähne vielleicht? Au, das blöde Ding hatte Dornen. Nein, er würde sie ihr galant entgegenstrecken, lässig auf den anderen Arm gelehnt.

Wo blieb die denn nur? Offenbar wurde um diese Zeit die Heizung im Haus heruntergedreht. Das »Kreuz« begann, langsam zu frieren. Das war nicht günstig. Da hörte er zum Glück das »Pling« von der Aufzugtür.

Also, Showtime.

Charlotte Levinsky-Steinburger hatte einen langen Tag gehabt. Endlose Gespräche mit festgefahrenen Bürokraten. Da stellten sie sie ein, um frischen Wind in den Laden zu bringen, und dann sollte alles schön so bleiben, wie es immer gewesen war. Was stellten die sich vor? Nun war aber endlich Schluss für heute. Als sie durch das leere Großraumbüro zu ihrem eigenen Zimmer ging, fiel ihr aber ein, dass sie noch nicht ganz fertig war. Nun ja, fünf Minuten mit diesem Großkreuz und dann aber wirklich ab nach Hause. Ihre Vorzimmerdame war, wie vereinbart, schon gegangen. Aber wo war dieser Kerl? War er sogar zu blöd, zu einem Termin zu erscheinen. Oder hatte er einfach nicht gewartet, weil es etwas später geworden war? Das war typisch für diesen faulen Sack. Aber sie war so müde und frustriert, da war ihr das im Moment auch egal.

Charlotte öffnete die Tür zu ihrem Büro und schaltete die Deckenbeleuchtung an.

Als sie sich umdrehte, um ihren Mantel aus dem Garderobenschrank zu holen, entfuhr ihr ein schriller Schrei. Da lag »Großkreuz, Merlin, Schadensregulierung K–P« splitternackt mit einer roten Rose in der Hand auf ihrer

Couch. Die Freude, sie zu sehen, konnte man ihm nicht nur vom Gesicht ablesen.

Langsam ging Charlotte rückwärts zurück ins Vorzimmer, drückte die Taste für den Sicherheitsdienst und nahm einen spitzen Brieföffner zur Verteidigung in die Hand.

»Komm doch zu mir, Kleines, ich warte schon so lang auf dich!«, hörte sie ihn locken.

Die Wachmänner Otto und Bob waren zu Charlottes Glück ohnehin in diesem Stockwerk und standen Sekunden später im Vorzimmer. »Was gibt's, Chef?«

»Sehen Sie selbst!« Damit wies sie auf die Tür zu ihrem Büro. »Schaffen Sie ihn umgehend aus dem Haus. Sofort!«

Das »Kreuz«, dem langsam schwante, dass nicht alles nach Plan lief, hatte inzwischen seine Pin-up-Pose aufgegeben und saß nun im Adamskostüm auf der Couch. Nachdem Otto und Bob ihre erste Verblüffung überwunden hatten, schnappten sie sich Merlin links und rechts und begannen, ihn aus dem Büro zu ziehen.

»Herr Großkreuz, betrachten Sie sich als fristlos entlassen, und Hausverbot haben Sie ab sofort auch.« Charlotte Levinsky-Steinburger hatte schnell ihre Souveränität zurückgewonnen.

»Aber Sie wollten doch ... ›Privat‹, hat Ihre Sekretärin gesagt ... Was soll das? Meine Klamotten! Ich brauch doch meine Klamotten!«

Fragend sahen die Wachmänner ihre Vorgesetzte an.

»Kommt nicht infrage. Der Mann verlässt auf der Stelle das Gebäude.«

»Geht klar! Schönen Abend noch, Chef!«, meinte Otto jovial.

So zerrten die beiden das fluchende und schreiende »Kreuz« in Richtung Aufzug.

Als die drei das Zimmer verlassen hatten, musste Charlotte sich doch erst mal setzen. Unfassbar. Jetzt konnte sie den Blödmann doch nicht bitten, seine Mutter nach der Klassenliste zu fragen. Und ihr schönes neues Ledersofa musste auch auf den Sperrmüll. Was für ein bescheuerter Tag!

18

In der Nacht musste Emilia zurückgekommen sein. Sie hatte versprochen, sich so bald wie möglich bei ihm zu melden. Gabriel konnte es kaum erwarten. Als er fertig fürs Büro war, lauschte er, ob von nebenan schon etwas zu hören war. Vor zwei Tagen war ein Brief an seine Nachbarin versehentlich in seinem Briefkasten gelandet. Der lag seitdem im Flur – als willkommener Vorwand, bei ihr zu klingeln.

Tatsächlich. Offenbar war sie schon aufgestanden. Er würde auf dem Weg aus dem Haus schnell bei ihr vorbeigehen. Auch wenn er nur ein paar Sätze mit ihr sprechen konnte, er wollte nicht bis heute Abend warten, sie zu sehen.

Beschwingt nahm er den Brief und ging die paar Schritte zur Tür. Nach dem Klingeln rührte sich so lange nichts, dass er fürchtete, er könnte sie doch geweckt haben. Als die Tür endlich geöffnet wurde, stand er aber nicht Emilia gegenüber, sondern einem Kerl etwa in Gabriels Alter. Er selbst war relativ groß. Sein Gegenüber war aber noch gut zehn Zentimeter größer. Er war barfuß und trug nur Boxershorts und ein T-Shirt.

Sein Haar war verstrubbelt, und er wirkte noch nicht so richtig wach.

»Ja, bitte?«, fragte er.

»Ein Brief für Emilia war in meinem Briefkasten. Ich dachte, er könnte wichtig sein.«

Der Kerl gähnte, ohne sich die Hand vor den Mund zu halten, und streckte sich genüsslich. Dabei rutschte das T-Shirt hoch und gab den Blick auf einen makellosen Six-pack frei.

»Sorry, kurze Nacht gehabt. Emmi musste gleich wieder in die Firma. Stress nach der Konferenz. Ist wohl immer so. Danke fürs Bringen. Du bist der Nachbar, oder?«

»Der bin ich.« Was ich sonst noch bin, ist mir plötzlich nicht mehr klar, dachte Gabriel.

»Ich bin froh, dass jemand ein Auge auf die Kleine hat, ehrlich! Bis dann!«

»Aber klar doch!«

Als die Tür sich wieder geschlossen hatte, ging Gabriel nicht die Treppe hinunter, sondern in seine Wohnung zurück und zog Parka und Jackett wieder aus.

Also war wieder alles beim Alten. Er war wieder der gute alte Gabriel, der sich lieb kümmerte, und das war's. Der gute alte Gabriel, der andere Kerle nicht mal beunruhigte. Wenn du wüsstest, wie nahe ich dran war, mich intensiver um »Emmi« zu kümmern, als dir lieb ist, dachte Gabriel trotzig. »Emilia was machst du mit mir? *Warum* machst du das mit mir?« Die Frage stellte er laut. Aber er würde keine Antwort bekommen. Zielstrebig ging er in sein Schlafzimmer, ließ den Rollladen wieder herunter, machte das Licht aus und kroch angezogen unter seine Bettdecke. Er rollte sich auf der Seite zusammen und versuchte, seine Gefühle wieder in den Griff zu bekommen.

Er war es gewohnt, Frauen vergeblich anzuhimmeln. In seinen erhofften und realen Beziehungen hatte er mehr als einmal Signale falsch gedeutet. Es war allerdings häufiger ein Problem, dass er positive Zeichen nicht erkannte.

Das hatte die peinliche Nummer mit Nicki mal wieder bewiesen. Wie hätte er deuten sollen, was Emilia tat. Gut, das Gerangel auf der Couch konnte man noch auf die zwei Flaschen Rotwein schieben. Aber der Abend in der Pizzeria, die Nachrichten aus Wien. Die hatten sich so lieb angehört. Oder war der Wunsch der Vater des Gedankens gewesen? War er auch für sie, wie so oft, der »gute alte Gabriel«. Was war mit »Gabe«?

Nur mit Mühe konnte er sich beherrschen, sein Handy nicht zu holen, um die Mitteilungen noch mal zu lesen. Der Kerl nebenan erklärte doch wohl alles. Er sah verdammt gut aus. Er hatte allerdings Haare auf dem Waschbrettbauch. Vielleicht störte Körperbehaarung Emilia ja nicht.

»Lass' gut sein, du Trottel. Deinen Waschbärbauch wird sie wohl nie zu Gesicht bekommen, ob mit oder ohne Haare.« Irgendwie hätte er es befreiend gefunden, etwas zu weinen. Aber er tat es nicht. Im Dunkeln hörte er die Standuhr der alten Dame über ihm schlagen. Es war schon spät.

»Los, steh auf und beweg deinen fetten Hintern ins Büro, du Jammerlappen.«

Widerstrebend tat er das dann auch.

Als Gabriel ziemlich spät an seinem Arbeitsplatz eintraf, war Tim schon da und arbeitete. Doch kaum, dass er saß, blickte er auf, begrüßte ihn kurz und legte sofort los.

»Du, Gabriel, du wirst nicht glauben, was mir Frau Seger vom Empfang erzählt hat. Man hat sie informiert, dass das ›Kreuz‹ gekündigt wurde und Hausverbot hat. Sie musste einen Karton mit seinem Krempel an seine Adresse schicken. Das ist ein Ding, was?«

Gabriel schaute ihn entgeistert an. »Gestern Abend war er doch noch da. Aufgeblasener als je zuvor? Weißt du, was war?«

»Keine Ahnung.«

Tim sah Gabriel an. Was er sah, gefiel ihm ganz und gar nicht. Die ganze Woche hatte sein Freund mit der Weihnachtsbeleuchtung um die Wette gestrahlt. Er hatte keinen Augenblick daran gezweifelt, dass Nickis Befund stimmte. Gabriel war verliebt. Aber heute Morgen? Es war, als hätte jemand den Stecker gezogen. Gabriels Augen waren anders, seine Körpersprache war anders, aber auch nicht einfach so wie vorher. So, wie er plötzlich gestrahlt hatte, sah er jetzt aus, als läge ein grauer Schleier über ihm.

»Alles gut bei dir?«, fragte er möglichst beiläufig.

»Klar! Alles wie immer!« Das stimmt ja auch, dachte Gabriel. Alles wie immer. Aus der Traum. Wie hatte er sich so sehr täuschen können?

»Ich würde schon gern wissen, was das ›Kreuz‹ sich geleistet hat«, sagte Tim.

In dem Moment kam Nicki mit glänzenden Augen in ihre Nische gestürmt, ausnahmsweise mal nicht geschlichen. »Habt ihr das vom ›Kreuz‹ schon gehört?«

»Ja, Frau Seger sagt, er hat Hausverbot und ist gefeuert.«

»Stimmt, aber da bin ich besser informiert. Ich habe sogar Bildmaterial!«

»Was?«

»Ihr werdet es nicht glauben, es ist schon auf YouTube. Lass mich mal hin, Gabriel. Tim, komm rüber!«

Gabriel rückte zur Seite und Tim trat an dessen PC.

Nach ein paar Klicks öffnete sich ein Bild, das eindeutig ihr Großraumbüro zeigte. Offensichtlich kam es von der Überwachungskamera, die eingeschaltet wurde, wenn das Gebäude leer war. Die war über der Tür zum Allerheiligsten angebracht. Eine ganze Weile passierte nichts. Dann hörte man aus dem Vorzimmer unverständliches Gezeter. Doch dann folgte der tragische Höhepunkt. Otto und Bob, die Wachleute, waren von schräg oben hinten zu sehen, wie sie das »Kreuz« aus der Tür zerrten. Splitternackt. Merlin brüllte und schimpfte: »Privat hat sie ausdrücklich gesagt. Ich will meine Klamotten. Lasst mich los, ihr Idioten, das verstößt gegen ... Das verstößt gegen irgendwas.«

Fassungslos schauten sich die Freunde das Video an.

»Sein Hintern ist klasse, das muss ich zugeben!«, meinte Nicki schließlich. »Irgendwie hat er noch Glück, dass die Kamera da hinten angebracht ist.«

»Ich fasse es nicht! Was ist da nur gelaufen? Und wie kommt es ins Netz?«

»Ich wette, Otto oder Bob haben es reingestellt. Das ›Kreuz‹ muss sie wohl übel beschimpft haben.«

»Haben sie verraten, was los war?«

»Ja. Die Chefin hat sie gerufen, weil das ›Kreuz‹ nackt in ihrem Büro auf ihrer Couch gelegen und auf sie gewartet hat ... mit einer Rose in der Hand. Sie muss einen ganz schönen Schreck bekommen haben.«

»Was hat er sich nur dabei gedacht?«, fragte Tim.

»Du weißt doch, er denkt nicht«, erwiderte Gabriel nicht ohne Mitgefühl.

»Und dann?«

»Also, die Chefin hat darauf bestanden, ihn aus dem Haus zu schaffen, so, wie er war. Das wollten die beiden auch. Als sie unten versucht haben, ihn vor die Tür zu setzen, hat er Bob volle Kanne ... Da hat er Bob mit dem Knie an einer Stelle verletzt, die sehr schmerzempfindlich ist. Da war es ihnen dann zu blöd, und sie haben die Polizei gerufen. Die hat ihn dann mitgenommen. Die haben aber drauf bestanden, dass er einen Overall von den Reinigungskräften anzieht. Sie wollten ihn nicht nackt im Polizeiwagen haben. Verstehe ich völlig.«

»Was für eine Geschichte! Was für eine bekloppte Idee!«, meinte Tim.

»Ich fürchte, er wollte ihr seinen Zauberstab vorführen«, mutmaßte Nicki.

In dem Moment näherte sich Frau Levinsky-Steinburger der Nische. Nicki konnte gerade noch schnell, auf die Seite zurückschalten, auf der Gabriel gewesen war.

»Ich hoffe sehr, Sie befassen sich so einträchtig mit einem versicherungstechnischen Problem.«

»Sind schon fertig. Ich hatte nur eine Frage. Die Kollegen sind immer sehr hilfsbereit«, versicherte Nicki mit treuherzigem Augenaufschlag und huschte an ihren eigenen Schreibtisch.

»Das ist schön zu hören. Ich hoffe, Frau Bart hat recht. Ich wollte Sie nämlich um Ihre Hilfe bitten. Nächsten Mittwoch findet die alljährliche Bescherung für die Kinder der Angestellten statt. Herr Bauer, der die ganzen Jahre immer ganz großartig den Weihnachtsmann gegeben hat, wie man mir versicherte, hat leider einen Hexenschuss und mir geraten, Sie, Herrn Jordan, zu bitten. Sie scheinen ihm geeignet, ihn zu vertreten. Ich hoffe sehr, dass Sie mir die Bitte nicht abschlagen.«

Tim war fassungslos. Der alte brummige Bauer spielte jedes Jahr den Weihnachtsmann, und nie hatte man von traumatisierten Kindern gehört. Das war das eine. Aber dass er ausgerechnet Tim vorschlug, das schien diesem ein hoher Preis für einen Gefallen, den er einer Freundin hatte tun wollen.

»Sehen Sie da ein Problem? Da die Veranstaltung in der Dienstzeit stattfindet, können Sie eigentlich keine anderen Verpflichtungen haben, oder? Nur die Eltern werden zu dem Zweck freigestellt. Sie müssen ja nicht viel sagen. Nur das Übliche. Die Geschenke, passend zu jedem Kind, reicht Ihnen Frau Seger vom Empfang als Weihnachtsengel. Ein wunderbares Kostüm haben wir auch für Sie. Ich darf davon ausgehen, dass Sie das gern übernehmen. Danke sehr! Kommen Sie Mittwoch um 14.30 Uhr ins Kasino. Da werden Sie dann fertig gemacht. Ich sehe Sie dann!«

Fertig gemacht. Das konnte sich Tim richtig vorstellen. Er hatte weder Erfahrung mit kleinen Kindern noch hatte er Talent zum Schauspieler. Dieser Bauer war ein Teufel.

»Das wird sicher lustig«, versicherte Gabriel, wirkte aber nicht wirklich überzeugend.

»Hauptsache, ich lande nicht auch auf YouTube«, stöhnte Tim.

Gabriel hatte es abgelehnt, mit Tim etwas trinken zu gehen. Leider hatte der nicht das Gefühl, sein Freund hätte etwas Besseres vor, sondern eher, er wäre zu deprimiert, um Lust auf Gesellschaft zu haben. Einen Moment lang hatte Tim mit sich gerungen, ob er nicht in ihn dringen sollte, um den Grund für den plötzlichen Stimmungsumschwung zu erfahren. Aber so funktionierte ihre Beziehung nicht.

Gabriel wusste, er konnte über alles mit Tim reden, und wenn er dazu bereit war, würde er das auch tun. Also entschloss sich Tim, statt in die Kneipe in die Stadt zu gehen und sich einen neuen Pullover zu kaufen. Schließlich war er am nächsten Abend mit Mia verabredet. Sie hatten sich seit Tagen nicht gesehen. In der Versicherung war wirklich die Hölle los. Aber sie hatte ihn vorhin noch einmal per Handy gefragt, ob er noch an ihre Verabredung denken würde. Wie hätte er die vergessen können.

19

Als Gabriel nach Hause kam, ging er extra leise in seine Wohnung. Er hatte keine Lust, Emilia zu begegnen. Irgendwie musste er alles missverstanden haben. Er setzte sich auf sein Sofa und legte eine CD ein. Er wusste gar nicht recht, welche. Nur nicht die von neulich Abend. Trotzdem musste er wieder ständig an sie denken. An jede Berührung, jedes Wort, jeden Blick. Während er still litt, ging es auch Emilia nebenan nicht gut. Aber sie litt nicht schweigend.

Gabriel hörte durch die nicht sehr dicke Trennwand plötzlich heftiges Reden. Unverkennbar war der Tonfall aufgebracht. Verstehen konnte er aber nichts. Hoffentlich war Emilia nicht in Schwierigkeiten. Da hörte er, wie sich ihre Wohnungstür öffnete und die Auseinandersetzung ins Treppenhaus verlegt wurde. An Lautstärke konnte Emilia ihrer Großtante problemlos das Wasser reichen. Nun, da nur eine Tür zwischen den Beteiligten und Gabriel war, konnte er auch verstehen, was sie rief.

»Das ist so typisch. Erst versprichst du was, und kaum gibt es was Interessanteres, haust du einfach ab. Innerhalb von zehn Minuten.«

»Es geht nicht anders, Emmi! Das ist eine Wahnsinnssache!«

»Dann geh doch zu deiner ›Wahnsinnssache‹. Ich hoffe, du wirst von einem Krokodil gefressen.«

»Da gibt es keine Krokodile!«

»Na, irgendwas wird es schon geben, das Verräter frisst. Tschüss!«

Dann knallte die Tür seiner Nachbarin zu, und der Waschbrettbauch trampelte die Treppe runter.

Ob er vielleicht hinübergehen und nachsehen sollte, ob alles in Ordnung war mit Emilia. Hast du denn gar keine Selbstachtung, du blödes Walross, schalt er sich. Würde er sich damit abfinden können, für immer Emilias »geschätzter Nachbar« zu sein?

Wie hatte er sich so täuschen können? Das sah ihm gar nicht ähnlich. Es war nicht das wilde Geknutsche auf der Couch gewesen, das ihn überzeugt hatte, dass sie ihn mehr als nur nett fand. Vor zwei Jahren auf der Betriebsfeier wäre er selbst um ein Haar mit Hanni aus der Telefonzentrale im Kopierraum nach etlichen Gläschen ... Zum Glück waren sie von einem anderen Pärchen gestört worden, das ein stilles Plätzchen gesucht hatte. Er machte sich nichts aus Hanni. Es war nur dieser eine Moment gewesen. Dieser war es zum Glück wohl ebenso gegangen. Es war nur einige Wochen lang mühsam gewesen, so zu tun, als wäre nichts passiert.

Nein, es waren nicht die Minuten auf der Couch, es waren die Nachrichten aus Wien gewesen. Hatte er da zwischen den Zeilen gelesen, was gar nicht da gestanden hatte. Schließlich gab er der Versuchung nach und holte sein Handy heraus, um sie noch einmal anzuschauen. In dem Augenblick klingelte es an der Wohnungstür. Es hatte nicht an der Haustür geklingelt, und im Treppenhaus hatte er auch niemanden gehört. Also konnte es nur Emilia sein. Nein, er wollte sie im Moment nicht sehen. Nun klopfte es, aber er blieb eisern. Dann war es wieder ruhig. Sicher war sie zurück in ihre Wohnung gegangen.

Da hörte er sein Handy: »Klopf, klopf!«

Gabe, ich stehe vor deiner Tür. Du hörst mich wegen der Musik scheinbar nicht klingeln.

Verflixt. Nun nicht aufzumachen wäre lächerlich. Irgendwann mussten sie sich ohnehin wiedersehen, es sei denn, er würde in der Nacht heimlich ausziehen ...

Wohl eher nicht.

Also erhob er sich schwerfällig von der Couch und ging zur Tür.

In der Zwischenzeit schlenderte Tim durch die volle Innenstadt. Jeder war dabei, letzte Besorgungen für das Fest zu machen. Einen brauchbaren Pulli hatte er schon gefunden. Nun wollte er noch eine Kleinigkeit für Mia kaufen. Da auch er ein Geschenk für jemanden suchte, der ihm wichtig war, fand er die ganze Festbeleuchtung und die Weihnachtslieder und das Gewimmel zum ersten Mal seit Jahren wieder schön.

Offensichtlich würde Mia darauf bestehen, ihn einzuladen. Er hatte erst erwogen, ihr ein paar Blumen zu kaufen. Aber das würde zu sehr nach einem Date aussehen. Das sollte es ja nun ausdrücklich nicht sein. Aber er wollte ihr unbedingt etwas mitbringen, ihr eine Freude machen, und wenn er ganz ehrlich war, wollte er, dass sie etwas besaß, das von ihm kam. Er betrachtete die Auslage eines Juweliers und überlegte, was für eine Kette er für sie ausgesucht hätte. Etwas Filigranes, leicht Verspieltes. Aber eine Kette zu kaufen, war eine blöde Idee. Das würde sie nur wieder auf die schreckliche Sache mit dem elenden Franzosen stoßen, und es war auch zu verbindlich. Er war sich sicher, wenn er je für Mia mehr als ein Freund sein wollte, musste er unendlich behutsam und geduldig vorgehen.

Verspielt! Das war es. In ihrem kleinen Hexenhäuschen standen überall Weihnachtsmänner aus allen erdenklichen Materialien. Tim hatte inzwischen gelernt, was für viele Männer nur schwer nachvollziehbar war: Wenn eine Frau von irgendetwas ungewöhnlich viel besaß, so hieß das, dass sie davon gar nicht genug bekommen konnte. Also musste er einen Weihnachtsmann finden. Und da gab es wirklich Auswahl genug.

Als Gabriel die Tür öffnete, stand Emilia davor, die Hände hinter dem Rücken, und lächelte ihn zaghaft an.

Sie sah so süß aus. Die wilden Locken hatte sie in einem mädchenhaften Pferdeschwanz gebändigt. Ein Bild der Unschuld. Sie war nicht der Typ, der Männer aus Jux ermutigte, um dann über sie zu lachen. Er musste einfach alles falsch verstanden haben. Er fühlte sich maßlos enttäuscht, verwirrt, traurig und dämlich. Er hatte sich alles selbst zuzuschreiben. Aber das machte es nicht weniger schmerzhaft.

»Hi, Gabe! Ich bin heute Nacht mit der Postkutsche zurückgekommen.«

»Hallo, Emilia!«

»Kann ich kurz reinkommen?«

»Klar!«

Gabriel trat zur Seite, um sie hereinzulassen. Im Vorübergehen roch er wieder diesen Zitronenduft, den er schon kannte, und sein Herz krampfte sich regelrecht zusammen. Im Wohnzimmer drehte sie sich zu ihm um und schaute ihn an.

»Ich habe dir was mitgebracht. Es ist nicht originell, aber ich konnte nicht shoppen gehen. Das gab es in dem kleinen Geschäft im Hotel.« Sie reichte ihm eine Dose mit einer kleinen Sachertorte.

»Danke, das hättest du nicht tun sollen!«

»Warum freust du dich nicht, dass ich wieder da bin? Ist etwas passiert? Ist etwas mit deiner Familie? Du siehst ganz elend aus. Setz dich! Ich mache dir Tee.«

»Nein, es ist alles in Ordnung. Ich bin einfach nur ein Idiot.«

»Irgendwie häufen die sich wohl auf diesem Stockwerk heute Abend.«

»Ja, ich habe euren Streit gehört.«

»Ach, wahrscheinlich hat es das ganze Haus gehört. Manchmal geht es mit mir durch. Ich war einfach so tierisch enttäuscht. Marco ist so ein Blödmann. Da verspricht er mir, wir feiern Weihnachten zusammen, weil wir nicht nach Spanien können, und er bringt ein paar Freunde mit, und es wird alles ganz toll. Dann ruft wer an, er soll was über irgendeinen Stamm in irgendeinem Dschungel, was weiß ich, wo, schreiben, und schon schmeißt er seinen Kram in die Tasche und ist weg. Ich wollte dir noch was geben, allerdings stimmt davon fast nichts mehr.«

Sie reichte ihm einen Umschlag. Gabriel öffnete ihn. Er enthielt eine Karte. Außen drauf war ein Engel mit großen Flügeln und Vollbart gezeichnet. Darunter stand: *Gabriel.* Drinnen folgender Text:

Lieber Gabe!
Mein Bruder Marco, einige seiner Freunde und ich wol-

len Heiligabend zusammen feiern. Sie sind alle ziemlich verrückt, aber harmlos gegen Tante Eleonore. Wenn du dich dem gewachsen fühlst, würde ich mih wahnsinnig freuen, wenn du kommen könntest.
Deine Emilia

»Dein Bruder?«, sagte Gabriel nur fassungslos.

»Klar, ich dachte, ihr seid euch begegnet.«

»Sind wir, aber er hat nichts gesagt. Ich dachte ...«

»Er hat nicht gesagt, dass er mein Bruder ist? Und ich wette, er ist wieder halb nackt an die Tür gegangen. Was musst du nur gedacht haben? Wenn er die Reise überlebt, dann kille ich ihn, sowie er hier wieder vorbeikommt.«

»Bitte, setz dich doch!« Gabriel hatte ganz weiche Knie. Was für eine Achterbahn der Gefühle.

»Oje, ich sehe es dir an. Du hast tatsächlich gedacht, er ist mein Freund oder so? Während ich dich anbaggere. Wofür musst du mich gehalten haben?«

»Du baggerst *mich* an?« Gabriel konnte ein Grinsen nicht unterdrücken.

»Ein besseres Wort ist mir nicht so schnell eingefallen. Ich wollte nur sagen, ich versuche, dir subtil zu vermitteln, dass mir deine Aufmerksamkeit alles andere als unangenehm ist, weißt du!«

»Ganz gleich, wie du es sagst, ich finde es ganz wunderbar.«

20

Tim hatte Mia an ihrem Hexenhäuschen abgeholt. Eigentlich hatte sie fahren wollen, da sie ja nun ohnehin Antialkoholikerin war. Aber Tim hatte darauf bestanden. Teilweise weil er der alten Schüssel, die Mia fuhr, nicht über den Weg traute.

Als er ausstieg, um zu klingeln, gingen die Großmutter und der böse Wolf wieder vorbei. Beide schauten sehr misstrauisch. Offensichtlich war ihnen aufgefallen, dass ein neuer Prinz am Start war. Obwohl, am Hexenhäuschen gab es ja keine Prinzen. Aber Mia war auch eine ganz miserable Besetzung für die Hexe. Verhext hatte sie ihn aber doch.

Als Mia sich in dem Restaurant aus ihrem Mantel schälte, stockte Tim fast der Atem. Es war gut, dass sie ihm erklärt hatte, es sei kein Date. Ihre Aufmachung sprach nämlich durchaus dafür. Sie trug schmale Hosen mit einem dunkelgrünen Oberteil aus einem fließenden Material, das, wenn sie sich bewegte, immer wieder die eine oder andere Schulter freilegte und den Blick auf einen seidigen Spitzenträger im passenden Grün erlaubte. Tim seufzte. Nun hatte die kleine blaue Schleife auf Mias Slip, die ihn regelmäßig in seinen Träumen heimsuchte, Verstärkung bekommen.

Sie hatte einen schönen Tisch am Fenster mit Blick auf die weihnachtlich beleuchteten Häuser und Geschäfte reserviert.

»Also, Tim! Ich bestehe darauf, dass die 200 Euro komplett aufgebraucht sind, wenn wir gehen. Und ich wünsche keine Diskussion darüber. Trinkst du einen Aperitif? Sicher gibt es da für mich auch etwas Alkoholfreies.«

»Ich muss ja fahren. Was meinst du, wir trinken ein Gläschen Sekt zusammen, und zum Essen gibt es dann nur noch was ohne Alkohol.«

Als der Sekt kam und sie angestoßen hatten, holte Tim die Geschenktüte für Mia hervor und reichte sie ihr über den Tisch.

»Ich wollte mich wenigstens ein bisschen für die Einladung revanchieren. Hoffentlich gefällt er dir.«

Mia zog das Präsent heraus und brach in Entzückensrufe aus. Er hatte sich für einen Plüsch-Weihnachtsmann in kräftigen Farben entschieden. Er war etwa dreißig Zentimeter groß, weich und kuschelig mit einer drolligen Knopfnase.

»Der ist sooo süß. Danke, Tim. Ach, ich liebe Weihnachtsmänner.«

»Ich weiß, es ist mir aufgefallen, als ich dich neulich heimgebracht habe.«

»Ich habe eine richtige Sammlung, aber einen zum Kuscheln besitze ich noch nicht. Der ist perfekt.«

Zum Beweis drückte sie den kleinen Kerl an sich und behielt ihn dann im Arm, während sie auf das Essen warteten.

»Das hast du schön gesagt ... ›heimgebracht‹. Habe ich wirklich nichts Schreckliches gemacht?«

»Nein, du warst eine vorbildliche Betrunkene.« Und du bist unglaublich schwer, wenn du bewusstlos bist. Letzteres dachte er aber nur.

Eines der ersten Themen, auf die sie zu sprechen kamen, war das »Kreuz«. Keiner konnte sich erklären, was ihn geritten hatte. Aber richtig traurig über seinen Abgang war auch niemand.

»Manchen tut er leid. Sie meinen, er wäre einfach nur ein Blödmann gewesen. Aber ich hatte immer das Gefühl, das ›Kreuz‹ ist einer von denen, die Kleinere auf dem Schulhof tyrannisiert und verhauen haben. Das macht er nur nicht mehr, weil er zu alt ist, um auf einen Schulhof zu dürfen«, schimpfte Mia.

»Na, mich hätte er beinahe auch außerhalb des Schulhofs verhauen, obwohl: Irgendwie war ich auch selbst dran schuld.«

»Was? Wann war das denn?«

»An dem Tag, wo wir uns in der Kantine getroffen haben. Irgendwie war ich da nicht gut drauf. Dann ist mir das ›Kreuz‹ in die Quere gekommen und hat wieder seine blöden Sprüche abgelassen, da habe ich ihn angemault. Ich kenne ihn ja nun wirklich lange genug. Ich hätte es besser wissen müssen.«

»Siehst du! Genau das meine ich. Jeder sagt, das ›Kreuz‹, der schwätzt halt blöd daher, der ist harmlos. Aber es kann doch nicht sein, dass man gezwungen ist, alles zu schlucken, was er loslässt, damit er nicht aggressiv wird. Und jede Frau im Büro hat er auch schon angemacht, und wenn man ihn abblitzen lässt, wird er unverschämt. Das ist nicht akzeptabel.«

»Stimmt schon.«

»An dem Tag ... Da habe ich mir überlegt, dir nachzugehen. Du sahst so unendlich traurig aus, als du über deine Eltern gesprochen hast. Ich wusste nicht, ob ich dich in Ruhe lassen soll, oder was ...?«

»Hättest du es getan, hättest du mich vor dem ›Kreuz‹ retten können«, sagte Tim lachend. »So hatte ich Glück, dass der Hartmann aus der Tür kam. Aber ich hatte das ungute Gefühl, die Sache war für das ›Kreuz‹ damit nicht erledigt. Ich werde ihn nicht vermissen. Gabriel auch nicht. Immer diese blöden Andeutungen über ein homosexuelles Verhältnis zwischen uns.«

»Das glaube ich. Aber das ist auch typisch. Solche Leute können es nicht ertragen, dass andere Freunde haben. Und immer das Geläster über Gabriels Figur. Als wäre er ein Nilpferd. Dabei ist er nur etwas stämmig.«

»Das muss ich ihm erzählen, dass du das gesagt hast, das freut ihn bestimmt. Ein bisschen wurmt ihn das schon, dass er nicht rank und schlank ist.«

»Tim, wenn du mit jemandem über deine Eltern reden willst, oder ... Ich wusste gar nicht, wie ich reagieren soll. Aber wenn du willst ...«

»Ist schon gut! Manchmal trifft es mich eben immer noch, als wäre es gestern passiert. Aber immer seltener. So ist es eben. Aber es wäre ja auch schlimm, wenn es mir einfach egal wäre. Danke, Mia! Wenn mir danach ist, werde ich daran denken.«

»Was machst du denn nun am Heiligen Abend?«

»Morgens ist Frühschoppen von meinem Tischtennisverein. Meist feiere ich mit meinem stämmigen, rein platonischen Freund, wenn der nicht an die Nordsee zu seiner Familie fahren kann. Einmal war ich sogar schon mit dort. Das war wirklich nett. Ganz tolle Leute. Dieses Jahr hat er abends allerdings was anderes vor. Ich vermute eine junge Dame dahinter. Wir werden uns mittags sehen. Und du Mia? Hast du es dir überlegt? Fährst du zu deiner Familie?«

»Ich habe mit meiner Mutter und auch mit meinem Vater gesprochen. Ich hätte dir ohnehin davon erzählt. Ich bin dir nämlich sehr dankbar, dass du mich überredet hast, mit ihnen zu telefonieren. Es war ganz merkwürdig. Wir haben etwa eine halbe Stunde gesprochen, Mama und ich hauptsächlich, und plötzlich sah alles ganz anders aus als vorher. Meine Minderwertigkeitsgefühle meinen Brüdern gegenüber, die gehen alle auf meine Kappe. Meine Eltern sehen das alles ganz anders. Ich bin dir richtig dankbar.«

»Das freut mich. Du fährst also hin?«

»Sie machen eine Kreuzfahrt, weil die Jungs auch nicht kommen, und sie dachten, ich wäre in dem verdammten Château. Papa wollte mich direkt mitnehmen. Ich finde das so lieb. Aber weißt du, mein ältester und mein jüngster Bruder sind zwanzig Jahre auseinander, altersmäßig. Meine Eltern sind so lange in erster Linie Eltern gewesen, sie müssen auch mal wieder ein Paar sein. Da kann ich einfach nicht mit. Ich habe gesagt, ich bin zu einer Party eingeladen.«

»Ach schön! Wo feierst du denn?«

»Der Teil war geschwindelt. Ich feiere vor dem Kamin und schaue mir alte Filme an.« Mia schaute erwartungsvoll in Tims Gesicht.

Er beugte sich vor, nahm ihre Hand und sagte: »Mia, lass uns den Heiligen Abend zusammen verbringen. Ich finde, du bist wunderbar, ich möchte immer in deiner Nähe sein. Ich ...« Das allerdings sagte er nur in seinen Gedanken. Geduldig und behutsam. So musste er vorgehen. So Übelkeit erregend der Franzose auch gewesen war, sein Kosename »Rehlein« für Mia passte nur zu gut.

Tim hatte das Gefühl, eine unbedachte Bewegung könnte sie in die Flucht schlagen.

Da lag er nicht ganz richtig. Auch wenn Mia sicher nicht genau dasselbe empfand wie Tim, so fand sie es doch verwunderlich, dass er nicht den Heiligen Abend mit ihr verbringen wollte. Aber da konnte man eben nichts machen. Er würde schon seine Gründe haben.

Wieder einmal hätte es die Dinge vereinfacht, hätte der eine gewusst, was der andere dachte.

Das Essen war sagenhaft gewesen und jeden Cent wert.

Mia hob ihr Cranberrysaft-Glas und sagte: »Auf den alles andere als edlen Spender. Möge ihm ein Vögelchen zwitschern, dass ich seine Kohle sehr, sehr vergnügt mit einem unheimlich netten, lieben, attraktiven Mann verjubele. Na, eigentlich mit fast zweien.« Sie trank und küsste dann ihren Weihnachtsmann zärtlich auf die Wange.

Kurz fragte sich Tim, ob er den Kuss bekommen hätte, hätte er den Kleinen nicht mitgebracht. Aber er war auch so glücklich. Zumindest mochte sie ihn schon mal. Selbst wenn die Einladung auch eine kleine Rache an dem unwiderstehlichen Maurice sein sollte, hätte Mia massenweise andere mögliche Begleiter auftun können.

Behutsam und geduldig. Dabei musste er bleiben.

»Eine Bitte habe ich noch, Tim. Kannst du mir versprechen, mich mit Verachtung zu strafen, wenn ich Silvester anfange, die Hochzeit zu googeln?«

»Da bin ich sehr gut drin. Wenn du das tust, werde ich sofort aufhören, in dir eine Traumfrau zu sehen, sondern du wirst vor meinem inneren Auge zu erbärmlichem Abschaum.« Einen Moment lange schauten sie sich tief in die Augen.

Schließlich lachte Mia. »Das ist ganz zauberhaft von dir, lieber Tim!«

»Aber weißt du, was ich besser fände? Wir treffen uns und googeln die Hochzeit zusammen und lästern über alles, was es darüber zu sehen gibt. Das wäre sicher nett. Was meinst du?«

»Guter Plan! So machen wir es.«

21

Wie befohlen erschien Tim um 14.30 Uhr im Kasino. Das hatte er noch nie betreten. Es war Betriebsangehörigen vom Abteilungsleiter aufwärts vorbehalten. Der Raum war eleganter eingerichtet, mit Holz- statt Stahl- und Kunststoffmöbeln. Was man so hörte, gab es beim Essen eine größere Auswahl, aber es kam vom selben Caterer wie in der Kantine, und auch da war es meist richtig gut.

Der Raum war weihnachtlich geschmückt – mit Lichterketten, glitzernden Ornamenten und Tannengrün. Auf den Tischen standen kleine Leuchter, in denen allerdings LEDs schimmerten. Da hatte sicher der Brandschutz eine Rolle gespielt. Das Highlight war aber der Christbaum. Er war riesig und wirklich sehr eindrucksvoll dekoriert.

Ein Stück daneben stand ein Sessel oder eher ein Thron.

»Donnerwetter!«, sagte Tim bei dessen Anblick.

»Super, nicht wahr!?«, fragte eine junge Frau, die auf ihn zukam. »Sind Sie der Weihnachtsmann?«

»Nein, ich bin Tim Jordan!«, sagte Tim lachend.

»Na, dann warte mal, bis ich mit dir fertig bin. Dann glaubst du selbst, du bist der Weihnachtsmann.«

Sie lotste ihn auf einen Stuhl in einer kleinen Küche, die sich an den Hauptraum anschloss. Dort hatte sie einen beleuchteten Spiegel aufgebaut.

»Ich bin Renée! Ziehst du mal den Pullover aus?«

»Sonst nichts?«

»Nicht so stürmisch. Den Rest darfst du anbehalten, bis du ins Kostüm musst. Das Ding ist wahnsinnig warm. Du nimmst heute mindestens zwei Kilo ab, nicht, dass du es nötig hättest.«

Sie zwinkerte ihm tatsächlich zu. Trotzdem begann in Tim, großes Unbehagen aufzusteigen. Das war einfach nichts für ihn. Er wünschte, man hätte ihm wenigstens einen Text vorgegeben oder so. Renée kämmte ihm das Haar aus dem Gesicht und stülpte eine Art Nylonstrumpf über den Hinterkopf. »Dann sitzt die Perücke besser. Ich mache eine Ausbildung zur Maskenbildnerin am Stadttheater. Ich habe auch den Thron mitgebracht. Eigentlich gehört der König Lear. Meine Tante ist deine Chefin, glaube ich.«

»Oh! Ich fürchte, ich bin für so was gar nicht geeignet.«

»Du machst das schon. Das Kostüm übernimmt schon 90 Prozent für dich. Du musst dich nur würdevoll geben, das heißt, mach alles sehr, sehr langsam. Nein, ist ein Wort, das meine Tante nicht kennt, stimmt's?«

»Ich hatte nicht mal eine Chance, Nein zu sagen.«

»Das hätte auch nichts geändert. Ich musste mir extra einen Tag Urlaub nehmen, um hier sein zu können. Aber irgendwie ist es auch lustig.«

Geschickt trug sie helle Schminke auf und verpasste Tim rosige Wangen und Fältchen um die Augen. Auch seine Nase wurde leicht rosa eingefärbt.«

»Nicht zu viel, sonst sieht es nach Säufernase aus. Ich könnte ja wetten, der gute alte Weihnachtsmann muss ab und zu ein Schlückchen nehmen, um all die Bescherungen zu überstehen.«

Dann klebte sie mit Mastix den schneeweißen lockigen Bart an. Sogar weiße Augenbrauen bekam er.

»Die Perücke lassen wir ganz bis zum Schluss. Mit der Mütze schwitzt du darunter auch wie blöd. Aber keine Angst, das Make-up hält, egal wie sehr du schwitzt. Hier, trink aber noch ein Glas Wasser, damit du nicht so schnell dehydrierst.«

Schließlich war es Zeit, Renées Werk zu vollenden. »Also, Schuhe und Hose aus. Zack, zack!«, befahl sie.

»Hier?«

»Zier dich nicht. Wir sind doch unter uns. Oder trägst du am Ende keine Unterwäsche.«

Tim wünschte, er hätte ein paar von den neuen Boxershorts angezogen, statt den leicht verwaschenen.

»Los mach!«

Also zog er seine Halbschuhe aus und schlüpfte aus seiner Hose. Renée stand mit verschränkten Armen dabei und schaute ihm ungeniert zu.

»Ich weiß nicht, was du dich so anstellst. Sieht doch alles sehr ansprechend aus. Geh nachher nicht weg, bevor ich dir meine Handynummer gegeben habe.«

In dem Moment öffnete sich die Tür, und Frau Levinsky-Steinburger rauschte herein.

»Alles klar, Herr Jordan?«, fragte sie in ihrer energischen Art und schaute Tim kritisch an, wie er da in seinen verwaschenen Boxershorts mit angeklebtem Bart stand.

»Wird das was, Renée?«

»Klar, er wird toll aussehen.«

»Gut, gib dir Mühe!«

Irgendwie klang das nicht so, als wäre sie von dem, was Tim an Anlagen mitbrachte, völlig überzeugt. Nun, wenn er ehrlich war, war er das ja selbst nicht.

»So, jetzt musst du leider in die Sauna.«

Renée zog eine Zellophantüte von einem leuchtend roten Kostüm, das mit weißem Kunstpelz verbrämt und goldenen Knöpfen und Tressen verziert war. Es sah wirklich imposant aus, zumal es für die übliche Weihnachtsmannfigur komplett gepolstert war. Nicht nur der Bauch, sondern auch Arme und Beine waren mit irgendeinem weichen Material gefüttert. Um hineinzukommen, waren die Innennähte der Hose nur Druckknöpfe, ähnlich einem Strampelanzug für Säuglinge, der es einem erleichtern sollte, die Windeln zu wechseln.

»Wenn die Veranstaltung zu dröge wird, kannst du einfach einen Striptease hinlegen«, lachte Renée. »Du kannst dir mit einem energischen Griff das ganz Ding vom Leib reißen. Echte männliche Stripper machen das auch so.«

»Okay, ich behalte das mal im Hinterkopf.«

»Da, schau dich an!«

Also, sollte Tim wirklich auf YouTube landen, musste man schon seinen Namen dazusetzen, um zu wissen, wer er war. Er erkannte sich selbst nicht.

Zur gleichen Zeit saß Gabriel an seinem Schreibtisch und versuchte, die letzten Vorgänge zu Ende zu bringen, die noch vor Weihnachten erledigt werden mussten. Zwischen den Jahren würde die wilde Hatz weitergehen. Daher war auch kein Urlaub drin, um zu seiner Familie zu fahren. Aber darüber war er längst nicht mehr traurig.

Neben seinem Bildschirm stand die Einladung, die ihm Emilia gebracht hatte. Aus der geplanten Party war zwar ein gemütliches Essen zu zweit geworden, aber ihm war das viel lieber so. Noch eineinhalb Tage. Den Heiligen Abend hatten sie zum Glück den ganzen Tag frei. So konnte er einkaufen und das Essen vorbereiten. Er wollte sich auch noch mit Tim treffen, da er ihn für den Abend versetzt hatte. Er hatte ihm angeboten, mit ihnen zu feiern, hatte aber schon vorher gewusst, dass er das ablehnen würde. Das wäre ein Vorteil gewesen, wenn es eine Party gegeben hätte. Dann hätte er Tim »gezwungen« zu kommen. So hatte er ihn nicht sehr bedrängt, wofür er sich etwas schämte. Aber er wusste auch, dass Tim sich als fünftes Rad am Wagen gefühlt hätte. Als kleine Buße schnappte er sich eine Akte von dessen Schreibtisch und machte sie fertig. Der arme Tim musste ja den Weihnachtsmann spielen.

Emilia und er hatten sich darauf geeinigt, dass Gabriel diesmal kochen würde. Das konnte er gar nicht schlecht. Essen wollten sie bei Emilia, da ihre Wohnung sehr viel weihnachtlicher aussah als Gabriels. Aufgrund ihrer Wohnverhältnisse war es gar nicht viel anders, als würden sie das Essen in einer größeren Wohnung von der Küche ins Esszimmer tragen. Emilia hatte darauf bestanden, einen Kuchen zu backen, damit sie zuerst Kaffee trinken, dann Bescherung feiern konnten, und dann war Gabriels Auflauf dran! Er konnte es kaum erwarten.

Am Abend von Emilias Rückkehr hatten sie noch lange gesessen und geredet. Sie hatte ihm von Wien erzählt, sie hatten Wein getrunken. Diesmal nur eine Flasche. Und sie hatten den Heiligen Abend geplant. Nein, sie hatten nicht auf dem Sofa gerangelt, sondern sich mit einem zarten Kuss an der Tür verabschiedet. Seither war Emilia, bis auf kurze Nachrichten auf dem Handy, wieder von ihrem Job aufgesogen worden. Aber Gabriel erging es nicht anders. So gesehen passte auch das.

Nicht zum ersten Mal angelte er die Einladung von seinem Schreibtisch und las sie erneut. Irgendwie hatten seine Pläne immer noch etwas Unwirkliches.

»Es ist so süß, wie es dir immer auf der Stirn geschrieben steht, wenn du an was Schönes denkst, Gabriel.«

Da war sie wieder, Nicki, der Ninja. Gabriel stellte die Karte zurück.

»Das ist ja klasse, das bist ja du ... als Weihnachtsengel.« Lächelnd betrachtete sie den bärtigen Engel auf der Karte.

»Ja, lustig nicht wahr! Sag, Nicki, hast du fünf Minuten Zeit für mich? Ich bräuchte einen weiblichen Rat.«

»Aber gern. Schieß los!«

»Ich will jemandem eine Vergrößerung von einem Bild, das ich von diesem Jemand heimlich gemacht habe, schenken. Besagte Person sagt, sie gefalle sich nie auf Fotos. Ich finde aber, sie sind gut geworden, trotzdem wäre ich froh, wenn du mir deine Meinung sagen könntest. Ich habe sie auf dem Handy.«

Gabriel besaß eine ausgezeichnete Digitalkamera. Das war ein Luxus, den er sich geleistet hatte und der ihm immer wieder Freude bereitete. Fotografieren war nun mal seine große Leidenschaft. Er hatte aber auch ein Handy mit einer sehr guten Kamera. Das hatte den Vorteil, dass es immer zur Hand war, aber auch, dass er so tun konnte, als schaute er lediglich auf sein Handy, wenn er fotografierte. So waren schon einige tolle Aufnahmen entstanden, weil die Modelle völlig entspannt und natürlich waren. Menschen waren sein Lieblingsmotiv. Da war es manchmal möglich, viel mehr als nur das Aussehen festzuhalten. So hatte er es auch während der Einkaufstour mit Emilia gemacht. Er hatte Dutzende Aufnahmen. Aber er hatte drei Favoriten. Eins zeigte sie, wie sie versonnen verschiedene Schals betrachtete, eins am Tisch beim Abendessen. Nicht mal das hatte sie gemerkt. Das Schönste war aber seiner Meinung nach eine Aufnahme vor dem Juweliergeschäft, in dem sie die Stecker für seine Mutter entdeckt hatten. Sie betrachtete konzentriert die erleuchtete Auslage. Zum Glück wandte sie ihm ihr Profil zu, sodass sich die Lichter nicht in ihrer Brille spiegelten.

»Komm, zeig mal!«

»Du musst es mir aber ganz ehrlich sagen. Wenn ich ihr ein Bild schenke, auf dem sie sich auch nicht gefällt, wäre das kontraproduktiv. Ich finde dieses hier am besten.«

Er hielt Nicki das Juwelierbild hin.

»Wahnsinn! Was für ein tolles Foto. Sie ist superhübsch. Aber das ist ein ganz, ganz tolles Bild. Wenn sie sich darauf nicht gefällt, muss sie zum Psychiater.«

»Ich habe noch zwei Kandidaten. Schau mal, ob du ein anderes besser findest, bitte!«

»Die sind auch wunderschön. Aber das vor dem Fenster ist wirklich das Beste, finde ich. Aber wenn man verliebt ist, schenkt man da nicht eher ein Bild von sich selbst?«

»Ich will sie ja nicht in die Flucht schlagen«, lachte Gabriel, ohne der Behauptung zu widersprechen. »Ich will es auf Leinwand abziehen lassen. Was für eine Größe wäre denn gut. Postergröße oder eher DIN A3?«

»Bloß nicht! Sie soll es doch bei sich aufhängen, oder? Wenn es zu groß ist, sieht das total selbstverliebt aus. Also, das ist nur meine Meinung.«

»Die will ich ja hören, Nicki.«

»Also, ich fände die Größe von einem Blatt Schreibpapier gut. Das ist DIN A4, oder? Das ist groß genug, um zu wirken, ist aber nicht übertrieben.«

»Super, danke. So mache ich es!«

»Du, Gabriel! Die Bilder sind wunderbar. Könnte ich dich vielleicht dazu bekommen, mich auch mal zu fotografieren?«

»Aber sehr gern. Willst du es zu Weihnachten verschenken? Dann müssen wir uns ranhalten.«

»Ach, wem denn?« Nicki sah richtig geknickt aus. »Wenn sie richtig gut sind, benutze ich sie, um mich bei einer Partnervermittlung anzumelden.«

»Was willst du denn bei einer Partnervermittlung? Ein hübsches, nettes Ding wie du. Allein hier im Haus sind bestimmt zehn Kerle in dich verschossen, Nicki.«

»Das kann schon sein. Aber die, die ich will, wollen mich nicht.«

»Dann sei froh! Das müssen ja Deppen sein.«

»Nein, du bist kein Depp, Gabriel. Aber manchmal passt es einfach nicht zusammen, was Menschen sich so wünschen.« Damit beugte sie sich zu ihm und küsste ihn auf die Wange.

»Es tut mir leid, Nicki!« Mehr fiel ihm nicht dazu ein.

»So ist es eben. Aber die Bilder von mir will ich unbedingt«, sagte sie schon wieder lachend und verschwand hinter ihrem Schreibtisch.

22

Renée begutachtete Tim kritisch. »Prima, nicht wahr! Hier, die Stiefel!«

Tim stieg, wie befohlen, in die hohen, schweren schwarzen Stiefel. Das Durchsetzungsvermögen hatte Renée ganz eindeutig von ihrer Tante.

»Oh, die sind mir viel zu groß!«

»Ich habe extra Große genommen, ich wusste ja nicht, was du brauchst. Das macht aber nichts. Schlurfe einfach, damit du sie nicht verlierst. Das passt zu der Figur. Ist also nützlich.«

Tim seufzte. Hoffentlich fiel er nicht auch noch auf die Nase.

Da kam Frau Levinsky-Steinburger mit Frau Seger vom Empfang im Schlepptau zurück. Diese hatte sich offenbar irgendwo privat umziehen dürfen. Sie trug ein bodenlanges weißes Gewand und große Flügel aus echten weißen Federn. Der Schnitt des Kostüms ließ Tim allerdings daran zweifeln, ob es ursprünglich für eine Kinderbescherung entworfen worden war. Ein tiefer Ausschnitt setzte Frau Segers berüchtigte Oberweite eindrucksvoll in Szene.

Ein durchaus ansprechender Anblick, das musste er ganz objektiv einräumen. Ihr langes blondes Haar war in viele Löckchen geformt, engelsgleich eben. Das Make-up erinnerte auch an einen Engel, allerdings an Marlene Dietrich im »Blauen Engel«.

Frau Levinsky-Steinburger sah nicht sehr glücklich aus. Dafür würden die anwesenden Väter begeistert sein.

»Renée, ich finde, du solltest noch was an dem Make-up machen, oder?«

»Kein Problem! Was sagst du zu Tim? Der Hammer, oder?«

»Sehr nett!«

»Was soll ich denn nur sagen, Frau Levinsky-Steinburger?«

»Das ist doch nun wirklich nicht so schwer, Herr Jordan. Sie sagen ganz einfach ... Frau Seger, was sagt er denn nun? Sie sind da ja schon erfahren.«

»Also, Sie fragen die Kinder, wie sie heißen. Ich hole dann das Geschenk heraus und gebe es Ihnen. Ganz easy.«

»Nicht: ›Warst du auch immer brav?‹«

»Nein, das fragen wir lieber nicht. Wir wollen uns ja nicht anschwindeln lassen. Und bitte nicht fragen: ›Kannst du ein Gedicht aufsagen‹, oder so was. Dann wissen sie keins und fangen an zu plärren. Wenn sie heulen, die Kleinen, schauen Sie nur bekümmert, und ich tröste sie. Ich bin schließlich ein erfahrener Engel.«

Renée hatte inzwischen das Make-up erheblich entschärft, und Frau Seger sah sehr viel mehr nach Engel aus. Vielleicht war es da oben im Himmel einfach sehr warm. Tim war auf alle Fälle jetzt schon knapp vor dem Siedepunkt. Die Mischung aus Aufregung und dem dicken Kostüm brachte ihn ins Schwitzen. Da beneidete er Frau Seger direkt, die nur heiß aussah.

Vom Raum nebenan drang lebhaftes Geplauder und Stühlerücken zu ihnen.

»Also! Ich begrüße die Gäste, dann kündige ich Sie an. Wir lassen die Türe angelehnt, dann kommen Sie aufs

Stichwort. Frau Seger geht voran. Sie folgen ihr und winken den Kindern zu, dann setzen Sie sich auf den Thron. Der Sack mit den Geschenken steht schon daneben. Das regelt ja Frau Seger alles für Sie. Also: Enttäuschen Sie mich nicht!«

Durch diese warmen Worte aufgebaut, lauschte Tim auf seinen Einsatz.

Frau Levinsky-Steinburger begrüßte die Mitarbeiter und deren Partner und Kinder und kündigte dann den Höhepunkt der Veranstaltung an, den Weihnachtsmann. Bei ihr klang das etwa so, als würde sie sagen: »Wir kommen nun zu Unterpunkt 3.7 der Agenda«, trotzdem gab es freundlichen Applaus. Renée klopfte ihm auf die Schulter und öffnete die Tür ganz. Frau Seger strahlte ihn an und flüsterte: »Toi, toi, toi!« Ganz offensichtlich freute sie sich auf den Auftritt.

Als sie das Kasino betrat, gab es tosenden Applaus. Sogar ein lang gezogenes Pfeifen war zu hören, verstummte aber schlagartig wieder. Tim schlurfte möglichst würdevoll hinter ihr her, huldvoll in die Menge winkend. Blitzlichter flammten auf. Für Material für YouTube würde also gesorgt sein.

Ganz toll. Das erste Gesicht, das sich für Tim aus der Menge hervorhob, gehörte Herrn Bauer. Er grinste ganz eindeutig schadenfroh und reckte Tim den erhobenen Daumen entgegen. Dieser alte Teufel.

Tim war heilfroh, als er pannenfrei den Thron erreicht hatte. Mit Frau Segers Ansagen und deren Dekolleté als Ablenkung würde er es schon irgendwie hinbekommen.

Also konnte es losgehen. Frau Seger wies sehr anmutig auf ein Kind, das vortreten sollte. Tim fragte nach dessen Namen und übergab das von seinem Engel angereichte

Paket. Das klappte ganz ausgezeichnet, auch wenn ihn der Anblick, den Frau Seger ihm bot, wenn sie sich nach den Geschenken bückte, ein wenig in der Konzentration störte. Auch der Weihnachtsmann ist schließlich nur ein Mann. Die meisten Kinder waren bis jetzt so klein gewesen, dass sie von Mama oder Papa vor den Thron geführt worden waren. Wahrscheinlich war die gute Aussicht dafür verantwortlich, dass die stolzen Väter in der Überzahl waren. Das nächste Kind war schon älter und trat allein vor den Weihnachtsmann.

»Wie heißt du denn, mein liebes Kind?«, fragte Tim, der nun schon richtig in seiner Rolle aufging.

»Chantal-Angelique Schmitt, ich bin sechs und will dir ein Gedicht aufsagen.«

»Sehr schön, dann lass uns mal dein Verslein hören!«

Leider war das Gedicht kein Verslein. Es handelte sich um ein umfangreiches Werk über Weihnachtswichtel, das Tim bislang unbekannt gewesen war. Chantal-Angelique ratterte es herunter wie ein Maschinengewehr.

Trotzdem begann Frau Levinsky-Steinburger, ihm nach gefühlten hundert Strophen Zeichen zu geben, das Ganze zu beenden.

»Das war sehr schön, dafür habe ich auch ein …«

»Es ist noch nicht fertig!«, protestierte Chantal-Angelique und ließ keinen Zweifel daran aufkommen, dass sie in Tränen ausbrechen würde, sollte sie unterbrochen werden. Also signalisierte seine Chefin ihm, sie gewähren zu lassen. Das Gedächtnis des Kindes war wirklich eindrucksvoll.

Als es niemand mehr zu hoffen gewagt hatte, kam es zum Ende und nahm den höflichen Applaus und das Geschenk strahlend entgegen. Zum Glück gab es ansonsten keine Vorträge mehr. Tim fürchtete inzwischen schon, er würde bald aus seinem Anzug fließen.

Als alle beschenkt worden waren, kam Renée zu den beiden und meinte, es sei der Wunsch geäußert worden, Bilder mit den Kindern, dem Weihnachtsmann und dem Engel zu machen. So hielten die beiden geduldig aus, bis etliche Eltern ihre Kinder positioniert und mit den beiden abgelichtet hatten. Herr Leitner, Schadensregulierung A–E, wollte unbedingt, dass seine Kleine auf Tims Schoß saß. Der hatte den Eindruck, dass es dem Vater hauptsächlich darum ging, den Engel gut draufzubekommen. Aber langmütig ließ er es sich gefallen, dass die eher unwillige Kleine auf seinem Knie deponiert und unzählige Male abgelichtet wurde. Sie wurde zunehmend quengelig. Tim fürchtete schon, sie könnte gleich anfangen zu weinen, aber sie entschloss sich für eine andere Art, den Flüssigkeitspegel in ihrem Körper zu senken. Selbst durch die gepolsterten Hosenbeine drang die Wärme der Pfütze, die sich auf seinem Oberschenkel bildete.

»Ups! Sorry!«, meinte Herr Leitner nur, als er seinen Schatz von Tims Schoß hob.

Zu dessen großer Erleichterung stand Frau Levinsky-Steinburger auf und bat darum, Weihnachtsmann und Engel mit einem großen Applaus zu verabschieden. Von innen durchgeschwitzt und von außen befeuchtet erhob sich Tim erleichtert. Die Tatsache, dass sein Engel deutlich mehr Applaus erhielt als er, konnte er gut verschmerzen.

23

Die Arbeit ging Gabriel schneller von der Hand, als er gehofft hatte. Wenn er weiter so gut vorankam, würde er morgen alles prima zu Ende bringen können, um dann mit den Kollegen der Abteilung noch kurz auf Weihnachten anzustoßen. Danach noch ein paar Besorgungen und dann ...

»Stimmt es, dass der coole Typ, der die Mia aus dem zweiten Stock immer gebracht hat, wieder nach Frankreich zurückgegangen ist?«

Wieder einmal wäre Gabriel fast vor Schreck aus seinem Schreibtischstuhl gehüpft. Wenn er Nicki ein Glöckchen zu Weihnachten schenkte, würde sie es vielleicht um den Hals tragen?

»Nicki, wegen dir bekomme ich noch mal einen Herzinfarkt.«

»Aber leider nicht vor freudiger Erregung«, seufzte sie.

»Keine Ahnung. Aber die Auftritte haben aufgehört. So viel steht fest.« Sicherheitshalber war Gabriel zum ursprünglichen Thema zurückgekehrt.

»Wenn es stimmt, hat Tim vielleicht endlich mal eine reelle Chance bei ihr. Die beiden würden viel besser zusammenpassen. Der Franzose war eher was zum Angucken«, erklärte Nicki.

»Was?«

»Sag nicht, du hast nicht mitbekommen, dass Tim total auf Mia abfährt. Worüber sprecht ihr Kerle denn?«

»Jedenfalls nicht über Mia.« Aber Nicki hatte schon irgendwie recht. Wie konnte es sein, dass sie so etwas merkte und er, Tims Freund, nicht? Vielleicht hatten Frauen einfach eine bessere Antenne für diese Dinge. Jetzt, wo Nicki es ausgesprochen hatte, war ihm allerdings klar, dass es so sein musste.

Da kam der eben Genannte mit einer riesigen Plastiktüte an seinen Platz zurück. Seine Haare waren noch feucht. Zum Glück gab es eine Dusche im Bereich des Kasinos. Er hatte sie offensichtlich nötig gehabt.

»Nun, wie war es?«, fragten Nicki und Gabriel wie aus einem Mund.

»Es lief wirklich ganz gut. Leider hat mir die kleine Leitner kurz vor Schluss noch schnell auf den Schoß gepinkelt. Ich bringe das Kostüm auf dem Heimweg in die Reinigung.«

»Wahrscheinlich hast du alle kleinen Mädchen völlig aus der Fassung gebracht«, sagte Gabriel lachend.

»Spotte nicht! Ich war gut. Und das Kostüm war wirklich toll.«

»Na, dann haben wir wohl einen neuen Weihnachtsmann für die kommenden Jahre!«

»Also, wenn der Bauer das Amt nicht wieder übernimmt, wette ich, es wird etliche Bewerber geben. Ihr hättet das Kostüm von Frau Seger sehen sollen. Für mich Sandy! Jetzt, wo sie schon mal mein Engel war. Die Väter waren hin und weg.«

»Männer!«, rief Nicki gespielt genervt.

»Was sollen wir machen? Wir sind, wie wir sind. Drum reißen, es noch mal zu machen, werde ich mich nicht. Aber es war auch ganz lustig.«

»Im Januar sind bestimmt Bilder davon in der Hauspost.«

»Ich bin gar nicht sicher, ob ich auf welchen drauf bin. Sandy war eindeutig das begehrtere Motiv. Aber ich brauche mich nicht zu verstecken. Ich war ein sehr eindrucksvoller Weihnachtsmann. Liebe Kinder, wart ihr denn auch schön brav, während ich weg war?«

»Das waren wir!«, versicherten die beiden einträchtig und wahrheitsgemäß.

An dem Abend kuschelte sich Mia auf ihr Sofa und schaute sich einen der alten Filme an, die sie liebte und die sich zur Weihnachtszeit im Fernsehprogramm häuften – »Das Wunder von Manhattan«. Den sah sie sich jedes Weihnachten einmal an. Da sie ihn aber eigentlich fast auswendig kannte, war es möglich, nebenher an andere Dinge zu denken. Diesmal war der Filmgenuss ein ganz besonderer. Kaum war sie nach Hause gekommen, hatte es an der Tür geklingelt, und zwei Männer hatten einen großen topmodernen Fernsehapparat geliefert und montiert. Dazu gab es eine Grußkarte von ihrem ältesten Bruder, Hendrik.

Hallo Schwesterchen,
Mama hat mir erzählt, du benutzt immer noch Omas alte Glotze. Daher dachte ich mir, ein neues Gerät würde dir Freude machen, wo du doch so gern Filme schaust. Der kann alles. Du kannst damit auch direkt ins Internet. Da findet man die alten Schinken oft, aber ein Streaming-Abo ist auch mit drin. Ich wünsche dir viel Spaß auf der Party, zu der du gehst. Hoffentlich

kommst du uns bald mal besuchen. Deine Nichte und Neffen würden sich freuen. Sie sind schon ganz neugierig, was in dem Paket von dir ist. Das gibt es aber erst am Heiligen Abend. Schon mal vielen Dank dafür!
Wir alle wünschen dir ein schönes Fest!
Hendrik, Lisa und Kinder

Das Gerät war sagenhaft – mit einer Gebrauchsanweisung so dick wie die Bibel. Aber das Grundprinzip hatten ihr die netten Monteure schnell erklärt. Den alten Fernseher von ihrer Großmutter hatten sie ihr sogar im Schlafzimmer angeschlossen. Das war eins von den Dingen, die sie sich nie hätte leisten können. Vor dem Telefonat mit ihrer Mutter hätte sie sich nur wieder gesagt, dass Hendrik ihr vorführen wollte, wie viel mehr Kohle er hatte als sie. Aber heute sah sie das anders. Er hatte sich überlegt, was sie gern tat und was ihr Freude machen würde. Ja, er hatte Geld wie Heu, ja, so etwas zahlte er aus der Portokasse. Aber das hieß ja nicht, dass es ihm nichts bedeutete, was er ihr schenkte. Sie war in manchem ganz schön ungerecht gewesen, das musste sie zugeben.

Vor dem Fernsehen hatte sie noch einmal lange mit ihrer Mutter und ihrem Vater gesprochen. Die waren außer sich vor Aufregung gewesen wegen ihrer Kreuzfahrt. Hoffentlich würde sie ganz wunderbar werden. Wie gut, dass Tim sie zu diesem Gespräch gedrängt hatte.

Zärtlich tätschelte sie den Weihnachtsmann, den er ihr geschenkt hatte und der neben ihr auf dem Sofa saß. Warum waren Tim und sie sich nicht früher nähergekommen? Vor einem halben Jahr vielleicht. Mia war sich fast sicher, dass sie sich in Tim verliebt hätte, und dann hätte Maurice mit seiner Rudolfo-Valentino-Nummer nie eine Chance bei ihr gehabt, und ihr wäre diese Demütigung erspart geblieben. Von Tag zu Tag wurde ihr mehr und mehr bewusst, dass sie Maurice, den Mann, gar nicht wirklich vermisste. Es war mehr die Aufmerksamkeit. Nicht nur die, die er ihr zweifelsohne reichlich geschenkt hatte, sondern auch die, die er auf sie beide gezogen hatte. Mia war schon klar, dass die halbe Versicherung sie um ihn beneidet hatte. Dabei war alles nur Fassade. Dahinter verbarg sich Selbstsucht, Rücksichtslosigkeit und Opportunismus.

Tim war da ganz anders. Warum hatte er sie nicht gefragt, ob sie zusammen den Heiligen Abend verbringen wollten? Sein Freund Gabriel hatte ja wohl abends etwas anderes vor. Vielleicht hatte er einfach keine Lust dazu. Vielleicht war er einfach ein barmherziger Samariter und an ihr gar nicht interessiert. War sie denn an ihm interessiert?

Sie musste vorsichtig sein. Ihr Herz hatte ganz schön was mitgemacht in den letzten Wochen. Wahrscheinlich wollte sie nur nicht allein sein. Obwohl ...

Sie könnte ihn doch einfach anrufen, von dem neuen Fernseher erzählen und ihn fragen, ob sie zusammen alte Filme schauen wollten. Das tat er auch gern, hatte er gesagt.

Aber was würde er dann von ihr denken? Dass sie eine war, die unbekümmert von einem Bett ins andere hüpfte? Es war so schon peinlich genug, dass er wusste, was der verdammte Maurice mit ihr gemacht hatte. Sie war sich sicher, dass Tim ein Mann war, der eine Frau für eine verlässliche Beziehung suchte. Wenn Tim sich je ernsthaft für sie interessieren sollte, musste sie sehr vorsichtig sein.

»Behutsam und geduldig, so müssen wir es machen, meinst du nicht?«, fragte sie den Plüschweihnachtsmann und küsste ihn auf die Mütze.

Am Abend hatte Emilia den Kuchen für sich und Gabriel gebacken. Sie hatte extra noch eine Weihnachtsbaum-Backform besorgt – für den Schokokuchen, von dem ihre Mutter behauptete, mit dem könne man jeden Mann erobern. Wahrscheinlich hätte sie den gar nicht gebraucht. So leid es ihr auch tat, dass Gabriel sich wegen Marco Gedanken gemacht hatte, so sehr hatte seine offensichtliche Traurigkeit sie aber auch überzeugt, dass er genauso empfand wie sie.

Gabe! Er war so perfekt. Und sie gefiel ihm. Es würde ein unvergessliches Weihnachtsfest werden.

Was die Dekoration anbelangte, hatte sie noch mal eine Schippe draufgepackt, mit besonderem Augenmerk auf eine romantische Beleuchtung. Das Geschenk für ihn war auch was ganz Besonderes. Es war schon liebevoll verpackt und erwartete ihn unter dem kleinen Weihnachtsbaum, den sie sich gegönnt hatte.

Rundum glücklich war sie in ihr Bett geschlüpft. Vor dem Einschlafen hatte sie die Hand an die Wand gelegt. Diese Wand, das war alles, was sich zwischen ihnen befand. Fast hätten sie nebeneinanderliegen können.

24

Am nächsten Morgen begleitete dieses wunderbare Gefühl Emilia bei den Vorbereitungen für den letzten Arbeitstag vor Weihnachten. Sie war fast bereit aufzubrechen, als es an ihrer Tür klingelte. Sicher wollte Gabriel noch etwas mit ihr besprechen. Oder noch besser, er hatte auch an sie denken müssen und wollte ihr schnell vor der Arbeit guten Morgen sagen. Ihr Herz klopfte freudig, als sie die Tür öffnete ... und erstarrte.

Auch Gabriel war mit wunderschönen Gedanken aufgewacht. Beim Frühstück hatte er eine Einkaufsliste geschrieben. Alles musste perfekt sein. Als Erstes würde er auf dem Heimweg das Bild abholen. Hoffentlich wirkte es so gut, wie er es sich erhoffte. Vielleicht würde er noch eine nette Kleinigkeit dazu finden. Irgendetwas Weihnachtliches. Ein Engel mit Bart wäre gut. Bei dem Gedanken musste er lachen. In dem Moment klopfte es ganz leise an seine Tür. Merkwürdig.

Als er öffnete, stand Emilia in ihrem weißen wattierten Wintermantel mit der großen Kunstpelzkapuze vor seiner Tür. Darin sah sie immer aus wie ein unheimlich knuddeliger kleiner Eskimo. Wahrscheinlich müsste es wohl nun

Inuit heißen, aber knuddelig war sie auf alle Fälle! Die Aktentasche in ihrer Hand störte allerdings ein bisschen.

»Lass mich kurz rein!«, flüsterte sie und schob ihn in seinen eigenen Flur zurück, zog die Tür hinter sich zu und lehnte sich dagegen. Sie war richtig blass, und ihre ohnehin großen Augen wirkten riesig.

Gabriels Herz begann zu klopfen. »Was ist denn? Du erschreckst mich ja direkt.«

»Psst.« Emilia legte den Finger an die Lippen. »Ich kann es nicht fassen. Sie ist wieder da!« Tränen stiegen ihr in die Augen.

»Wer? Wer ist wieder da?«

»Großtante Eleonore. Sie stand vorhin einfach vor der Tür. Sie will jetzt Weihnachten mit mir verbringen.« Nun begannen die Tränen wirklich lautlos zu fließen. »Sie ist eingeschlafen. Ich will nicht, dass sie aufwacht. Was wird denn nun? Das sollte *unser* Weihnachten sein. Ich fasse es nicht.«

»Krach mit ihrer Cousine?«

»Natürlich! Sie gibt es nicht zu. Sie sagt, die Frau sei eine Wilde, und ihretwegen wolle sie mich nicht Weihnachten allein lassen. Ich habe ihr gesagt, ich hätte etwas vor. Das ist ihr aber völlig egal. Ich will nicht, dass sie … Aber ich kann sie auch nicht rauswerfen. Oder soll ich?«

»Nein, das geht nicht.«

»Ich muss ins Büro. Ich will nicht, dass sie allein in meiner Wohnung ist. Sie wird überall rumschnüffeln. Mein Gott! Wenn sie Gesangsübungen macht und ich aus der Wohnung fliege, dann erwürge ich sie mit bloßen Händen.«

»Ich muss auch los, sonst würde ich für dich nach ihr sehen.«

»Nein! O nein, bitte! Versprich, dass du nicht in meine Wohnung gehst, wenn ich nicht da bin. Sie ist in mancher Hinsicht unberechenbar, und sie findet, du bist entzückend. Wenn sie dich ... Ich habe mich so auf morgen gefreut.«

»Hör zu, wir gehen erst mal zur Arbeit. Ich überlege, was wir machen können. Leider wird es heute spät, aber ich klingele bei dir, sowie ich zurück bin, und dann planen wir eben etwas um. Bitte, schau nicht so verzweifelt.«

»Gut. Ich muss wirklich los. Könntest du mich bitte einen Moment in den Arm nehmen, Gabe?«

»Mit dem allergrößten Vergnügen!«

So zog er sie an seine Brust und hielt sie einfach nur fest.

»Schließe die Tür hinter dir zu, wenn du da bist. Bitte!« Mit einem dramatischen Seufzer löste sie sich von ihm und verschwand wieder im Treppenhaus.

Gabriel war wirklich enttäuscht. Er hatte sich Heiligabend so unheimlich romantisch vorgestellt. Aber es war unmöglich, eine alte Frau einfach vor die Tür zu setzen, nicht mal eine alte Frau, die nicht einsah, dass sie eine war. Wohl oder übel musste er sich auf einen Abend zu dritt einstellen. Ob er Tim wohl bitten sollte, doch dazuzukommen. Nein, das kam nicht infrage. Es wäre einfach schäbig, ihn nur zu bitten, um Großtante Eleonore oder besser Lo von ihm selbst abzulenken.

»Was muss ich aus der Falte zwischen den Augenbrauen schließen?«

»Mein Gott, Nicki!«

»Also ich habe extra mit den Füßen gescharrt. Entweder hörst du nicht gut oder der Schadensfall stellt dich vor Probleme ... Oder du bist in Gedanken ganz woanders?«

»Ehrlich gesagt habe ich gerade daran gedacht, dass ich am Heiligen Abend plötzlich eine Frau zu viel habe«, seufzte Gabriel.

»Dann gib sie doch einfach Tim«, schlug Nicki vor.

»Nein danke!«, schaltete sich Tim ein. »Ich will Gabriels überzählige Frauen nicht.«

»Emilias Großtante ist aufgetaucht und will mit ihr, also mit ihr und mir feiern. Sie ist zwischen achtzig und neunzig und extrem vital.«

»Auch wenn sie vital ist, ich will sie trotzdem nicht.«

»Das war mir klar. Ein schöner Freund bist du!«

»Alles hat seine Grenzen.«

»Wir werden wohl oder übel zu dritt feiern, fürchte ich.«

»Du, meine Schwester arbeitet in einer Apotheke. Soll ich dir etwas besorgen, was du ihr ins Essen mischen kannst, damit sie einschläft ... also die Tante?«

»Das ist ganz rührend von dir, Nicki. Aber besser nicht.«

»Oder du schaltest beide aus und kommst zu mir. Mein Appartement ist völlig tantenfrei. Sag nichts. Ich sehe schon, dein Weihnachtsengelchen ist dir selbst mit Tante lieber als ich. Sie ist aber auch zu hübsch.«

»Was, Nicki, du hast sie schon gesehen?«

»Nur auf Bildern. Los, zeig sie Tim!«

Gehorsam holte Gabriel sein Handy hervor und zeigte die Aufnahmen seinem Freund.

»Wow! Sehr hübsch. Wo hast du sie denn kennengelernt?«

»Sie ist neben mir eingezogen!«

»Glück muss man haben!«

»Ja!« Gabriel seufzte nur. Selbst Großtante Eleonore konnte sein Glück nur ein wenig trüben.

»Gehen wir nachher zusammen in den ›Paragrafenreiter‹? Wenn ich nicht bald hier rauskomme, versuche ich, mit dem Tacker Selbstmord zu begehen.«

»Sei stark, Nicki! Fast haben wir es geschafft.«

Traditionell machten alle Versicherungsangestellten am letzten Arbeitstag vor Weihnachten pünktlich Schluss.

Ein Großteil fand sich dann im »Paragrafenreiter« wieder.

Tim fragte sich, ob auch Mia da sein würde. Ausdrücklich verabredet hatten sie sich nicht. Nicki hatte sich bei den beiden Freunden eingehakt, und die Selbstmordgefahr schien gebannt.

Gleich beim Eintreten in die bereits gut gefüllte Kneipe sah er sie. Mia sprach gerade mit Schlückchen, der zur Feier des Tages eine rote Nikolausmütze trug. Die bildete einen interessanten Kontrapunkt zu den Ohrringen und Tattoos.

»Hallo, Mia!« Tim fiel einfach nichts Geistreiches ein, was er hätte sagen können. Sie sah wieder wunderschön aus. Ihr kurzes dunkles Haar glänzte, ihre Augen leuchteten und ihre weichen Lippen ...

Mia trug einen knallroten flauschigen Pullover, an dem ein kleiner Weihnachtsbaum aus Strass steckte, an dem tatsächlich winzige Lichtchen leuchteten.

Das wäre genau die richtige Kleinigkeit, die Gabriel noch für Emilia fehlte, also fragte er Mia, ob sie wüsste, wo man etwas Ähnliches kaufen konnte.

Sie erklärte ihm, wo sie das gute Stück erstanden hatte, schaute dabei aber immer Tim an. Als Gabriel zu seinem Freund hinübersah, war er völlig überzeugt, dass Nicki mit ihrer Vermutung richtig lag. Vielleicht hatte sie eine Geheimdienstausbildung. Das würde das Anschleichen und die Einblicke in die Geheimnisse ihrer Mitmenschen erklären.

Und Tim beobachtete seinerseits Gabriel. Er hatte ihm nichts von seinen Begegnungen mit Mia erzählt, so gern er das getan hätte. Er wusste einfach nicht, wie er das anstellen sollte, ohne ihm von der Franzosen-Tragödie zu berichten. Und dieses Geheimnis war ein für alle Mal bei ihm sicher.

Kurz darauf zog Mia weiter, weil sie allen rundum noch ein frohes Fest wünschen wollte. So taten die beiden Freunde und Nicki dasselbe. Ganz hinten in der Ecke, in der Tim und Mia sich an jenem Abend zufällig begegnet waren, saß, zu Tims großer Überraschung, Herr Bauer.

»Hey, Weihnachtsmann!«, rief der und winkte Tim zu sich. »Na, Jungchen! Dein Debüt war gar nicht schlecht. Ganz schön heiß in dem Anzug, was?«

»Das ist es wirklich. Aber es hat richtig Spaß gemacht.« Tim wollte auf keinen Fall, dass der alte Grantler dachte, er hätte ihn drangekriegt. »Irgendwie bin ich überrascht, Sie hier zu treffen. Ich hätte Sie nicht für ein Feierbiest gehalten.«

»Richtig. Ich sammle Informationen.«

»Wie bitte?«

»Ich sitze hier ganz ruhig. Schaue zu, wie alle immer besoffener werden, merke mir, wer was mit wem oder auch allein macht ... und so weiter. Und wenn mir dann einer von den lieben Kollegen mit irgendwas auf den Senkel geht, habe ich immer ein Gegenmittel zur Hand.«

»Ach so!« Tim hatte das Gefühl, es wäre besser, sich woandershin zu verziehen. »Dann frohes Fest und noch mal vielen Dank für Ihre Hilfe neulich!«

Herr Bauer grunzte, was Tim als »Ihnen auch ein frohes Fest, mein lieber Herr Jordan, und ich helfe Ihnen immer gern« übersetzte und sich ins Gewimmel stürzte.

Der Laden wurde zunehmend voller, und es war schwierig, sein eigenes Wort zu verstehen. Als Tim mit einem Kollegen sprach, sah er Mia mit einem Glas Bier auf Herrn Bauer zugehen. Sie reichte es ihm, und er wies ihr den Platz neben sich zu – den einzigen verfügbaren in der gesamten Kneipe. Und was noch unfassbarer schien, er lächelte. Tim fürchtete sofort, er hätte schon zu viel getrunken, und schaute noch mal genauer hin. Es stimmte, Herr Bauer lächelte. Nicht die Fratze, die er Tim gezeigt hatte, als er als Weihnachtsmann aufgetreten war, nein, ein ganz normales menschliches Lächeln.

Nach wenigen Minuten erhob sich Mia wieder und Herr Bauer mit ihr. Er umarmte sie kurz und schaute ihr hinterher, als sie sich wieder in die Menge begab. Nicht mal der alte Menschenhasser war gegen Mia immun. Kein Wunder, dass Tim ihr gegenüber völlig wehrlos war.

Nach dem Austausch von guten Wünschen und Küsschen von diversen Kolleginnen verzog sich Tim in eine etwas ruhigere Ecke. Ein Großteil der anderen Gäste war inzwischen in eine Polonaise durch das Lokal verstrickt.

Schnell gesellte sich Mia zu ihm. »Lange bleibe ich nicht mehr. Wenn man das Ganze als Antialkoholiker betrachtet, wirkt es etwas erschreckend.«

»Glaube mir, nach zwei Bier ist es immer noch ziemlich schräg.«

»Meine Eltern sind schon auf dem Schiff. Papa hat mir Bilder aufs Handy geschickt. Er ist ganz stolz, dass er das hinbekommt. Sie sind völlig begeistert. Es ist gut, dass ich sie nicht begleitet habe. Sie klingen wie ausgelassene Kinder. Mit mir dabei wären sie wieder Eltern.«

»Freut mich, dass sie ihren Spaß haben ... deine Eltern.«

»Mich auch.«

In dem Moment wurde Gabriel als Teil der Polonaise von Nicki an ihnen vorbeigeschoben. Als er sie sah, warf er einen verzweifelten Blick gen Himmel. Aber es war eindeutig, dass seine Verzweiflung nicht echt war. Das Ganze war ihm wohl etwas peinlich, aber er hatte offenbar auch Spaß daran.

»Ist eure Kollegin die Glückliche, die Gabriel für morgen angelockt hat?«

»Nein. Es ist seine Nachbarin. Ich habe sie noch nicht kennengelernt. Aber er macht einen sehr glücklichen Eindruck. Hoffentlich wird es etwas mit den beiden.«

»Wenn nicht, würde eure Kollegin ihn sicher trösten, was meinst du?«

»Kann gut sein. Im Moment hat Gabriel richtig Glück bei den Frauen.«

»Mein Bruder hat mir zu Weihnachten einen ganz tollen neuen Fernseher geschenkt. Damit kann ich sogar Filme direkt aus dem Internet anschauen.«

»Super. So einen gönne ich mir irgendwann auch mal.«

»Weißt du, Tim. Ich hatte mir gedacht, vielleicht könnten wir ja ...«

Tim sah sie erwartungsvoll an.

»Also es wäre vielleicht ...«

In dem Moment wurde Tim von einem erstaunlich festen Griff gepackt. Sandy Seger rief ausgelassen »Komm, Santa, tanz mit deinem Engel!« und zerrte ihn in die hüpfende Schlange von Kollegen, die ihn mit sich fortriss wie eine Flutwelle.

Als Tim wenigstens die Gelegenheit hatte, in die Ecke zurückzuschauen, sah er gerade noch, wie Mia durch die Tür verschwand.

25

Als Gabriel seine Wohnung betrat, verflog seine gute Laune schlagartig. Auf dem Teppich direkt hinter der Flurtür lag ein gefalteter lila Briefbogen. Offenbar war er unter der Tür durchgeschoben worden. Das Briefpapier kannte er. Darauf hatte Großtante Eleonore ihre Einkaufsliste geschrieben. Als Emilia ihn gewarnt hatte, er solle sich von ihr fernhalten, hatte er das für einen Scherz gehalten. Jetzt hatte sie ihm doch wohl nicht einen Liebesbrief geschrieben? Er bückte sich und hob das Blatt auf, als wäre es kochend heiß.

»Gabriel« stand in großer kühner Schrift darauf. Oje, parfümiert war es scheinbar auch. Er wagte kaum, ihn zu öffnen. Die Nachricht war im Telegrammstil gehalten.

Kein Parfüm für Emilia kaufen. Bekommt das, was ich meiner ignoranten Schwester gekauft habe.
Lo

Gabriel fiel ein Stein vom Herzen. Er hätte wirklich nicht gewusst, wie er einer Frau, die seine Großmutter sein könnte, einen Korb geben sollte, ohne Schaden anzurichten. Nun denn: Er würde hinübergehen und mit Emilia einen Abend mit Tante planen. Wenn alles so lief, wie er es sich erträumte, würde die Zukunft noch viele Abende zu zweit bringen.

Großtante Eleonore saß auf dem Sofa und las ein Modemagazin, da ihre Großnichte muffig und kurz angebunden war, seit sie von der Arbeit zurückgekommen war. Das Kind arbeitete zu viel. Nun, morgen würden sie gemütlich zusammen den Heiligen Abend verbringen, das würde ihre Laune wieder heben. Zugegeben, sie war nicht nur zurückgekommen, um der Kleinen Gesellschaft zu leisten. Vielmehr war ihr Besuch bei ihrer Cousine Elfriede nicht ganz so gelaufen wie geplant.

Nach einem Tag hatte ihr schon geschwant, dass der ganze Aufenthalt unendlich langweilig werden würde. Elfriede wohnte in einem elenden kleinen Kaff. Natur, Natur, nichts als verdammte Natur. Offenbar war sie völlig damit zufrieden, für sich allein ihren riesigen, stinkenden alten Hund spazieren zu führen, zu lesen und zu schlafen. Nicht mal ihre Nachbarn, diese Torfköpfe, ließen sich regelmäßig blicken. Irgendwie schien ihre Cousine auch gar nicht dankbar für ihre Gesellschaft. Ständig meckerte sie an ihr rum. Sie sollte ihr helfen, das Geschirr zu spülen, von Hand. Sie sollte sich weniger schrill kleiden, wenn sie wirklich mal zusammen aus dem Haus gingen, sie erwartete, dass sie ihr im Haushalt half. Sie! Ihr Gast.

Aber das war nicht das Schlimmste. Als sie auf die Pläne für Weihnachten zu sprechen kamen, erklärte Elfriede, sie werde wie immer die Weihnachtsandacht besuchen. Eleonore könne ja so lange auf den Hund aufpassen. Als Eleonore sie fragte, was sie denn sonst mit ihm mache, meinte sie, er könne auch mal allein bleiben. Es sei ihr aber lieber, Eleonore begleite sie nicht. Sie würde sonst wieder, wenn die Gemeinde sang, so laut blöken, dass sich alle nach ihr umdrehten. Selbstverständlich hatte Elfriede den Satz kaum ausgesprochen, als Eleonore schon ihren Koffer packte und sich auf den Weg zum Bahnhof machte. Blöken. Sie und blöken. Eine der wunderbarsten Stimmen des Jahrhunderts.

Ihr Abgang war perfekt, entschlossen und würdevoll. Blöderweise musste sie auf dem kleinen Provinzbahnhof über drei Stunden auf einen Zug zu einem größeren Knotenpunkt warten. Die ganze Zeit überlegte sie sich, was sie sagen würde, wenn Elfriede, die den Fahrplan sicher kannte, kommen würde, um sie reumütig zurückzuholen. Aber sie kam nicht.

So hatte sie die ganze Nacht mit Umsteigen und endlosen Wartezeiten, im Zug und auf Bahnsteigen verbracht, nur um eine Nichte anzutreffen, die nicht eben begeistert gewesen war, als sie ihre Türe geöffnet hatte.

In dem Moment klingelte es. Emilia kam aus der Küche und öffnete, nicht ohne die Wohnzimmertür vorher zu schließen. Das war Eleonore nur recht. Sie schlich sich hinter die Tür und erkannte sofort die Stimme von diesem ganz reizenden jungen Mann von nebenan. Ihr feines Gehör reichte immer noch gut aus, um hinter einer geschlossenen Tür zu lauschen.

»Gabe!« Emilia schenkte ihm ein wunderschönes Lächeln. »Hast du es dir überlegt? Willst du jetzt doch lieber mit deinem Freund feiern?« Ängstlich sah sie ihn an.

»Niemals. Weißt du, ich finde, wir sollten alles so machen, wie wir es uns überlegt hatten, nur einfach mit Tante. Wir tun einfach so, als lebten wir vor hundert Jahren und könnten uns nicht ohne Anstandsdame treffen. Zwischendrin schleichen wir uns in die Küche und geben uns heimlich einen kleinen Kuss oder wir halten unauffällig unter dem Tisch Händchen. Dann ist das Ganze doch irgendwie sogar romantisch.«

»Ach, Gabe! Du bist der liebste Mann, der mir je begegnet ist. Danke!«

»Na ja, mir wäre es ja lieber, ich wäre der attraktivste und aufregendste Mann, der dir je begegnet ist.«

»Das können wir ja vielleicht alles erforschen, wenn Tante Eleonore wieder weg ist. Ach, Gabe. Es ist ja nicht so, dass ich dich morgen hätte ins Bett zerren wollen. Ich hatte mich nur so sehr darauf gefreut, mit dir allein einen romantischen Weihnachtsabend zu verbringen.«

»Bitte, sei nicht traurig! Wenn sie abgereist ist, dann holen wir das nach, auch wenn nicht mehr Weihnachten ist. Komm schon. Schau nicht so verzweifelt!«

»Was bleibt uns anderes übrig. Es ist jedenfalls sehr lieb, dass du mir hierbei Gesellschaft leistest.«

»Aber gern. Treffen wir uns so um 16.00 Uhr, was meinst du?«

»So machen wir es.« Emilia seufzte tief und küsste ihn zum Abschied auf die Wange.

Tante Eleonore flitzte mit einem Tempo, das nicht nur angesichts ihres Alters erstaunlich war, zurück auf die Couch und schaute wieder in die Zeitschrift. Emilia aber ging direkt zurück in die Küche. Sie war nach wie vor stinksauer auf ihre Großtante.

Im Leben von Eleonore hatten immer nur zwei Dinge eine wirkliche Rolle gespielt. Die Bühne natürlich und, genauso wichtig, die Liebe oder besser die Leidenschaft. Sie war in ihrem Leben unzählige Male verliebt gewesen.

Doch niemals war ihr ein Mann begegnet, bei dem sie ihr ganzes Leben hätte bleiben wollen. Nun, Sergej. Bei ihm hätte sie es sich vielleicht noch am ehesten vorstellen können. Aber die Funken, die ständig zwischen ihnen gesprüht hatten, die Ausbrüche von wildem Verlangen, aber auch von Eifersucht und Misstrauen, das war schon sehr erschöpfend gewesen.

Emilia war ein schönes Mädchen, auch wenn sie keine Ahnung hatte, wie eine Frau sich kleiden sollte. Und diese Brille. Wenn sie keine Kontaktlinsen tragen konnte, so sollte sie sich eben dazudenken, was sie nicht sah. Die meisten Menschen verloren sich ohnehin zu sehr in Details. Eleonore war klar, dass ihre Nichte, nun gut, Großnichte, nicht für ein Leben wie das ihre geschaffen war. Sie war eher der Typ, der sich an dem lodernden Feuer der Leidenschaft verbrennen würde. Was sie wohl brauchte, war eher ein wärmendes Lagerfeuer. Wenn dem so war, war es sicher gescheit, sich möglichst einen Mann fürs Leben zu angeln, bevor doch noch die väterlichen Gene durchschlugen und sie ihre schöne Figur nicht mehr halten konnte. Dieser Gabriel schien richtig vernarrt in sie, und er gefiel ihr auch. Er gefiel nicht nur Emilia, er gefiel auch Eleonore. Er hatte ausgezeichnete Manieren und war kultiviert. Er wusste, dass man einer Dame beim Handkuss nicht auf den Handrücken schlabberte. Ihm war Sergej ein Begriff. Natürlich war er eine Legende gewesen, ihr Sergej, aber wenn sie außerhalb von Musikerkreisen von ihm sprach, glotzte sie meist nur in blöde, unwissende Gesichter. Der junge Mann konnte sehr wohl der Richtige für Emilia sein. Daher würde sie ihr helfen, die Beziehung in die richtige Richtung zu lenken. Mit so etwas kannte sie sich aus. Zufrieden lächelnd wandte sie sich wieder der Illustrierten zu, um sich weiter über die unmögliche Mode heutzutage aufzuregen.

26

Gabriel hatte länger geschlafen als gewöhnlich. Die letzten Tage im Büro waren ganz schön hektisch gewesen, und der Weihnachtsumtrunk hatte auch Kraft gekostet. Besonders diese Polonaise. Er fragte sich, wie lange die anderen wohl noch um die Theke gehüpft waren. Selbst Tim hatte sich noch nicht aus der Umklammerung von Frau Seger vom Empfang befreien können, als er selbst gegangen war. Er hatte früh genug zu Hause sein wollen, um noch bei Emilia klingeln zu können. Sogar ihr Bild hatte er noch abgeholt. Auch wenn er nicht der Typ war, sich selbst zu loben, musste er doch sagen, es war wahnsinnig gut geworden. Mit seinem Bildbearbeitungsprogramm hatte er das Licht noch eine Spur wärmer aussehen lassen. So wirkte es fast wie ein Gemälde. Vor allem aber passte es wunderbar zu Emilias Haar und Haut. Wenn alles so lief, wie er es sich erhoffte, würde er sie in ein paar Wochen fragen, ob er sich auch einen Abzug davon aufhängen durfte. Auf seinem Handy hatte er es ja schon.

Der Tipp von Mia war auch gut gewesen. In der kleinen Boutique hatten sie etliche weihnachtliche Anstecker mit LEDs gehabt. Er hatte sich für einen Engel mit einem erleuchteten Heiligenschein entschieden. Das passte doch wunderbar als Geschenk von einem, der wie ein Erzengel hieß. Er hatte alles gestern Abend noch eingepackt. Für

Tante Eleonore hatte er eine kleine Flasche von dem einen Parfüm besorgt, dass ihr bei dem gemeinsamen Einkauf gefallen hatte. Sie konnten sich ja nicht beschenken, ohne dass die alte Dame etwas bekam – eingeladen oder nicht! Auch Tims Geschenk hatte er schon verpackt. Er würde nach dem Frühstück die letzten paar frischen Zutaten, die ihm zum Kochen noch fehlten, besorgen und dann bei Tim vorbeischauen.

Er freute sich trotz Lo auf den Nachmittag.

Gerade hatte er sich angezogen, da klingelte es energisch an seiner Tür. Als er öffnete, flog ihm Emilia an den Hals und küsste ihn stürmisch ab.

»Eigentlich ist es mir ja egal, warum ich geküsst werde, aber dennoch …«

»Du wirst es nicht fassen, wo ich gerade herkomme.«

»Vom Bäcker?«, fragte Gabriel und wies auf die Papiertüte in ihrer Hand.

»Ja! Nein! Davor! Egal, du wirst es ohnehin nicht erraten. Ich komme vom Bahnhof. Tante Eleonore hat leider ganz plötzlich eine andere Verpflichtung, die sie nicht ausschlagen kann. Leider, leider, leider! Und viele liebe Grüße an den bezaubernden Gabriel.«

Emilia legte die Tüte auf die Garderobe und führte einen Tanz auf wie Rumpelstilzchen im Eskimokostüm.

»Was!? Lo wird nicht da sein!«, sagte Gabriel mit Grabesstimme. »Ich habe so ein schönes Geschenk für sie.«

Emilia sah ihn einen Moment verwirrt an. Dann lachte sie aber ausgelassen und begann, sein Gesicht wieder mit Küssen zu bedecken.

»Hast du schon gefrühstückt? Ich habe frische Brötchen, aber wenn es nicht passt …«

»Das passt prima!«

»Zu dir oder zu mir? So sollte das nicht klingen. Ich bin nur ganz außer mir vor Freude. Ich kann es kaum glauben. Hast du wirklich ein Geschenk für Tante Eleonore?«

»Ja, aber nur ein kleines Parfüm. Ich dachte, sie soll nicht so ganz ohne was zum Auspacken dabeisitzen.«

»Gabe, du bist der Beste. Das ist so lieb von dir.«

»Lass uns hier in der Küche frühstücken, ich habe den Kaffee schon aufgesetzt. Komm, gib mir deinen Mantel.«

So setzte sich Emilia an den kleinen Küchentisch, während Gabriel alles zusammensuchte.

»Ist das deine ganze Familie?« Emilia wies auf ein Bild auf Leinwand, das über dem Tisch hing. Dieses war aber nicht schwarz-weiß, sondern in fröhlichen Sommerfarben gehalten. Im Hintergrund sah man ein lang gezogenes Gebäude aus rotem Backstein.

»Richtig, das ist Kirsten, die hast du ja schon im Wohnzimmer mit den Kindern gesehen, und das sind meine Mutter Maren und mein Vater Knut.«

»Wie sind sie nur auf die Idee gekommen, dich Gabriel zu nennen. Das passt irgendwie so gar nicht.«

»Meine Mutter sagt, als sie mich gesehen hat, hat sie einfach gedacht, ich sehe aus wie ›Gabriel‹. Glaub mir, ich habe sie mehr als einmal danach gefragt.«

»Wahrscheinlich sahst du aus wie ein Engelchen.«

»Na, dann hätte Michael auch gereicht, finde ich. Als Kind hat mich der Name richtig genervt. Seit ich erwachsen bin, habe ich mich mit ihm ausgesöhnt. Und Gabe ist richtig cool.«

»Ist das euer Haus dahinter?«

»Ja, das ist es. Es ist ein richtiges Gut. Der ›Hansen Hof‹, seit 250 Jahren in Familienbesitz. Meine Eltern haben einen Bio-Bauernhof. Ich bin ein richtiger Bauernbub.«

»Solltest du nicht den Hof übernehmen? Ist das nicht oft so?«

»Ich hatte Glück. Kirsten ist ja älter, und sie war von Anfang an Feuer und Flamme für den Hof. Sie wird ihn komplett übernehmen, wenn meine Eltern sich zur Ruhe setzen. Mein Schwager hat auch Agrarwissenschaften studiert, so wie Kirsten. Dort an der Uni haben sie sich auch kennengelernt. Es ist also alles ganz wunderbar ohne mich, und ich konnte tun, was ich wollte. Aber auf dem Hof aufzuwachsen war großartig. Wir hatten unendlich viel Platz zum Spielen. Wir haben sogar einen kleinen Weiher auf dem Gelände mit einer winzigen Insel in der Mitte. Ständig haben wir Flöße gebaut, um rüberzuschippern, und ständig sind sie gesunken. Es war herrlich.«

»Und trotzdem wolltest du lieber Cowboy als Pirat sein?«

»Ja, wollte ich. Ich hatte sogar ein Pony, Donner. Weil es aber so klein war, hat Kirsten mich immer geärgert und es Pups genannt.«

»Dann kann Gabe also wirklich reiten.«

»Na ja, so einigermaßen. Ich habe, seit ich für Donner zu schwer geworden bin, praktisch nicht mehr auf einem Pferd gesessen. Ich fürchte, es würde sich zu sehr mit mir genieren ... das Pferd.«

»Wieso das denn, bitte?« Emilia klang direkt beleidigt.

»Na ja, weil ich inzwischen ein großes haariges Viech geworden bin, denke ich mal!«

»So soll ein Mann doch sein!«

»Auch haarig?«

»Wenn er haarig ist, ja, wenn nicht, nein!«

»Ich bin haarig wie ein Affe! Und wenn ich etwas dagegen mache, dann habe ich nur total haarige Arme. Das sieht auch doof aus.«

»Total doof! Deswegen sollte man es lassen, wie es ist. Meine Mama hat mir mal erzählt, dass in ihrer Jugend Schauspieler Brusthaartoupets tragen mussten, wenn sie selbst keine Haare hatten. Auch doof.«

»Das bräuchte ich nicht!«

»Man würde doch auch keinem Teddy den Bauch scheren, oder?«

»Findest du das wirklich? Wenn dem so ist, ist es für mich kein Drama, wenn du mich heute Abend doch ins Bett zerren willst. Ich hätte mich nur gesträubt, weil ich mir immer noch nicht im Klaren bin, wo ich mit dem Enthaaren anfangen und wo aufhören sollte.«

Emilia sah zu Boden.

»Das war nur ein Scherz. Kein guter«, meinte Gabriel reuig.

»Alles gut! Alles zu seiner Zeit. Wir haben doch Zeit, oder?«

»Haben wir. So viel du willst. Irgendwann würde ich dir den Hof sehr gern mal zeigen, wenn du vielleicht Lust hast … unter Umständen.«

»Das würde ich wirklich gern. Bist du sehr traurig, dass du heute nicht dort sein kannst?«

»Nein, diesmal nicht! Ich bin froh und glücklich, genau hier zu sein.«

Einen Moment lang sagten beide nichts, sondern schauten sich nur tief in die Augen.

Während sie sich die knusprigen Brötchen schmecken ließen, erzählten sie sich weitere Geschichten aus ihrer Kindheit, von ihrem Job und tausend anderen Dingen.

»Sag mal, was hat Tante Eleonore denn so plötzlich dazu bewogen abzureisen?«

»Das ist ja das Wunderbare an der ganzen Sache! Wir brauchen gar kein schlechtes Gewissen zu haben. Sie hat was viel, viel Besseres vor. Du wirst es nicht glauben, aber ihr sagenhafter Sergej hat ihr eine SMS geschrieben, sie soll über die Feiertage zu ihm in die Schweiz kommen.«

»Wirklich? Was genau plant sie denn jetzt?«

»Also erst will sie ins Heim fahren, weil sie für einen Besuch in der Villa eine ganz andere Garderobe braucht als für ihre Besuche bei der buckligen Verwandtschaft. Dann fährt sie von dort aus an den Genfer See. Es gibt wohl eine gute Verbindung. Ich freue mich so sehr für sie ... Was ist los, Gabe? Was stimmt nicht?«

»Ich will dich nicht beunruhigen ...«

»Was ist, sag schon, bitte!«

»Sergej Kuryakin ist vor etwa zwei Jahren am Genfer See verstorben. Ich habe es damals im Feuilleton gelesen.«

»Was!? Das kann doch nicht wahr sein.«

Beide saßen eine Weile schweigend da.

»Sie wird doch nicht auf gut Glück hinfahren? Geschrieben kann er ihr ja nun definitiv nicht haben«, meinte Gabriel.

»Keine Ahnung«, antwortete Emilia bedrückt. »Ob sie nun wirklich wunderlich wird und sich einbildet, er hätte sie eingeladen? Ich hatte mich so für sie gefreut. Jetzt habe ich richtig Angst, sie macht Dummheiten. Ob ich sie mal anrufe und es ihr sage?«

»Ich weiß nicht. Es gibt nämlich noch eine andere Möglichkeit. Vielleicht hat sie dich beschwindelt, damit du glaubst, sie hätte etwas ganz Tolles vor. Wenn du sie anrufst, weiß sie, dass du es ihr nicht glaubst. Das wäre nicht gut, oder? Du hast doch gesagt, sie will zurück in ihr Heim. Weiß da vielleicht jemand etwas?«

»Ja, das ist ein guter Gedanke. Ich rufe Frau DiCarlo an. Sie war früher Inspizientin bei einem Theater und leitet nun das Haus für Bühnenkünstler im Ruhestand. Sie ist die gute Seele des Ganzen. Sie weiß eigentlich immer, was los ist. Ich rufe sie nachher mal an.«

»Bitte mache es gleich! Ich bin ganz nervös.«

Also wählte Emilia die eingespeicherte Nummer. »Hallo, Frau DiCarlo! Hier ist Emilia Alberti!«

»Ach, Emilia! Ihre Großtante ist noch nicht da. Aber sie hat uns angekündigt, sie kommt heute noch nach Hause. Soll ich Sie anrufen, wenn Sie wieder da ist, Kind?«

»Nein. Ich ... Hat sie erwähnt, was sie vorhat?«

»Sie hat nur gesagt, sie hätte Sie, Emilia, davon überzeugen können, dass es die Pflicht Ihrer Tante sei, wieder in die Residenz zurückzukehren, um morgen Abend an der Weihnachtsgala teilzunehmen. Zu viele Menschen freuten sich das ganze Jahr auf ihren Auftritt. Da wäre es egoistisch, sie zu enttäuschen. Ich kann mir vorstellen, Sie haben die Enttäuschung einigermaßen überwunden?« Am anderen Ende hörte man ein etwas gehässiges Kichern. »Madame Svitolina wird sich zwar wieder furchtbar aufregen, dass sich Ihre Tante nicht wie alle anderen schon vorher angemeldet hat, aber das wird der herzlich egal sein. Gibt es ein Problem, oder warum rufen Sie an, Emilia?«

»Hat sie gesagt, dass sie danach noch jemanden besuchen will?«

»Nein, nichts dergleichen. Sie war ja auch gerade erst ewig auf Achse. Warum fragen Sie?«

»Weiß meine Tante, dass Sergej Kuryakin tot ist, Frau DiCarlo?«

»Ja, natürlich. Als die Nachricht vor zwei Jahren in der Presse erschien, da habe ich ihre Tante zum ersten und einzigen Mal weinen sehen. Hier sind wir immer gut informiert, was in der Musikwelt passiert. Sie war sehr traurig über seinen Tod, obwohl er sehr alt war und ein gutes Leben gehabt hat. Aber es muss wehtun, die Weggefährten gehen zu sehen. Das verstehe ich schon. Aber warum fragen Sie denn, Kind?«

»Meine Tante hat behauptet, Sergej hätte sie über die Feiertage eingeladen. Ich hatte Angst, sie wäre plötzlich geistig verwirrt.«

»Wenn Ihre Tante etwas nicht ist, dann ist es geistig verwirrt. Schräg, egozentrisch, manipulativ, unwiderstehlich charmant, aber nicht verwirrt. Sicher war es ihr bei Ihnen zu langweilig, und sie wollte einen überzeugenden Grund haben, um wieder herzukommen. Es hat mich ohnehin gewundert, dass sie freiwillig auf die Gala verzichten wollte. Neben der Sommermatinee ist das einer der Höhepunkte des Jahres für unsere Gäste. Es sind eben alles echte alte Zirkusgäule. Nichts macht sie so glücklich wie ein paar Minuten im Rampenlicht.«

»Es könnte auch sein, dass sie das Gefühl hatte, ich wollte sie hier nicht haben«, gab Emilia kleinlaut zu. »Sie stand plötzlich vor der Tür, und ich hatte schon etwas vor, worauf ich mich gefreut habe.«

»Das kann Ihnen niemand verübeln. Ihre Tante kann nicht erwarten, dass jeder sein Leben auf Pause stellt, nur weil es ihr in den Kopf kommt, hereinzurauschen. Machen Sie sich keine Gedanken. Wir werden morgen ein großartiges Weihnachtsfest haben. Ihre Tante wird die ihr zugewiesene Auftrittszeit schamlos überziehen, die anwesenden Herren werden entzückt, die Damen entrüstet sein. Alles wie in der guten alten Zeit. Glauben Sie mir, Ihre Tante wird es genießen. Also genießen Sie das Fest auch, liebe Emilia. Frohe Weihnachten!«

»Frohe Weihnachten, Frau DiCarlo. Und vielen Dank.«

All das war durchaus ein Grund gewesen, zurück in die Residenz zu fahren. Tante Eleonore würde sie bei dieser Gala immer noch alle in den Schatten stellen. Aber der Hauptgrund für ihre Lüge und ihren Abgang waren ausnahmsweise mal fast selbstlos gewesen. Die ganze Nacht hatte sie sich überlegt, wie sie die zarte Romanze zwischen Emilia und Gabriel fördern könnte. Nach etlichen ausgesprochen beunruhigenden Ideen war sie schließlich zu der erstaunlich vernünftigen Einsicht gelangt, dass es gut wäre, die beiden allein und der Natur ihren Lauf zu lassen. Empathie war wirklich nicht ihre Stärke, aber mit dem Lieben und den Trieben ... da kannte sie sich nun wirklich aus.

»Magst du noch einen Kaffee, Emilia?«, fragte Gabriel. Diese saß still da, seit sie das Gespräch beendet hatte. »Was für ein Heim ist es denn, in dem deine Tante lebt. Ein Altersheim?«

»Sie würde es nie Heim nennen, sondern Residenz. Es ist sehr hübsch. Ein Kunstmäzen hat sein großes Haus mit Park in eine Stiftung für Künstler umgewandelt ... und seine Wünsche in seinem Testament festgehalten. Es gibt Zuschüsse aus seinem Vermögen, um es zu betreiben. So können die Einzimmerappartements sehr günstig an ehemalige Musiker vermietet werden. Betreuung haben sie auch. Bis zu einem gewissen Grad sogar Pflege, wenn sie es brauchen. Wenn man reinkommt, hat man das Gefühl, man ist in einem Drei-Manegen-Zirkus. Immer ist was los.«

»Er muss ja ein großer Musikliebhaber gewesen sein, der Stifter.«

»Tante Eleonore behauptet, achtzig Prozent der dort lebenden Künstlerinnen hätten ihm vorsorglich schon zu Lebzeiten ihre Dankbarkeit bewiesen.«

»Ob er deine Großtante wohl Lo nennen durfte?«, feixte Gabriel.

»Das hat sie mir nicht verraten. Aber es ist ein guter Platz für sie.«

»Warum schaust du dann so traurig?«

»Ach, ich war so froh, dass sie weggefahren ist. Ihre Schwester und ihre Cousine waren es sicher auch. Jeder hat sein eigenes Leben. Tante Eleonores Leben war die Bühne. Wenn wir mal älter werden, dann werden wir vielleicht Eltern oder Großeltern. Wir gehen in Ruhestand und werkeln an unserem Häuschen herum. Etwas von dem, was uns wichtig war, haben wir dann immer noch, hoffentlich. Aber ihre Welt gibt es für Tante Eleonore nicht mehr. Das Beste, was sie bekommt, ist eine Gala vor alten Künstlern, von denen die Hälfte stinkeifersüchtig auf sie ist.«

»Das ist für sie wahrscheinlich das Schönste daran. Aber ich verstehe, was du meinst.«

»Sie wird nie wieder ihren Sergej treffen. Sie wird nie wieder die umjubelte Carmen sein. Sie muss eine wirklich betörende Frau gewesen sein. Manchmal denke ich, es ist besser, ein durchschnittliches Leben zu führen. Dann fällt man nicht in ein solches Loch, wenn man älter wird. Kein Wunder, dass sie versucht, so zu tun, als wäre sie nicht alt. Kennst du das Lied ›Copa Cabana‹ von Barry Manilow?«

Gabriel nickte.

»Hast du je auch den Text gehört. Es klingt wie eine ausgelassene Tanznummer, aber es ist todtraurig. In der letzten Strophe sitzt das alte Showgirl in seinem vergilbten Kostüm an der Bar und denkt an ihren toten Geliebten und bildet sich ein, sie wäre immer noch eine Tänzerin. Ich könnte jedes Mal heulen. Und ich muss immer dabei an Tante Eleonore denken.«

»Der Unterschied ist, dass deine Tante nicht verrückt geworden ist. Ich glaube, auf ihre Art holt sie aus ihrem Leben das Beste heraus. Teilweise auf Kosten anderer. Irgendwann werden wir hoffentlich alle alt. Die einzige Alternative ist ja nun nicht erstrebenswert. Aber ich glaube, es ist viel leichter, wenn man jemanden hat, mit dem man alt werden kann. Der einen auch noch runzelig und kahl liebt. Meine Großeltern leben immer noch auf dem Gut. Sie reden meinen Eltern rein, spielen mit ihren Urenkeln und sind im Großen und Ganzen glücklich, glaube ich. Aber es ist sicher leichter, wenn man eine Familie hat.«

In dem Moment ging das Türchen an der Kuckucksuhr über dem Herd auf. Ein Kuhkopf erschien und muhte zwölfmal.

Gabriel sah richtig verlegen aus, aber Emilia lachte wieder.

»Die habe ich bekommen, als ich weggezogen bin, damit ich das Landleben nicht so vermisse. Ich habe gar nicht gemerkt, dass es schon so spät ist.«

»Ich auch nicht. Ich habe noch einiges zu tun. Ich muss noch den Kuchen verzieren und mich selbst auch, und meine Eltern will ich noch anrufen, bevor sie auf die Weihnachtsfeier im Golfklub gehen.«

»Ja, ich will noch ein bisschen was für den Salat holen und Tim sein Geschenk vorbeibringen.«

»Sind wir sehr egoistisch, dass wir allein feiern wollen? Wenn du das Gefühl hast, er sollte lieber mitkommen, dann bringe ihn einfach mit. Ich mag nicht das Gefühl haben, dass jemand den Heiligen Abend über wegen mir traurig und einsam ist.«

»Ich verspreche es. Aber ich kann mir nicht vorstellen, dass Tim kommen will.«

»Aber du schaust, ob er dich braucht, versprich es mir! Du hast selbst gesagt, wir haben Zeit!«

»Das haben wir, und ich verspreche es. Magst du eigentlich rote Paprika?«

27

Der Tischtennisverein, in dem Tim das Küken der Mannschaft war, machte seinen Weihnachtsfrühschoppen jeden Heiligen Abend schon recht früh, da die meisten inzwischen Familie und damit Verpflichtungen hatten. Daher war der Frühschoppen für einen Frühschoppen im Verein auch immer sehr moderat. Was sollten Christkind oder Weihnachtsmann denn denken, wenn der Familienvater betrunken unterm Baum lag? Dieses Jahr war allerdings jemand auf die Idee gekommen, Bierpong zu spielen.

Das hieß, es wurden Becher mit Bier auf der Tischtennisplatte aufgestellt. Wechselweise mussten Zweierteams Tischtennisbälle hineinwerfen. Wenn man einen Becher traf, musste der Gegner ihn austrinken.

Der Partner, den Tim zugelost bekommen hatte, war leider ziemlich schlecht, so verloren sie das komplette Bierpong-Turnier. Deshalb war er schon am Morgen ziemlich angeschwipst. Aber er hatte ja keine Verpflichtungen. Trotzdem vergaß er nicht, auf dem Heimweg noch das Weihnachtsmannkostüm aus der Reinigung zu holen. Dabei musste er an die kesse Renée denken. Sie hatte ihm erzählt, sie gehe heute Abend mit Freunden in einem angesagten Klub tanzen und er solle sich doch anschließen. Ihre Handynummer hatte er. Sie hatte auch seine haben wollen, aber er war geistesgegenwärtig genug gewesen zu sagen, er wüsste sie nicht auswendig und sein Handy sei an seinem Arbeitsplatz. Offenbar war Renée selbstbewusst genug, um gar nicht auf die Idee zu kommen, das könnte eine faule Ausrede sein. Sie war ja auch wirklich sehr ansehnlich, und sicher ließ sich kaum einer zweimal bitten, wenn sie seine Nummer haben wollte. Daher hatte sich Tim durchaus über ihr Interesse gefreut. Aber zugleich war ihm klar geworden, dass es eine ziemlich blöde Idee gewesen wäre, etwas mit der Nichte seiner Chefin anzufangen. Da wären die Probleme schon vorprogrammiert gewesen, auch wenn er das Gefühl gehabt hatte, Renée wäre es mehr um ein oder zwei nette Abende mit ungewissem Ausgang gegangen, mehr nicht.

Auf der Weihnachtsfeier hatte ihn Frau Seger vom Empfang – oder eher Sandy, sein persönlicher Engel – fast bis zur Bewusstlosigkeit mit der Polonaise um die Theke geschleift. Als er wirklich nicht mehr gekonnt hatte, hatte sie alles Mögliche angestellt, um ihn wieder auf Touren zu bringen. Er hatte das deutliche Gefühl gehabt, sie hätte ihn fürsorglicherweise sogar gern nach Hause begleitet. Das wäre ein Ding gewesen, wenn er mit der Seger abgezogen wäre ... Er wäre auf Monate der Held aller männlicher Kollegen gewesen – und für Mia erledigt. Vielleicht wäre es ihr aber auch vollkommen gleichgültig gewesen. Er wusste es wirklich nicht. Als er aus der Kneipe rausgekommen war, hatte er diese Nachricht auf seinem Smartphone gehabt:

Frohes Fest, lieber Tim! Du bist wirklich ein Engel. Deine Mia

Er hatte ihr zurückgeschrieben und ihr auch ein frohes Fest gewünscht. Also gab es keinen echten Grund, sie anzurufen.

Mit den Frauen war es schon komisch. Ewig hatte sich keine mehr für ihn interessiert. Und jetzt, wo ihm eine nicht mehr aus dem Kopf ging, da hatte er plötzlich Chancen, wenn auch nicht bei der, die er haben wollte. Wenn jemand eine Freundin hatte, vielleicht noch eine hübsche, dann konnte er verstehen, dass das anderen Frauen anzog. Aber wie konnten sie wissen, was in seinem Kopf vorging. Tja, das Mysterium Frau würde er sicher heute nicht mehr entschlüsseln, nicht als Letzter im Bierpong.

Auf dem Weg nach Hause kam er bei dem Juwelier vorbei, vor dem Gabriel das Bild von Emilia gemacht hatte. Er betrachtete sich die Auslage und musste an Mia denken.

Zu gern hätte er ihr etwas gekauft. Er konnte es ihr ja am ersten Arbeitstag in der Versicherung geben, falls sie nicht doch irgendwie ...

Da sah er auf einem roten Samtkissen lauter kleine Anhänger mit Karabinerhaken. Er wusste, dass die an Armbänder gehörten, wie das, das Mia immer trug. An ihrem hingen schon eine kleine Sonne, ein paar hochhackige Schuhe, eine Eistüte, ein Teddy ... An die anderen konnte er sich nicht mehr erinnern. Genau in der Mitte der Auslage thronte ein winziger silberner Engel mit goldenen Flügeln und einem goldenen Heiligenschein. Der kostete auch gar nicht viel. Er passte zu Weihnachten und konnte das ganze Jahr über als Schutzengel dienen.

Entschlossen betrat er das Geschäft. Es war gut gefüllt, aber es bedienten mehrere Verkäuferinnen gleichzeitig. Erstaunlicherweise waren nur männliche Kunden da. Rechts neben ihm ließ sich ein junger Mann zahllose Ohrringe mit farbigen Steinen zeigen, weil er welche wollte, die seiner Freundin perfekt standen, aber nicht recht wusste, welche das sein sollten. Schließlich zückte er das Handy und zeigte der Verkäuferin ein Bild seiner Liebsten. Die räumte daraufhin einen Teil beherzt wieder weg, und sie betrachteten sich nun den überschaubaren Rest.

Aber diese Aufgabe war nicht halb so schwer, wie die, der ihre Kollegin gegenüberstand. Der Kunde wollte »etwas Schönes für seine Frau«. Nähere Vorstellungen hatte er nicht. Die Verkäuferin versuchte mit Fragen, das Feld einzuengen.

»Trägt Ihre Frau lieber Silber oder Gold oder beides?«

»Das weiß ich nicht.«

»Ist sie eher der sportliche oder der elegante Typ.«

»Eher normal halt.«

»Ist sie groß oder eher zierlich?«

»So mittel.«

»Eher ein heller oder ein dunkler Typ?«

»So irgendwie mittendrin. Ich nehme die Kette, die da auf der Theke liegt.«

Scheinbar hatte er kein Bild der Gemahlin auf dem Handy. Ob er sie wohl auf der Straße erkannte, wenn sie ihn nicht zuerst ansprach? Tim musste sich ein Lachen verkneifen. Das machte richtig Spaß. Er sollte viel öfter Männern beim Geschenkekauf zusehen.

Schließlich war er dran. Vorsichtshalber blieb er in einiger Entfernung von der Verkaufstheke stehen, weil er fürchtete, er könnte nach Bier riechen. Er fragte nach dem Engelchen, und die Verkäuferin seufzte erleichtert auf. »Na, das ist mal eine Ansage!«

»Den hängt man doch an ein Armband, oder?«

»Richtig!«

»Passt er an jedes?«

»Wenn es eine Gliederkette ist, dann ja.«

»Schön, dann hätte ich den gern.«

»Ich verpacke ihn als Geschenk, ja?«

»Ja, danke!«

»Grünes Papier oder rotes!«

»Rotes, sie mag Rot!«, sagte Tim und musste an Mias flauschigen Pulli vom Abend zuvor denken.

»Ach, ein Mann nach meinem Herzen!« Die hübsche Verkäuferin zwinkerte ihm spitzbübisch zu. Tja, das Mysterium Frau.

»Wie ich sehe, sind Sie für heute Abend bereit. Ich bewundere, wie Sie das immer hinbekommen! Gutes Gelingen und schöne Grüße an die Rentiere«, sagte sie nun lachend und wies auf das Kostüm in der transparenten Tüte von der Reinigung.

»Keine Sorge, ich habe alles im Griff!«, verabschiedete sich Tim, auch wenn das eine dreiste Lüge war.

Nun hatten also beide Freunde einen Engel für ihre Liebsten erstanden. Aber ansonsten war Gabriel Tim weit voraus. Vielleicht war es einfach ein Vorteil, in der Weihnachtszeit wie ein Erzengel zu heißen.

28

Zu Hause machte es sich Tim mit einer Tasse Kaffee bequem und schaltete den Fernseher an. Sicher gab es einen schönen alten Film.

War Mia im Begriff gewesen, ihn zu fragen, ob sie zusammen den Heiligen Abend verbringen wollten, bevor Sandy ihn entführt hatte? Das würde er nie erfahren. Er könnte sie ja noch anrufen, oder? Nein, dazu war es jetzt zu spät. Er würde gemütlich fernsehen, nachher schaute noch Gabriel vorbei, und sie würden sich frohe Weihnachten wünschen und die Kleinigkeiten austauschen, die sie sich traditionell schenkten. Dann würde er sich eine Pizza bestellen und weiter fernsehen, bis er ins Bett ging. Das klang doch nach einem gemütlichen freien Tag. Solche Aussichten stimmten ihn normalerweise sehr glücklich. Aber der Heilige Abend war nicht nur irgendein freier Tag.

In der romantischen Komödie auf dem Bildschirm häuften sich die Verwicklungen, und die junge Frau, die Gegenstand der Verliebtheit des etwas schüchternen und ungelenken Hauptdarstellers war, drohte sich gerade von dem reichen gut aussehenden Schnösel, der sie auch begehrte, aber natürlich nicht wirklich liebte, verführen zu lassen.

In der Werbepause beschloss Tim, sich noch ein Bier aus dem Kühlschrank zu holen. Die Geschichte war wirklich ganz lustig. Aber irgendwie erinnerte sie ihn auch schmerzlich an sein Dilemma. Vielleicht sollte er lieber zu dem Hitchcock auf dem anderen Programm umschalten. Nein, nun wollte er auch das Happy End noch mitnehmen. Dass es das geben würde, darauf konnte man sich wenigstens bei dieser Art Filme verlassen.

Der mutlose junge Liebende sprach mit seinem in solchen Geschichten unentbehrlichen treuen Freund über sein Problem. Der Schnösel hatte die junge Frau zu einem Wochenendbesuch auf seinem Anwesen überredet. Dort würde er natürlich voll auf Angriff gehen. Also musste der Held nun handeln. Sein Freund riet ihm zu überlegen, was das Mädchen besonders liebte und das für einem romantischen Auftritt zu nutzen. Da sie, wie im Film vorsorglich immer wieder erwähnt, Luftballons liebte, was für Tim auch verständlich machte, warum sie sich überhaupt mit dem Schnösel verabredet hatte, der nur Luft im Kopf hatte, besorgte sich der Held mit Helium gefüllte Luftballons und ließ sich damit über die Einzäunung des Anwesens tragen. Zum Glück stand der Wind richtig. Dort traf er auf den Schnösel mit seiner Angebeteten und andere Gäste beim Tontaubenschießen. Das war Glück und Pech zugleich.

Tim hatte nämlich die Befürchtung, dass die Idee in Hinblick auf eine Landung nicht völlig ausgereift gewesen war. Nun entschloss sich der erboste Rivale, die Luftballons, unter Entsetzensrufen der Angebeteten, zu zerschießen, und der Held landete direkt vor den Füßen der Schönen, wenn auch recht unsanft. Damit hatte sich der Schnösel natürlich komplett selbst abgeschossen, das Paar fiel sich in die Arme, alles super. Hätte der Schnösel auch mal Liebeskomödien geschaut, hätte er diesen Fehler nie begangen.

Na, so war zumindest im Film alles prima. Und der Ansatz war auch gar nicht schlecht. Es ging ja nicht gleich um die große Liebeserklärung, aber mit einem guten Auftritt konnte Tim doch noch bei Mia auftauchen. Aber was liebte Mia? Das war die entscheidende Frage.

Emilia werkelte in ihrer kleinen Wohnung herum und bereitete die Weihnachtstafel vor. Liebevoll deckte sie den Tisch mit ihrem besten Geschirr, weihnachtlichen Figürchen, Teelichtern und allem, was ihr Haushalt hergab. Der Schokokuchen in Weihnachtsbaumform wurde mit weißer Schokolade überzogen und mit Zuckerzeug wie ein richtiger Christbaum geschmückt. Eigentlich hatte sie erwogen, die Kuvertüre grün zu färben, aber das war keine gute Kuchenfarbe. Immer wieder musste sie an Gabe denken, an den kleinen Jungen mit dem Pony auf dem großen Hof mit dem Weiher. Es war so, als trüge er ein bisschen von der heilen Welt, in der er groß geworden war, überall mit sich herum. Alles an ihm war warm und bodenständig und verlässlich, und zu allem Überfluss hatte sie es wahnsinnig schwer gefunden, bei dem Geschmuse auf der Couch auf die Bremse zu treten. Und ein riesengroßes Herz hatte er offensichtlich auch. Wer käme auf die Idee, der unerwünschten Tante ein Geschenk zu kaufen. Das sagte schon sehr viel über ihn aus. Hoffentlich hatte Frau DiCarlo recht und Tante Eleonore hatte wirklich ein schönes Fest.

Ob sie vielleicht lieber gleich für drei decken sollte, falls Gabriel seinen Freund Tim doch mitbrachte, damit der nicht merkte, dass er nicht fest eingeplant gewesen war? Wegräumen konnte sie es ja immer noch. Zufrieden betrachtete sie ihr Werk. Das würde eines der schönsten Weihnachten werden, die sie je gehabt hatte, das wusste sie einfach.

Nun musste sie nur noch dafür sorgen, dass sie selbst unwiderstehlich aussah.

Nachdem Gabriel seine letzten Einkäufe erledigt hatte, machte er sich auf zu Tim. Ein schlechtes Gewissen hatte er schon. Schließlich hatten sie ausgemacht, den Heiligen Abend zusammen zu verbringen. Er würde versuchen, objektiv zu prüfen, ob er Tim überreden sollte, ihn zu begleiten. Wenn sein Freund sich unwohl fühlte als fünftes Rad und er selbst dann deswegen nicht allein mit Emilia sein konnte, war das ja auch nichts. Natürlich sprach der reine Egoismus aus ihm, das war ihm leider klar. Was würde Tim tun, wenn er an seiner Stelle wäre? Was würde er wollen? Bestimmt nicht dabeisitzen.

Aber Gabriels Sorge erwies sich als unbegründet.

Als Tim ihm die Tür öffnete, staunte er nicht schlecht. Der hatte sich in das Weihnachtsmannkostüm der Versicherung geworfen, mit angeklebtem Bart und allem Drum und Dran.

»Sag mal, du legst dich aber für unsere Bescherung ins Zeug, Donnerwetter!«

»Du bist nur der Probelauf, komm rein! Schön, dass du da bist.«

Tim war eingefallen, was es war, das Mia liebte. Weihnachtsmänner!! Das war doch perfekt. Heiliger Abend, Weihnachtmann, Weihnachtsmannkostüm ... Er war einfach ein Genie.

»Magst du ein Bierchen zum Anstoßen, Gabriel.«

»Ja, gern!«

»Okay, aber erst muss ich dich bitten, ob du mich auf dem Heimweg wo hinfahren kannst, ist aber ziemlich außerhalb. Ich kann nicht fahren. Erstens will ich nicht, dass man mein Auto sieht, zweitens kann ich in dem gepolsterten Anzug nicht ans Lenkrad, und drittens bin ich heute schon Letzter im Bierpong geworden. Wirke ich auf dich besoffen? Sag's ehrlich.«

Gabriel sah ihn kritisch an. »Na ja, wenn man dich kennt, kann einem der Verdacht kommen, dass du vielleicht schon ein, zwei Bierchen hattest.«

»Aber nicht schlimm, oder? An der frischen Luft werde ich wieder klar, denke ich mal.«

»Wo willst du denn hin?«

»Zu Mia! Sie liebt Weihnachtsmänner, deshalb das Kostüm, stark, oder?«

»Kein Problem, ich fahre dich, aber das Bier lassen wir dann besser weg, oder? Hier schau mal, was ich für dich habe. Frohe Weihnachten, Tim!« Er hielt ihm sein Paket hin.

Er öffnete das kleine Päckchen und grinste. »Super, Badeshorts!«

»Wir wollten doch regelmäßig ins Hallenbad schwimmen gehen. Ich wollte sichergehen, dass du nicht in alten Speedo-Höschen auftauchst und ich mich mit dir genieren muss!«

»Das ist prima! Ich habe wirklich keine gute Badehose mehr, und die sieht klasse aus. Vielen Dank. Hier, ich habe etwas sehr Praktisches für dich. Vielleicht macht es sich heute schon bezahlt.«

»Oh, ein Bartpflege-Set.«

»Ja, und das Zeug in der Dose macht den Bart zart und wohlriechend. Dann kratzt du nicht beim Schmusen. Ist es nicht rührend, wie ich an dich denke! Du hättest aber sehen sollen, wie die Verkäuferin mich angesehen hat, als sie mir das erklärt hat, glatt rasiert, wie ich bin. Dann hat sie gesagt: ›Ich wünsche Ihnen und Ihrem Freund ein frohes Fest.‹«

»Aber geschmust wird nicht mit dir, damit das klar ist!«, lachte Gabriel.

Wenig später saßen sie zusammen in Gabriels Wagen und waren auf dem Weg zu Mia.

»Wie stellst du dir das vor, soll ich auf dich warten?«

»Nein, du fährst schön heim und feierst mit deinem hübschen Engelchen und betörst sie mit deinem duftenden Bart. Du lässt mich an der Zufahrt zu dem Wendehammer raus. Ich schleiche durch den Garten, damit mich keiner sieht, sonst ist es keine Überraschung. Eine Leiter lehnt an der Rückwand, also ist alles perfekt. Das wird der Knüller.«

»Das klingt super, Tim! Morgen müssen wir mal telefonieren und gegenseitig Bericht erstatten, wie es war.«

»Das machen wir! Lass mich hier raus. Das ist ideal. Ho, ho, ho! Frohes Fest, mein Großer! Bis morgen!«

Damit stieg Tim aus Gabriels Wagen und schlich, so gut es in seinem wattierten feuerroten Anzug ging, in Richtung von Mias Garten.

Gabriel machte sich so schnell wie möglich auf den Weg zu einem Abend, der verhieß, etwas ganz Besonderes zu werden.

29

Gabriel hatte länger gebraucht als geplant. Also flitzte er in seine Wohnung, duschte und zog die lange und sorgfältig geplante Garderobe für den Weihnachtsabend an. Er gönnte sich noch eine schnelle Behandlung mit Tims Geschenk. Das Zeug roch wirklich gut. Perfekt gestutzt hatte er seinen Bart schon am Vorabend.

Dann schnappte er sich die beiden Päckchen für Emilia und machte sich mit klopfendem Herzen auf den Weg nach nebenan. Den LED-Stern aus dem Büro hatte er mit nach Hause genommen und an seine Tür gehängt. Nun blinkte er mit Emilias Stern im Duett.

Als Emilia ihm die Tür öffnete, war nicht zu übersehen, dass ihre Bemühungen erfolgreich gewesen waren. Die ganze Wohnung blinkte und glitzerte, der kleine Baum in der Ecke war erleuchtet, doch der absolute Höhepunkt war Emilia selbst. Sie trug ein grünes kurzes Kleid mit einem ausgestellten Rock und einer roten Schleife als Gürtel. Die hochhackigen Schuhe waren im gleichen Rot gehalten. Ihre Locken hatte sie kunstvoll hochgesteckt und schaffte es damit, unheimlich elegant und gleichzeitig einfach nur süß auszusehen.

Beim Anblick der Schleife spürte Gabriel, wie seine Ohren rot wurden. Er konnte einfach nicht verhindern, sich vorzustellen, wie viel Spaß es machen musste, Emilia auszupacken.

»Emilia, du siehst ganz bezaubernd aus.«

»Du aber auch ... also nicht bezaubernd ... chic ... gut eben.«

Gabriel war froh, dass er sich für die festliche Variante an Klamotten entschieden hatte.

»Frohes Fest, Emilia! Ich freue mich wahnsinnig auf den Abend.«

»Frohes Fest, Gabe! Tim wollte nicht mitkommen?«

»Nein, er hatte was anderes vor. Ich habe ihn hingefahren, deshalb bin ich etwas spät dran. Deine Wohnung sieht auch toll aus ... wie in einem Weihnachtsmärchen!«

»Nicht zu viel?«

»Nein, zu viel geht an Weihnachten doch gar nicht.«

»Dann ist's gut. Setz dich! Bevor wir loslegen, muss ich dich was fragen, was mir den ganzen Mittag nicht aus dem Kopf geht. Etwas, das du gesagt hast.«

»Ja, also ... es tut mir leid. Ich erwarte nicht, dass du mich ins Bett zerrst, es war nur so ein blöder Spruch, damit ich cool ...«

»Ach, das! Nein, das habe ich schon richtig verstanden. Es ist was anderes. Du hast gesagt, du bist zu schwer für Donner geworden. Was ist dann mit ihm passiert?«

Emilia sah ihn regelrecht ängstlich an. Gabriel war unendlich erleichtert. Ihm selbst war nämlich der dumme Spruch mit dem Bett immer wieder unangenehm im Kopf herumgespukt. Das war schon etwas sehr dreist gewesen.

»Als ich Donner nicht mehr reiten konnte, hat er eine ganz Weile sehr vergnügt auf der Koppel mit den fünf Ziegen meiner Mutter gelebt. Ich habe ihn natürlich weiter besucht. Heute ist er der Liebling von Kirstens Kindern. Besonders der meiner Nichte.«

»Was, er lebt noch?«

»Und wie. Er ist zwar ein älterer Herr, aber topfit. Meine Nichte und ihre Freundinnen flechten ihm dauernd Zöpfe oder schmücken ihn mit Blumen. Dann bekomme ich immer Bilder davon. Ich schwöre, er glaubt, er ist das schönste Pferd, das es gibt.«

»Dann kann ich ihn ja mal sehen.«

»Klar, wenn wir mal hinfahren, kannst du sogar eine Runde auf ihm drehen, so leicht, wie du bist. Er ist lammfromm.«

»Ach, Gabe! Ich bin so froh, dass es ein Happy End zu der Geschichte gibt. Irgendwie hatte ich Angst, es wäre für Donner traurig ausgegangen.«

»Da brauchst du keine Angst zu haben. Auf dem ›Hansen Hof‹ wird für jeden gut gesorgt. Gegen meine Kindheit sind ›Die Kinder von Bullerbü‹ Gruselgeschichten.«

Emilia lachte glücklich, und auch Gabriel wurde ganz warm ums Herz. Sie wollte mit ihm nach Hause fahren. Und nicht nur das. Er wusste einfach, sie würde den »Hansen Hof« lieben.

»Was nun?«

»Was möchtest du zuerst tun? Kaffee, Geschenke ...?«

»Ich kann kaum erwarten, was du zu deinem Geschenk sagst. Ich fand es so toll, als ich es entdeckt habe, aber jetzt habe ich Angst, du könntest es albern finden.« Emilia sah ihn leicht besorgt an.

»Albern? Ernsthaft? Ich besitze eine Kuckucksuhr, die muht.«

»Na, so gesehen ... hast du recht. Darf ich es dir jetzt geben?«

»Also ich habe zwei Päckchen für dich. Eins ist auch etwas albern. Ich würde sagen, ich gebe dir mein kleines Geschenk zuerst, dann darfst du mir deins geben, und dann bekommst du mein eigentliches Geschenk. Ich hoffe sehr, es gefällt dir!«

Also überreichte er ihr den kleinen Ansteckengel mit den LEDs. Wie zu erwarten war sie hellauf begeistert und bestand darauf, ihn an ihrem Kleid befestigt zu bekommen. Gabriel beugte sich zu ihr und steckte ihr den Engel an. Sie duftete wieder zart nach Zitrone und etwas Blumigem. Ihr Atem auf seinem Gesicht ließ sein Herz schneller schlagen, was der zarte Kuss zum Dank nicht besser machte. Nun war Gabriel dran, das Geschenk zu öffnen, das sie unter dem Bäumchen hervorgeholt hatte.

»Ein Cowboy-Hemd! Das finde ich ja großartig! Oje, ob es mir wohl passt?«

»Ich glaube schon. Ich habe nämlich recherchiert.« Emilia sah etwas verlegen aus.

»Wie das denn?«

»Als ich dachte, du hättest einen Wasserschaden ... also deine Wohnung ... Da hatten wir doch Schlüssel ausgetauscht. Ich habe gesehen, dass du Hemden von der Reinigung an der Garderobe hängen hast. Ich habe das blaue ausgemessen, das du öfter anhast. Ich schwöre, ich wäre nie an deinen Schrank gegangen oder so. Aber es ist immer enttäuschend, wenn ein Geschenk nicht passt. Ich hoffe, du bist nicht böse.«

»Aber nein. Es ist toll ...«

»Ich habe extra eins genommen, das nicht zu übertrieben ist, mit Fransen oder so. Und es passt zu deinen Augen. Aber du musst es auch nicht unbedingt tragen. Es war mehr ...«

»Das werde ich auf alle Fälle anziehen. Nicht ins Büro, aber privat sehr gern. Es ist wunderschön. Genau das Richtige für Gabe. Jetzt bist du wieder dran!«

Emilia packte das Bild von sich aus und saß nun schweigend damit da.

»Komm, sag was, bitte!«

»Das Bild ist wunderschön«, sagte sie leise.

»*Du* bist wunderschön, Emilia!«

Emilia blickte auf und sah ihn lange an.

»Ich sehe sehr hübsch aus ... und das mit Brille! Danke, Gabe! Ich weiß, wo das aufgenommen ist, aber ich habe es gar nicht bemerkt. Es freut mich riesig. Es ist ein wunderbares Geschenk.«

Das Dankesküsschen fiel nun schon etwas länger aus.

»Und nun, Kaffee?«

»Der Kuchen ist viel zu schade zum Essen. Er sieht aus wie ein kleines Kunstwerk.«

»Aber das ist nun mal Kuchenschicksal. Soll ich uns Kaffee machen, oder willst du Tee?«

»Nein, Kaffee wäre gut. Soll ich dir helfen?«

»Nein, aber du darfst mir in der Küche Gesellschaft leisten.«

Emilia werkelte herum und erzählte, was ihre Eltern an dem Tag so in Spanien vorhatten. Aus dem Augenwinkel beobachtete sie Gabriel kritisch. Irgendetwas ging ihm im Kopf herum. So gut kannte sie ihn schon.

»Was bedrückt dich denn, Gabe? Hast du ein schlechtes Gewissen wegen Tim? Wo hast du ihn denn hingefahren?«

»Zu Mia, das ist eine sehr nette, hübsche Kollegin.«

Emilia sah ihn misstrauisch an. »Gefällt sie dir?«

»Tim gefällt sie. Ich mag sie! Aber ...«

»Was ist, sag schon?«

»Ich war in Gedanken schon bei dir, da habe ich Tim gar nicht richtig zugehört. Ich wollte nur schnell heim. Er ist Letzter geworden – im Bierpong in seinem Tischtennisverein – und war etwas angeschlagen.«

»O ja, das ist ein sehr gefährlicher Sport.«

»Tischtennis?«

»Nein, Bierpong!«

»Ach so. Da hast du recht.«

»Er hat doch kein Auto dabei?«

»Nein. Eigentlich dachte ich, er wollte einfach bei Mia im Weihnachtsmannkostüm vorbeischauen. Aber er hat irgendwas von einer Leiter erzählt, die am Dach lehnt. Ich habe das einfach ausgeblendet, und nun habe ich Sorge, er könnte was Blödes anstellen.«

»Ruf ihn an!«

»Das habe ich schon versucht. Ich kriege nur die Mailbox dran.«

»Ruf Mia an!«

»Ich habe ihre Nummer nicht!«

»Ah, gut! Ich meine, schlecht. Steht sie vielleicht im Telefonbuch?«

»Ich weiß nicht mal, wie sie mit Nachnamen heißt.«

»Hmmm! Hat er hoch verloren im Bierpong?«

»Das ist bei Tim immer schwer zu sagen. Er ist sehr ruhig, wenn er einen im Tee hat. Er war nicht sturzbetrunken, also wird es schon in Ordnung sein.«

»Wie sieht es mit deinem Abendessen aus? Kann man das sich selbst überlassen?«

»Ich mache den Ofen erst an, wenn ich weiß, wann wir essen wollen. Dauert dann etwa noch eine halbe Stunde.«

»Dann geh schnell und hol deine Jacke. Ich muss was Warmes und Schuhe anziehen, in denen ich wirklich laufen kann. Dauert aber auch nur fünf Minuten.«

»Und dann?«

»Dann fahren wir hin und schauen, ob alles in Ordnung ist.«

»Ich weiß nicht. Sicher höre ich wieder die Flöhe husten!«

»Dann ist doch alles gut! Dann sind wir in einer halben Stunde zurück.«

»Ziehst du dann das Kleid mit der Schleife wieder an?«, fragte Gabriel lächelnd.

»Wenn du das möchtest!«

»Ja, bitte! Wenn es dir wirklich nichts ausmacht, fände ich es eine gute Idee, kurz nachzusehen.«

30

Schwarz.

Absolute Dunkelheit!

Also da wären wir nun wieder am Ausgangspunkt unserer Geschichte.

Die Klemme, in der Tim nun im wahrsten Sinne des Wortes steckte, war das Resultat von Verliebtheit, Bierpong und falschen Vorstellungen von den räumlichen Gegebenheiten in Mias Kamin.

Tim war wieder eingefallen, dass sie ihm erzählt hatte, dass der Weihnachtsmann bei ihr wirklich durch den Schornstein kommen könnte. Er hatte es sich sehr eindrucksvoll vorgestellt, durch den offenen Kamin zu erscheinen, wenn sie davorsaß und gemütlich fernsah. Der Plan war gewesen, sich mit Armen und Beinen links und rechts abzustützen und so langsam hinunterzuklettern.

Eigentlich hätten ihm schon Zweifel kommen sollen, als er gemerkt hatte, wie wahnsinnig schwer es war, mit dem wattierten Anzug die Leiter hinaufzusteigen. Er trug glücklicherweise nicht mehr die übergroßen Originaltreter, sondern seine eigenen schwarzen Gummistiefel. Trotzdem war das schon eine echte Herausforderung gewesen. Aber Tim war heute nicht im Zweifel-Modus. Er war im Romantischer-Held-Modus. Und denen gelang bekanntlich alles, die wuchsen über sich selbst hinaus, denen war nichts zu schwer oder zu gefährlich. Anfangs war es ihm tatsächlich geglückt, in den Kamin geklemmt ein Stück nach unten zu klettern. Das gute Stück war aber nicht überall gleich breit gemauert. Es war immer weiter geworden, sodass Tim immer weniger Kraft hatte ausüben können und plötzlich mit ziemlichem Schwung nach unten gerutscht war.

Man konnte nun ganz schlecht sagen, ob das Glück oder Pech gewesen war, auf jeden Fall war der gepolsterte Tim stecken geblieben wie eine Socke im Staubsaugerrohr. Wäre er in dem Tempo bis nach unten gerauscht, hätte das womöglich böse ausgesehen können.

Nun hing er also da fest, und seine Schulter hatte ganz eindeutig Schaden genommen, sonst hätte sie nicht so höllisch wehgetan. Er hatte absolut keine Ahnung, wie es nun weitergehen sollte.

Mia hatte in ihrem winzigen Bad ausgiebig geduscht und ihren bequemen Jogginganzug angezogen. Das war ein Vorteil, wenn man den Heiligen Abend allein zu Hause verbrachte, man musste sich nichts Schickes anziehen. Das war allerdings auch der einzige Vorteil, der ihr einfiel. Und eigentlich machte es ihr Spaß, sich chic anzuziehen.

Nun, es war, wie es war. Mia machte den grandiosen neuen Fernseher an und suchte sich einen schönen Weihnachtsfilm. Am Vormittag hatte sie jeden ihrer Brüder angerufen, um ihnen ein frohes Fest zu wünschen. Ihre Eltern hatten ihr schon Bilder von dem Monsterweihnachtsbaum auf dem Schiff geschickt. Mia hatte sich vorgenommen, ihnen später einen Schnappschuss von dem Weihnachtsumtrunk im »Paragrafenreiter« zu schicken und so zu tun, als wäre das die Party, auf der sie angeblich war. Vielleicht hätte sie doch einen Baum aufstellen sollen. Aber einen Baum für sie allein? Mia konnte es drehen und wenden, wie sie wollte. Sie tat sich ziemlich leid.

»Schluss damit!«, erklärte sie ihrem Plüsch-Weihnachtsmann. »Wir zwei haben es sehr gemütlich. Ich zünde uns den Kamin an, und dann essen wir Eiscreme, so viel wir wollen, einverstanden?«

Da von ihrem Gesprächspartner keine Einwände kamen, holte sie ihre langen Kaminstreichhölzer, zündete einen schmalen Zündspan an und warf ihn auf den vorbereiteten Stapel Holz. Kaum züngelten die ersten Flämmchen, hörte sie plötzlich eine dumpfe Stimme, die aus dem Kamin zu kommen schien.

»Mia, mach bitte das Feuer aus!«

Mia war davon überzeugt, dass der emotionale Stress der letzten Tage bei ihr zu Halluzinationen führte.

Aber da war es wieder ganz deutlich: »Um Himmels willen, mach das Feuer aus!«

Schnell schlug sie das beginnende Feuer mit einer Zeitung aus und beugte sich in den offenen Kamin, so weit sie konnte.

»Rupert?«, fragte sie hinein und war plötzlich heilfroh, dass niemand bei ihr war. Hatte sich ihr angeblich spukender Urahn nun doch entschieden, sich ihr zu offenbaren? »Rupert, bist du das?«

»Ich bin's, Tim!«

Mia setzte sich auf die Couch. Das war der Beweis. Sie hatte wirklich den Verstand verloren.

Dumpf und leise tönte es wieder aus dem Kamin: »Mia, bist du noch da?«

Das klang wie Tim. Nach den Feiertagen würde sie sofort zu einem Psychiater gehen.

»Mia, bitte, bist du noch da?«

Waren Halluzinationen so beharrlich? Und konnten sie so verzweifelt klingen? Zaghaft beugte sie sich wieder in den Kamin. »Ist da jemand?«

»Ja, ich bin es, Tim!«

»Tim?«

»Ja, es tut mir leid, ich stecke fest. Ich hatte ...«

»Tim?«

»Ja, ich bin es!«

Wenn sie versuchte, nach oben zu schauen, sah sie nur Schwarz.

»Bitte, Mia!«, sagte Tims Stimme sehr kläglich.

»Du steckst in meinem Schornstein?«

»Ja! Es tut mir so leid.«

»Ich komme aufs Dach!«

»Nein, Mia bitte nicht!«

Aber Mia zog sich im Windfang schon Jacke und Turnschuhe an. Sie wusste nicht so recht, was sie hoffen sollte. Wenn Tim wirklich im Kamin steckte, war das gar nicht gut. Dann war aber zumindest mit ihrem Gehirn alles in Ordnung.

Tim horchte. Offenbar war Mia weggegangen. Aber zumindest drang kein Rauch mehr zu ihm hoch. Inzwischen war ihm schmerzlich klar, dass sein Plan nicht wirklich gut gewesen war. An einen brennenden Kamin hatte er keine Sekunde gedacht.

»Tim?«, rief es in dem Moment über ihm. Vorsichtig legte er seinen Kopf in den Nacken. Etwas hatte sich vor die Sterne geschoben.

»Ich bin hier, Mia.«

Mia konnte kaum etwas erkennen. Nur eine schwache Bewegung. Aber die Stimme gehörte eindeutig Tim.

»Wenn ich ein Seil runterwerfe, kannst du dich raufziehen?«, fragte Mia. »Ich binde es irgendwo fest.«

»Meine Arme sind eingeklemmt. Ich kann mich nicht rühren. Bitte, Mia! Du musst Hilfe rufen. Sei vorsichtig auf dem Dach.«

»Du hast recht. Ich geh und hole Hilfe. Bleib, wo du bist. Ich beeile mich.«

Das war nun mal ein Vorschlag, den er gut befolgen konnte.

Beim Runterklettern versuchte sich Mia zu überlegen, an wen sie sich wenden konnte. Hatte sie die Nummer von ihrem Schornsteinfeger griffbereit? Der war sehr nett. Ach, Unsinn. Was sollte der machen. Tim rausfegen? Mia musste fast lachen, obwohl es nicht wirklich lustig war. Sollte sie die Polizei anrufen?

Nein, die Feuerwehr. Das war die richtige Anlaufstelle.

Auf ihrem Handy fand sie schnell die Notrufnummer und wählte. Eine männliche Stimme ging dran:

»Feuerwehr-Rettungsstelle, Notrufzentrale. Um was für einen Notfall handelt es sich? Wo befindet sich der Notfallort?«

Mia erklärte eilig ihr Anliegen: »Hallo. Ich muss einen Notfall melden. Ein Mann steckt in meinem Schornstein fest.«

Die Stimme am anderen Ende klang wie ein gefährliches Grollen. »Ich warne Sie. Dies ist eine Notrufnummer. Sie machen sich strafbar. Ich kann Ihre Nummer auf meinem Display erkennen. Das ist nicht witzig, und es war noch nie witzig, verdammt noch mal!«

»Nein, das ist kein Witz, in meinem Ka...«

Aufgelegt.

Mia wählte die Nummer erneut.

Bevor sie etwas sagen konnte, hörte sie: »Noch einmal und Sie bekommen eine Anzeige. Das wird teuer.«

Aufgelegt.

Schließlich fand sie auf der Seite der Feuerwehr noch eine andere Nummer. Es brannte ja wirklich nicht bei ihr. Zum Glück nahm jemand ab. Diesmal eine Frau.

»Ich habe ein großes Problem. Sie müssen mir helfen. Es klingt wie ein Witz, aber es ist keiner, ich schwöre es.« Mia klang inzwischen wirklich verzweifelt. »Mein Name ist Mia Oliphant, ich wohne ›In der Wildnis‹, das ist eine Straße hinter dem kleinen Stadtwald. Ein Mann ist in meinen Schornstein geklettert und steckt dort nun fest.«

»Das ist wirklich nicht witzig. Und originell ist es auch nicht. Wir brauchen die Leitung für Menschen, die in Not sind.«

»Ich schwöre, es ist ein Mensch in Not. Es ist ein Freund von mir, er wollte ... Keine Ahnung, was er wollte. Jedenfalls steckt er fest und kann nicht mehr raus. Ich glaube, er ist verletzt. Bitte, bitte, Sie müssen mir einfach glauben.«

31

Der Weg durch den Wald kam Gabriel sehr viel weiter vor als bei der ersten Fahrt. Die ganze Zeit hatte er sich Gedanken gemacht, dass er vor Emilia wie ein Idiot dastehen würde, wenn sie in ein trautes Beisammensein von Mia und Tim hineinplatzten. Aber ohne einen wirklichen Grund dafür zu haben, war ihm klar, dass das nicht so sein würde. Er wusste einfach, irgendetwas war passiert.

»Ist es noch weit?«, fragte Emilia neben ihm.

»Ich glaube, wir sind fast da!«

In dem Moment hörten sie ein Martinshorn hinter sich. Gabriel fuhr ganz an die Seite, und ein Krankenwagen raste an ihnen vorbei.

»Die Krankenwagenfahrer machen gern so eine Schau. Das sagt gar nichts!«, versicherte Gabriel und glaubte sich selbst nicht.

Als sie endlich »In die Wildnis« einbogen, bot sich ihnen ein beunruhigendes Bild. Der Krankenwagen parkte vor Mias Haus. Daneben stand der Wagen der Einsatzleitung der Feuerwehr.

Der war zuerst allein gekommen, um sicherzugehen, dass es sich nicht doch um einen dummen Scherz handelte. Da das nicht der Fall gewesen war, der Mann sich nicht hatte bewegen und aktiv an der Bergung teilnehmen können, hatten die Helfer einen Wagen mit einem Kran daran in

Mias Garten gefahren. Zum Glück hatte er durch das Gartentor gepasst. Auf dem Dach turnten nun zwei Feuerwehrleute herum. Da der Schornstein zu schmal war, um zu Tim hinunterzusteigen und ihn hochzuholen, wollten sie versuchen, ihn mit einer Art Greifarm zu packen.

Mia stand vor ihrem Haus und schaute gebannt nach oben.

Gabriel und Emilia parkten ihren Wagen möglichst abseits und liefen zu ihr hinüber. Der Einsatzleiter kam direkt auf sie zu und forderte sie auf, wieder zu gehen, da er dachte, sie seien Schaulustige.

»Nein, bitte lassen Sie sie hierbleiben. Das ist ein Freund.«

»Und ich bin die Freundin des Freundes«, erklärte Emilia resolut und nahm Gabriels Hand.

»Was tust du hier, Gabriel?«, fragte Mia.

»Ich hatte ein ungutes Gefühl wegen Tim. Was ist denn passiert?«

»Tim steckt im Schornstein fest. Frag mich bitte nicht, warum.«

Gabriel schluckte ... Er hatte ein schlechtes Gewissen. Er konnte sich schon vorstellen, warum Tim dort steckte. Und er hätte das alles verhindern können.

»Ist Tim verletzt?«

»Das ist nicht ganz klar. Jedenfalls kann er sich nicht rühren. Deshalb wollen sie ihn quasi herausangeln. Was soll das nur?«

Gabriel fühlte sich ganz furchtbar. Emilia sah ihn bekümmert an.

»Es ist meine Schuld. Ich habe ihn hergefahren, aber in dem Moment habe ich nicht kapiert, was er vorhat. Ich dachte, er wollte dich nur überraschen, Mia, im Weihnachtsmannkostüm von der Weihnachtsfeier im Kasino.

Ich habe mir gar keine Gedanken gemacht. Ich wollte nur schnell ...«

»Also ist es meine Schuld, weil du zu mir wolltest!«, meinte Emilia reumütig.

»Oder es ist meine Schuld, weil ich ihn nicht einfach eingeladen habe, so, wie ich es eigentlich tun wollte«, schloss sich Mia an.

»Oder es ist die Schuld vom Tischtennisverein.«

Fragend sahen Mia und Gabriel Emilia an.

»Bierpong!«

»Ach so!«

Dem unglücklichen Tim wollte keiner die Schuld geben. Der musste so schon genug leiden.

Gebannt beobachteten sie das Schauspiel auf dem Dach. Der Greifarm wurde immer wieder in den Schornstein abgesenkt und ergebnislos wieder hochgezogen. Gabriel erinnerte das verzweifelt an das Angelspiel auf dem Jahrmarkt.

»Das mit der Freundin habe ich der Einfachheit halber gesagt«, flüsterte Emilia, die immer noch Gabriels Hand hielt.

»Ach, schade!«

»Wieso schade?«

»Ich dachte, jetzt ist es offiziell mit uns beiden.«

»Da müsste ich schon wissen, ob du das willst. Du müsstest schon was sagen!«

»Was sagt man denn da? Vielleicht wie damals in der Schule: ›Willst du mit mir gehen, Emilia?‹«

»Wohin du willst, Gabe.«

Er wollte sich zu ihr bücken, um sie zu küssen, da hörten sie einen Ruf vom Dach.

»Wir haben ihn! Bergung einleiten!«

Alle hielten den Atem an und starrten auf den Kran. Millimeterweise und ganz, ganz langsam wurde die Winde aufgerollt. Offenbar war da wirklich ein Widerstand. Alle schreckten auf, als sich etwas mit einem Ruck aus dem Schornstein löste.

»Verdammt noch mal!«, rief einer der Feuerwehrleute auf dem Dach. »Was ist das denn?«

»Lebt er?«, rief der Einsatzleiter hoch, und Mia stockte das Herz.

»Da ist keiner drin! Das ist ein leeres Weihnachtsmannkostüm.«

Natürlich hatten sich durch den Zug die Druckknöpfe vom Einstieg des Anzugs gelöst.

In dem Moment öffnete sich die Tür zu Mias Haus. Tim trat rußverschmiert in Gummistiefeln und Boxershorts mit schmutzigem weißem Bart vors Haus. Die Tatsache, dass er diesmal die neuen Boxershorts statt der verwaschenen angezogen hatte, verbesserte die Situation nur unwesentlich.

Alle starrten ihn an, als wäre er ein Gespenst.

Sein einer Arm stand unnatürlich vom Körper ab – wie ein gebrochener Vogelflügel.

»Es tut mir leid, Mia! Die Reinigung des Teppichs zahle ich natürlich.«

Mit diesen bewegenden Worten fiel er einfach in Ohnmacht.

32

Gabriel öffnete leise die Tür zum Zimmer, das ihm eine Schwester genannt hatte. Tim bot ein Bild des Jammers.

Seine Augen waren geschlossen. Er war kreidebleich. Die Stirn war aufgeschürft, und rund um Mund und Kinn zogen sich wunde rote Streifen, teils mit Salbe bedeckt. Sein rechter Arm war vor seinen Rumpf geschnallt. Gabriel und Emilia sahen ihn besorgt an, da schlug er die Augen auf.

»Was machst du denn, du Idiot?«, fragte Gabriel geradezu liebevoll.

»Bitte, Gabriel! Frag mich nicht. Das war der absolute Schwachsinn. Das ist mir völlig klar. Was mir nicht klar ist, ist, warum mir das nicht vorher klar war. Aber was macht *ihr* hier? Es ist Heiliger Abend. Selbst das Krankenhaus ist fast leer. Jeder, der halbwegs krabbeln kann, ist offenbar entlassen worden. Ihr solltet feiern, nicht hier sein.«

»Wir mussten doch schauen, wie es dir geht. Ach, Tim, das ist Emilia! Emilia, das ist Tim. Er ist nicht immer komplett verrückt.«

»Da bin ich froh. Schön, dich kennenzulernen, Tim!«

»Ich freue mich auch. Es tut mir so leid. Ich versaue euch euer Weihnachten.«

»Das war ja nicht der eigentliche Plan, also Schwamm drüber. Wie geht es dir? Du siehst furchtbar aus.«

»Danke, so fühle ich mich auch. Mein ganzer Körper ist verkratzt und geprellt. Sie mussten mir die Schulter wieder einrenken. Wenn mir das noch mal passiert, bestehe ich auf einer Vollnarkose. Das hat wahnsinnig wehgetan, dabei haben sie mich ganz schön mit Schmerzmitteln vollgepumpt. Aber offenbar habe ich Glück gehabt, und nichts ist wirklich kaputt. Gabriel, kannst du Mia vielleicht irgendwie erreichen und sie wissen lassen, wie schrecklich leid mir das alles tut. Ich ersetze natürlich jeden Schaden, der entstanden ist.«

»Na ja, gut versichert bist du ja bestimmt.«

»Ich weiß nicht, was meine Versicherung bei Anfällen von Schwachsinn alles abdeckt. Aber das findet sich. Kannst du das machen, Gabriel?«

»Das brauche ich nicht. Die Feuerwehr hat sie dabehalten. Sie sagte aber, sie käme sofort noch mal her. Also kannst du es ihr selbst sagen. Emilia hat darauf bestanden, dir ein paar Sachen mitzubringen.«

Als Tim bewusstlos in den Krankenwagen verfrachtet worden war, hatte Mia ihn begleiten wollen, aber die Feuerwehrleute hatten noch einige Formalitäten wegen des Einsatzes mit ihr erledigen müssen.

Gabriel hatte keine Bedenken, sie dabei allein zu lassen. Schließlich war sie eine gestandene Versicherungsfrau. Mit so etwas kannte sie sich aus. Stattdessen erboten sich Emilia und Gabriel, direkt ins Krankenhaus zu fahren und Tim Beistand zu leisten. Als sie im Auto waren, meinte Emilia allerdings, sie sollten Tim einige Dinge bringen, um ihm den Aufenthalt angenehmer zu machen. Sie könnten ohnehin nicht zu ihm, bevor er gründlich untersucht worden sei. Ihr Bruder Marco sei von klein auf praktisch einmal im Jahr nach irgendwelchen verrückten Unfällen ins Krankenhaus gekommen. Sie sei da also Expertin.

Da Gabriel keinen Schlüssel zu Tims Wohnung besaß, versuchten sie, aus Gabriels eigenen Beständen etwas Brauchbares zusammenzusuchen. Emilia hatte sofort erfasst, dass Tim nichts von der rußigen Kleidung anbehalten konnte. Dabei war diese ja ohnehin recht spärlich gewesen.

»Er bekommt so ein OP-Hemdchen, wo man dauernd aufpassen muss, dass man nicht hinten im Freien steht. Das ist würdelos und schlecht für die Psyche. Er hat nicht mal eine Unterhose.«

Da Tim Gabriels Sachen viel zu groß und Emilias viel zu klein waren, war es nicht so einfach. T-Shirts waren kein Problem. Trotz aller Sorge um seinen Freund musste Gabriel schmunzeln, als er ihm sein Superman-T-Shirt einpackte. Untenrum war es schwieriger. Gabriel hob eine seiner Boxershorts hoch. Die würde an Tims schmalen Hüften niemals oben bleiben. Da fiel ihm das dünne Unterteil eines Sommerschlafanzugs ein, das ein Bindeband statt eines Gummizugs hatte. Das konnte man zumindest befestigen. Für seine Jogginghose galt dasselbe.

Emilia hatte inzwischen eine kleine Tasche mit Zahnbürste und allen möglichen Utensilien gepackt. Sie hatte immer alles neu und auf Vorrat da. Dann hatte sie noch ein paar Stücke Weihnachtskuchen abgeschnitten und sie in einer Dose verstaut.

Nun überreichten sie Tim ihre Gaben.

»Das ist sehr nett von dir, Emilia. Das wäre doch nicht nötig gewesen.« Als sie auspackten, was sie mitgebracht hatten, war er aber dann doch begeistert. »Eine Unterhose! Was ein Glück. Sie haben mir eine fast durchsichtige aus einer Art Papier gegeben. Ich fürchtete schon, ich könnte in diesem Flügelhemd mit dem Ding drunter nie wieder aus dem Bett steigen. Das T-Shirt geht leider noch nicht.«

»Ich habe noch etwas für dich! Es ist so traurig, Weihnachten im Krankenhaus zu sein. Vielleicht ... ich habe dir einen Stern mitgebracht.« Fast verschämt zog sie einen der LED-Sterne aus einer Tüte. »Ich könnte ihn an die Wand am Tisch lehnen.«

»Das gibt es doch nicht. Ist das unser guter alter Weihnachtsstern aus dem Büro!«

»Genau das ist er! Siehst du, Emilia, ich habe dir ja gesagt, Tim liebt ihn auch.«

»Wir haben noch einen. Also ... wenn du ihn magst.«

Bei dem »Wir« sahen sich die beiden auf eine Weise an, die Tim allen Schmerzen und allen Medikamenten zum Trotz direkt zu Herzen ging.

»Vielleicht hängt ihr ihn an dieses Ding über dem Bett, dann sehe ich ihn besser«, schlug Tim vor.

»Und was können wir noch für dich tun?«, fragte Gabriel besorgt.

»Abhauen und endlich Weihnachten feiern. Ich schlafe ohnehin gleich wieder ein. Vielen Dank, dass ihr gekommen seid. Frohes Fest!«

Als sie aus der Tür waren, betrachtete Tim das rhythmische Blinken des Sterns und döste tatsächlich ein.

Als er die Augen wieder öffnete, saß Mia neben seinem Bett und sah ihn bekümmert an.

Schlagartig wurde ihm bewusst, dass er in keiner Weise den Helden aus Filmen nach dem Überstehen einer gefährlichen Mission glich. Besonders die offenen wunden Stellen in seinem Gesicht ruinierten den Eindruck des edlen gut aussehenden Leidenden. Es war eine der vielen bescheuerten Ideen dieses Tages gewesen, den Bart mit Alleskleber festzukleben. Tim seufzte schwer und schloss wieder die Augen.

»Hast du große Schmerzen, Tim?«, fragte Mia ganz leise.

»Eigentlich tut mir alles weh, aber am meisten schmerzt mich mein verletzter Stolz. Ich schäme mich so sehr, ich kann dir gar nicht sagen, wie sehr, und es tut mir so unendlich leid.«

»Damit liegst du völlig richtig. Ich kann es nicht fassen. Was war das denn für eine blödsinnige Aktion?«

»Da ich einfach nicht den Mut hatte, dich zu fragen, ob wir Weihnachten zusammen verbringen wollen, dachte ich, ein cooler Auftritt wäre ... cool eben. Aber bitte ... ich kann es einfach nicht erklären. So richtig verstehe ich es selbst nicht. Ich wollte dich einfach beeindrucken. Und jetzt bin ich der Idiot schlechthin.«

»Ja, das bist du wirklich!« Mia sah ihn ernst an. Dann beugte sie sich dicht über sein Gesicht ... zog ein Taschentuch hervor und rieb an seiner Schläfe herum.

»Du hast da noch etwas Ruß.«

»Irgendwie dachte ich, das wäre jetzt der Moment, wo du mich küsst und sagst, so etwas Romantisches hätte noch nie ein Mann für dich getan.«

»Nein, das ist er nicht ... dieser Moment. Wenn mich die Tatsache, mit vier Brüdern aufzuwachsen, eines gelehrt hat, dann, dass man einem männlichen Wesen nie positive Signale geben darf, wenn es Blödsinn angestellt hat. Und was du angestellt hast, das toppt wirklich alles, was ich bisher an Blödsinn erlebt habe.«

Tim sah sie an wie ein ausgesetzter, hungriger, kranker Welpe.

Schließlich sagte sie: »Nun ja, ich habe mit dem Arzt gesprochen. Er sagt, wenn wegen der Gehirnerschütterung jemand nach dir sieht, dann kannst du morgen wieder entlassen werden – wenn heute Nacht alles in Ordnung ist. Ich glaube allerdings, die Gehirnerschütterung musst du schon gehabt haben, bevor du das abgezogen hast.«

»Es tut mir so leid.«

»Ich weiß ja. Also ich dachte, ich hole dich morgen, und du kannst über die Feiertage bei mir bleiben. Auf meiner Couch selbstverständlich!«

Sie sah ihn an wie eine strenge Grundschullehrerin. Selbst so sah sie für ihn unwiderstehlich aus.

»Selbstverständlich! Das wäre sehr nett von dir, Mia!«

»Kann Gabriel vielleicht ein paar Klamotten für dich holen, damit ich dich nicht halb nackt mit nach Hause nehmen muss, ich habe auf meinen guten Ruf zu achten.«

»Hinter deinem Haus liegt eine Plastiktüte mit Klamotten zum Wechseln drin. Ich hatte ja gehofft, wir könnten den Tag zusammen verbringen, nachdem ... Na ja. Das Kostüm ist so warm, da kann man es keine zwei Stunden drin aushalten.«

»Das ist unglaublich durchdacht gewesen, für so eine blödsinnige Aktion. Aber dann ist das Problem gelöst. Du siehst müde aus. Versuch, schön zu schlafen, dann geht es dir morgen bestimmt besser. Ich hole dich, sobald sie dich rauslassen, in Ordnung?«

»Tausend Dank, Mia, wirklich, es ...«

»Ich weiß, es tut dir leid. Denk nicht mehr dran. Ruh dich aus! Gute Nacht, du armer Irrer.«

»Gute Nacht, Mia!«

An der Tür drehte sie sich noch mal zu ihm um. »Ich war auch vorausschauend. Ich habe zwei Portionen Weihnachtsgans für die Mikrowelle gekauft. Ich dachte, vielleicht kämst du ganz spontan bei mir vorbei ... allerdings durch die Tür.«

Tim stöhnte auf. »So einfach wäre das gewesen?«

»So einfach wäre das gewesen.«

Epilog – Der erste Weihnachtsfeiertag

Nun war der Heilige Abend schon wieder vorbei. Die Geschenke waren verteilt, Wünsche hatten sich erfüllt, Hoffnungen hatten sich zerschlagen, manche waren glücklich, andere enttäuscht oder gleichgültig dem Ganzen gegenüber.

Mias Eltern hatten bis spät in die Nacht vor dem großen Weihnachtsbaum auf dem Kreuzfahrtschiff getanzt und keinen Moment bedauert, dass diesmal keines ihrer fünf Kinder bei ihnen war. Nun saßen sie beim Frühstück und waren gespannt, was sie an diesem Tag sehen und erleben würden.

Emilias Eltern hatten auch spät bis in die Nacht gefeiert und verschliefen einen Großteil des Tages glücklich und zufrieden.

Auf dem »Hansen Hof« wollten Gabriels Mutter und Schwester Wetten abschließen, ob der Junge wohl eine Freundin hatte. Die perfekten Geschenke hatte er keinesfalls allein ausgesucht. Das Wetten scheiterte allerdings daran, dass keine von beiden dagegenwetten wollte.

Gabriels Nichte schmückte den lieben Donner mit den Bändern von den Geschenken und schickte Bilder an Gabriel, auf denen man dem Pony ansah, dass es überzeugt war, ein sehr schönes Pferd zu sein.

Charlotte Levinsky-Steinburger hatte die ganze Weihnachtschose so gut wie möglich ignoriert. Zum Glück kostete das Ganze in dem Jahr nur einen Arbeitstag. Sie beschäftigte sich damit, wenigstens den ein oder anderen Namen von ehemaligen Mitschülern im Internet zu finden. Hätte sie diesen Großkreuz doch nur gleich gebeten, seine Mutter danach zu fragen. Ihr war sofort klar gewesen, dass er nicht mehr lange unter ihr arbeiten würde. Aber daran war nun nichts mehr zu ändern.

Nicki hatte den Heiligen Abend mit ihrer Familie verbracht. Heute Abend hatte sie eine Verabredung mit dem jungen Anwalt, mit dem sie im »Paragrafenreiter« ein bisschen geflirtet hatte, nachdem Gabriel gegangen war. Der war nett und lustig gewesen, und offensichtlich hatte sie ihm gefallen. Vielleicht musste sie doch nicht Ernst machen mit dem Partner-Suchportal. Nicki war ein realistisches Mädchen. Gabriel war wirklich unheimlich süß. Aber was für einen Sinn hatte es, einen Mann anzuhimmeln, der ganz offensichtlich wahnsinnig verliebt in eine andere Frau war? Sollte sie auch einen Freund finden, würden sie viel leichter wieder einfach gute Kollegen und Freunde sein können. Und ihr Date heute war auch genau ihr Typ, eher Teddy als sportlich durchtrainiert. Irgendwie stand sie da einfach drauf.

Apropos sportlich durchtrainiert. Das »Kreuz« hatte am Weihnachtsabend mit seinen Eltern gefeiert. Er hatte sich entschieden, ihnen erst im neuen Jahr zu beichten, dass er bei der Versicherung gefeuert worden war. Somit war es ein ganz leidlicher Abend geworden. Es war die blöde Idee seiner Eltern gewesen, dass er bei einer Versicherung arbeiten sollte. Sicher würden sie Theater machen, wenn sie erfuhren, dass das vorbei war. Das war von vorneherein nichts für ihn gewesen. Seine Berufung war eine ganz andere.

So verbrachte er den ersten Weihnachtsfeiertag im Fitnessstudio. Das tat er gern, und es war für seine Zukunft unerlässlich. Er hatte nämlich einen Plan. Besser noch, er hatte zwei Pläne. Plan A: Er würde sich einen Job als Fitnessmodel suchen, Aktmodel ginge zur Not auch. Ein Mann wie er musste sich nicht verstecken. Auch für Plan B war es wichtig, sich im Studio aufzuhalten. Die Besitzerin hatte ganz eindeutig ein Auge auf ihn geworfen. Er hatte sogar herausbekommen, dass sie ledig war. Sollte sie ihn heiraten, müsste er nie wieder auch nur an Arbeit denken. Sie war Herrin einer ganzen Kette von Fitnessstudios. Gut, sie war eine ganze Ecke älter als er, aber der Spruch mit den alten Scheunen stimmte ganz einfach. Und er wusste immer sofort, wenn eine Frau was von ihm wollte. Na ja, bei der Alten in der Versicherung hatte er womöglich ... Nein, er war ganz sicher, dass sie einfach nur im letzten Moment Angst bekommen hatte, zu ihren Wünschen zu stehen. In dem Universum des Magiers Merlin Großkreuz gab es nur zwei Arten von Frauen: die, die auf ihn standen, und die, die auf ihn standen, es aber nicht zugeben konnten.

Die Zukunft würde wunderbar werden. Ohne Akten, ohne blöde Kollegen und Vorgesetzte. Das »Kreuz« seufzte tief und glücklich und packte sich noch eine Gewichtsscheibe auf die Langhantel.

Tante Eleonores Weihnachten war genauso schön gewesen, wie Frau DiCarlo es prophezeit hatte. Ihr Auftritt war der Höhepunkt der Weihnachtsgala gewesen. Sie hatte alle anderen Beteiligten glatt an die Wand gesungen und gespielt. Die Herren hatten gejubelt, die Damen sie im Stillen verflucht, genauso, wie es zu ihren besten Zeiten gewesen war. Als der neue Bewohner, ein belgischer ehemaliger Erster Geiger, ihr dann noch eine rote Rose auf die Bühne geworfen hatte, da war sie überzeugt gewesen, dass sie sich richtig entschieden hatte. Sie hatte die Gala miterleben können, und sie hatte an Emilia eine gute Tat getan.

Hoffentlich stellte die sich nicht zu spröde an, wenn sie der reizende Gabriel umwarb. Sollten die beiden wirklich ein Paar werden, würden sie sich vielleicht eine größere Wohnung suchen, und Eleonore würde sie, dank ihrer Bahncard, häufig besuchen können. Dann würde sie mit Gabriel über Musik und Sergej plaudern, und Emilia würde sie nett bekochen. Das wäre ganz großartig. Eleonore war glücklich und blickte optimistisch in die Zukunft.

Und Gabriel und Emilia?

Ihr Programm für den Heiligen Abend hatte sich zwar zeitlich stark nach hinten verschoben gehabt, aber das hatte eigentlich keine Rolle gespielt. Emilia hatte das grüne Kleid mit der roten Schleife um die Taille wieder angezogen und, ja, Gabriel hatte an dem Abend noch einmal ein Geschenk auspacken dürfen.

Am ersten Weihnachtsfeiertag erwachten sie zum ersten Mal nebeneinander, ohne die übliche Wand zwischen ihnen. So verbrachten sie ihre Zeit damit, sich immer wieder zu vergewissern, dass sie sich tatsächlich gefunden hatten. Wenn sie nicht gerade schmusten, erzählten sie sich einfach alles aus ihrem bisherigen Leben, was ihnen wichtig erschien.

Ein Anruf bei Tim, um sicherzugehen, dass er gut bei Mia untergekommen war, war das einzige Zugeständnis an die Tatsache, dass es noch eine Welt außerhalb der Wohnung gab. Sogar das schicke Essengehen, das sie eigentlich geplant hatten, ließen sie ausfallen, weil sie beide das Gefühl hatten, dass es nichts gab, das heute wichtig war, außer Emilia für Gabriel und Gabriel für Emilia.

Und Tim und Mia?

Mia hatte Tim wie versprochen abgeholt und ihn und seine wenigen Habseligkeiten zu sich in ihr Häuschen geschafft. Den Ruß im Wohnzimmer hatte sie vorher schon entfernt, sodass nichts mehr vom gestrigen Drama zu sehen war. Tim hinkte, trug den Arm in der Schlinge, und sein geschundener Körper tat ihm weh. Dennoch war er glücklich. Wäre Mia einfach nur sauer auf ihn gewesen, dann hätte sie doch nicht angeboten, ihn zu beherbergen, oder? Außerdem fühlte er sich nach seinem ungewöhnlichen Anfall von Verwegenheit irgendwie mutiger und selbstbewusster, obwohl das Ganze eine wirklich dumme Idee gewesen war.

So saßen sie am Nachmittag mit dem Plüsch-Weihnachtsmann auf der Couch, und der LED-Stern blinkte rhythmisch am Kamin. Sie sahen sich »Wir sind keine Engel« mit Humphrey Bogart und Peter Ustinov an. Den kannten sie beide schon, schauten ihn aber immer wieder gern.

»Der Film ist klasse. Auch wenn Bogey darin mal keine schöne Frau zur Belohnung für seine Heldentaten bekommt«, meinte Tim. »Ich hatte ja ein Geschenk für dich, das zufällig zu dem Film passt, hoffentlich ist es nicht verloren gegangen. Würdest du mir bitte mal die Tüte geben?«

Mia tat wie geheißen und reichte ihm das Gewünschte. Tim zog das kleine Päckchen, das in rotes Papier eingeschlagen war, hervor.

»Oh, ich habe gar nichts für dich!«

»Ich darf hier sein, das ist ein wunderbares Geschenk«, erwiderte Tim und konnte ihr nicht in die Augen schauen. »Hoffentlich gefällt es dir. Wenn nicht, kann ich es umtauschen.«

Mia packte die Schachtel behutsam aus und öffnete sie. »Wie schön, Tim!« Andächtig betrachtete sie den winzigen Engel.

»Der gehört an dein Armband. Ich hoffe, das ist okay für dich?«

»Das ist eine wunderbare Idee, und ich finde ihn sehr schön. Ich mache ihn mir gleich dran!«

Mia legte das Armband ab und befestigte den kleinen Engel zwischen der Eistüte und dem Teddybären. Dann zog sie es wieder an.

Tim freute sich. Nun würde sie immer etwas von ihm bei sich tragen. »Ich dachte, er passt gut zu Weihnachten, und den Rest des Jahres kann er ein Schutzengel sein«, erklärte er.

»Dann sollte ich ihn dir vielleicht besser zurückgeben. Wie es scheint, hast du einen Schutzengel nötiger als ich.«

»O nein, ich habe einen. Der Arzt meinte, wenn ich keinen gehabt hätte, dann hätte mein romantischer Einsatz viel übler enden können.« Tim grinste Mia an.

»Das ist es ja gerade! Du kapierst es einfach nicht wirklich.« Mia funkelte ihn gefährlich an. »Verdammt! Tim, du hättest tot sein können. Als sie den Anzug rauszogen und der Feuerwehrchef ›Lebt er?‹ rauf rief, da dachte ich, ich würde sterben. Tim, das war nicht romantisch, das war der reine Horror.« Mia schaute auf den Boden, und ihr Kinn zitterte. »Womit habe ich das verdient? Erst gerate ich an einen Kerl, der mich behandelt wie eine Prinzessin und mich dann einfach entsorgt wie eine Bananenschale. Dann lerne ich einen wirklich lieben, anziehenden Mann kennen, und gerade, wenn ich hoffe ... da geht er hin und bringt sich fast um. Ich will keinen Kerl, der Heldentaten begeht. Das ist nur in Filmen cool. Ich will einen Mann, der mir einfach sagt, dass er mich lieb hat, auf den ich mich verlassen kann ...«

»Kann ich das nicht jetzt noch machen, dir das sagen?«, fragte Tim zaghaft.

Mia hatte sich mit dem Plüsch-Weihnachtsmann am anderen Ende der Couch zusammengekauert und schaute ihn nicht an, weil er die Tränen in ihren Augen nicht sehen sollte.

»Mia, du kannst dir nicht vorstellen, wie oft ich schon von dir geträumt habe, nicht nur von der kleinen Schleife, von dir im Büro, von dir einfach überall. Du kannst dir nicht vorstellen, was mein armes Herz jedes Mal veranstaltet, wenn ich dich sehe.«

»Welche Schleife?«, fragte Mia, ohne aufzusehen.

Das war gut so, denn Tim lief rot an. Warum nur hatte er das gesagt? Scheinbar war sein Kopf wirklich in Mitleidenschaft gezogen worden. »Ach, das spielt keine Rolle und führt zu weit. Ich will nur sagen, du bist schön und klug und lieb und anziehend und großherzig, und was soll da ein Durchschnittskerl wie ich schon machen? Ich wusste nicht ... ich wollte ... ich hatte gehofft, ich könnte dich unheimlich beeindrucken. Ich wollte dir keine Angst machen, ich wollte nur, dass du mich magst. Es war blöd. Ich mache so was nie. Ich bin ein Angsthase. Ich bin versichert gegen alles, was geht, aber du, Mia, hast mich total durcheinandergebracht. Ich plädiere auf Unzurechnungsfähigkeit aufgrund grenzenloser Verliebtheit und bitte um ein mildes Urteil aufgrund mildernder Umstände.«

So zahlte sich Tims Jurastudium doch mal wieder aus.

Mia sah ihn endlich an. »Ich mag dich doch sowieso!«

»Wieso hast du mir nicht ein kleines Zeichen gegeben, wenn du mich magst?«

»Wie hätte das denn ausgesehen? Ich dachte mir, du bist kein flatterhafter Typ. Die Sache mit Maurice ist noch keine zwei Wochen her. Seit du mich gerettet hast, im

›Paragrafenreiter‹, habe ich oft gedacht: Warum konnte ich Tim nicht vor Maurice begegnen? Dann hätte ich mich nie mit dem eingelassen und wäre jetzt nicht so ... abgelegt.«

»Du bist nicht abgelegt, Mia!«

»Wie hätte es ausgesehen, wenn ich dir signalisiert hätte, dass du mir gefällst. Du hättest gedacht, ich bin eine, die wahllos von einem Bett ins nächste hüpft. Das bin ich aber nicht. Ich ...«

»Das weiß ich doch, dass du das nicht bist. Du bist genau das Mädchen, das ich mir immer erträumt habe. Du bist viel wunderbarer, als ich mir dich vorgestellt habe, wenn ich dich im Büro angehimmelt habe. Und was das Hüpfen anbetrifft, ins Bett oder sonst wohin, hüpfen kann ich eine ganze Weile nicht, egal wie motiviert ich bin ... fürchte ich. Das wird noch warten müssen. Dazu bin ich zu angeknackst.«

»Dann passt es ja ganz gut, ich bin nämlich auch noch angeknackst, wenn auch nur innerlich. Wenn wir nicht hüpfen können, meinst du, küssen geht vielleicht?«

»Wenn du ganz vorsichtig in meinen unbeschädigten Arm schlüpfst, ohne meine geprellten Rippen zu berühren, und dich nicht davon abschrecken lässt, dass mein Gesicht aussieht, als wäre es von Schimmel befallen, dann dürfte Küssen kein Problem sein.«

Mia folgte Tims Anweisungen und lehnte sich behutsam an ihn. Er zog sie mit seinem intakten Arm an sich und küsste sie. Trotz der erschwerten Bedingungen war es ein wunderbarer Kuss. Er sagte alles, was Tim Mia hatte sagen wollen.

Wenn wir immer wüssten, was andere denken – oder zumindest in wichtigen Momenten –, dann wäre das meiste nicht geschehen, was Mia und Tim, Emilia und Gabriel und viele andere erlebt haben. Aber es zeigt auch, dass es doch kommt, wie es kommen muss, und dass sie, wenn es uns wirklich ernst ist, immer einen Weg findet … die Liebe.

Danksagung

Ganz herzlich möchte ich der Verlagsagentur Lianne Kolf für die wunderbare Unterstützung und der Lektorin Julia Feldbaum für die gute Zusammenarbeit danken.

Vielen Dank auch an Matthias Hahn von der Freiwilligen Feuerwehr Gondelsheim für die Informationen zu Notruf und Einsatzablauf.